KB272790

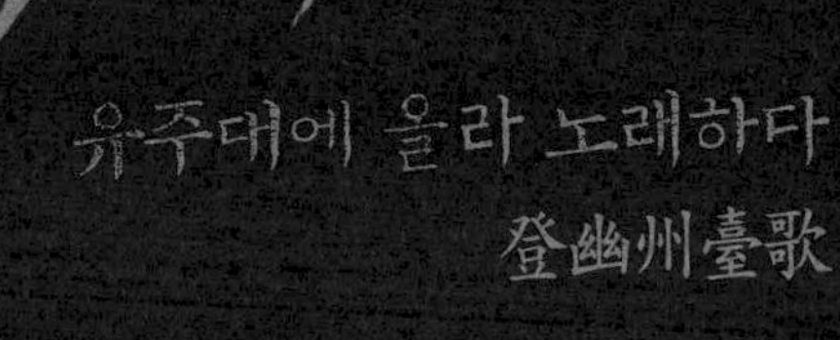

유주대에 올라 노래하다
登幽州臺歌

앞으로는 옛사람을 만날 수 없고

뒤로는 올 사람을 만날 수 없네

천지의 무궁함을 생각하다가

홀로 슬퍼하니 눈물이 흘러버린다

前不見古人 後不見來者.

念天地之悠悠 獨愴然而涕下.

문화 읽기

열하일기 3
손승윤 新무협 판타지 소설

초판 1쇄 찍은 날 § 2004년 7월 29일
초판 1쇄 펴낸 날 § 2004년 8월 9일

지은이 § 손승윤
펴낸이 § 서경석

편집장 § 문혜영
편집 § 장상수 · 김민정 · 최하나
마케팅 § 정필 · 강양원 · 이선구 · 김규진 · 홍현경

펴낸곳 § 도서출판 청어람
등록번호 § 제1081-1-89호
등록일자 § 1999. 5. 31
어람번호 § 제2-0411호

주소 § 경기도 부천시 원미구 심곡1동 350-1 남성B/D 3F (우) 420-011
전화 § 032-656-4452   팩스 § 032-656-4453
http://www.chungeoram.com
E-mail § eoram99@chollian.net

© 손승윤, 2004

ISBN 89-5831-153-3 04810
ISBN 89-5831-150-9 (SET)

열하일기
3
熱河日記
고주사립옹(孤舟蓑笠翁)
FANTASTIC ORIENTAL HEROES
손승윤 新무협 판타지 소설
도서출판
청어람

목차

제3권 고주사립옹(孤舟蓑笠翁 : 외로운 늙은이가 배를 띄우다)

제1화 동행(同行)
당신을 만났다

참 아름다워 보여, 당신.

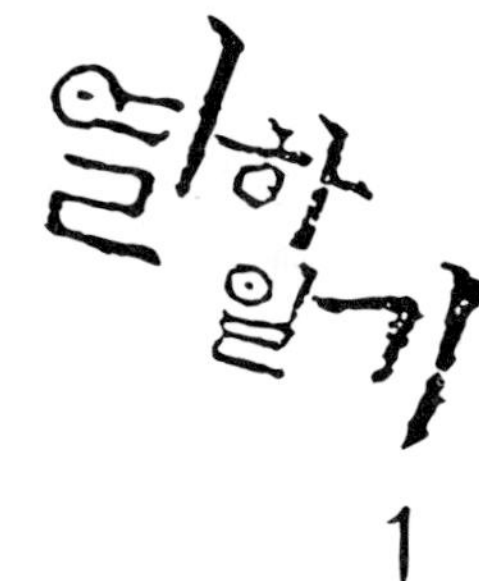

짤랑짤랑. 짤랑.

박린은 방울 소리를 거부하지 않았다. 방울 소리를 따라 수막 저편, 초원이 스러지고 텅 비어진 자리부터 묘향산(妙香山)의 장엄한 산세가 펼쳐졌다. 병풍처럼 솟은 괴암괴석과 깊은 골짜기, 태곳적 전설을 간직한 크고 작은 폭포들. 산 외곽을 흐르는 청천강은 만궁(灣弓)처럼 둥글게 휘어져서 반짝인다.

짤랑짤랑. 짤랑.

청정한 풍경(風磬) 소리, 환각을 더하기 위한 방울 소리가 분명했지만, 박린은 개의치 않고 허물어진 산문(山門)과 단청(丹靑)이 다 스러진 절, 그 앞에 누운 마당을 보고 있었다.

산문의 폐허 위에는 잡초가 무성했고 오래된 단청은 바람 속에 지난 날의 영광을 한 꺼풀씩 날려 보내고 있었다.

박린은 꽁지 빨간 잠자리들이 날아다니는 마당을 보았다.

가을 햇빛이 노랗게 부려진 작은 마당. 거기에 가을 옥수수처럼 곱게 늙은 노승(老僧)과 무처럼 살이 뽀얀 동자승, 사지가 잘린 괴인이 각자 다른 방향으로 앉아 있다.

괴인은 묘향산이 떠나가라 서럽게 울고 있는 중이었다.

"으허엉, 으허엉."

괴인은 울면서 울음과 울음 사이로 무슨 말인가를 끊임없이 끼워 넣고 있었지만, 노승과 동자승은 귀를 기울이지 않았다.

굼벵이를 주워 먹으면서 히히덕거리는 노승은 노망이 나 있었고, 동자승은 잠자리의 빨간 꽁지에만 온 신경을 집중하고 있었다.

화라라락!

꽁지 빨간 잠자리들이 갑자기 사라지면서 산사의 가을 풍경 속으로 눈송이가 떨어져 내리기 시작했다. 눈송이와 함께 낙엽이 졌고, 동자승은 노승과 괴인을 데리고 마당에서 사라졌다.

다시 몇 번의 소담스러운 눈이 내려 마당을 덮었고 그때마다 바람이 불었다. 눈이 오지 않는 밤에는 어김없이 달이 떠올랐다. 달은 나무꼭대기에 걸린 바람을 풀어주고 밤새 눈밭을 구르다가 새벽녘에야 돌아갔다.

눈 덮인 산사는 늙은 곰같이 움직이지 않았지만, 누군가를 기다리는 것처럼 늘 풍경 소리를 냈다.

짤랑짤랑. 짤랑.

불이 꺼지지 않았던 방에서도 울음은 그치지 않았다.

마침내 눈이 녹고 청천강 물이 풀리면서 햇빛이 다시 마당을 물들이기 시작했다. 붉은 창꽃이 칙칙했던 겨울 산을 온통 불태워 버리고 나자, 밑에서 동면하던 푸름이 떨쳐 일어나 마당을 한 바퀴 휘돌아서 산 등성이로 달려갔다.

다시 마당에 나온 세 사람은 지난가을과 똑같은 동작을 반복했다. 노승은 이제 똥을 주무르면서 히히거리고 있었고, 동자승은 뻐꾸기 소리에만 귀를 기울인다.

"으허엉, 으허엉."

울음소리 역시 다르지 않았다.

이 정지된 풍경을 흔들면서 마당 어귀에 오십 대 여인이 나타났다. 괴인에게 달려간 여인은 괴인과 말이 통하지 않자 같이 엉엉 울기 시작했다.

여인이 합세한 울음소리가 온 산을 다 울렸지만, 들어주는 이 없었다. 그러나 단 한 사람만은 듣고 있었다.

바로 마당 어귀에 막 나타난 소년.

소년은 다 떨어진 옷에 맨발이었고, 바짝 말라 있어서 거지 같았다.

변화는 그때 일어났다.

울음을 뚝 그친 괴인이 소년을 살펴보기 시작한 것이다.

저쪽 구석에서 똥을 주무르는 데 여념이 없던 노승도, 이쪽 구석에서 해바라기하고 있던 동자승도 소년에게 시선을 집중했다.

잠깐 동안의 기묘한 침묵과 긴장이 흐른 뒤 동자승은 다시 해바라기를 했고 노승 역시 소년을 외면하고 똥을 주물렀다. 그러나 괴인은 노승이 소년을 외면하기 직전에 중얼거린 말을 분명히 들었다.

"하늘가에 피어 있는 한 송이 연화(蓮花)를 따올 청마(靑馬), 선재동자(善財童子)로다, 나무아미타불."

여인을 채근해서 소년에게 다가간 괴인은 다시 소년을 살펴보았다.

소년은 뒤로 땋아 내린 머리카락이 수세미처럼 헝클어져 있었고, 그 아래 얼굴이 때로 얼룩져 있었지만, 그림 같은 눈매와 참 시원하고 맑은 눈망울을 지녔다. 괴인은 서둘러 눈물을 닦고 하늘을 우러러 크게 외쳤다.

"이럴 수가… 하늘이 이 천변귀수를 버리지 않으셨도다!"

외침에도 노승과 동자승은 여전히 자기 일에 골몰할 뿐, 이쪽으로는 눈길도 주지 않았다. 소년은 잠시 망설이다가 여인에게 말했다.

"밥을 좀 주세요. 며칠 동안 한 끼도 못 먹었어요."

"뭐라?"

경계하듯 사방을 둘러본 여인이 소년에게 이름을 물었고 소년은 낭랑한 목소리로 대답했다.

"성은 박(朴)이고 본관은 밀양(密陽). 자호(自號)는 풍할(風轄). 이름은 외자로 린(鱗)… 물고기 비늘 린 자를 써요."

순간 괴인이 고개를 기울이고 소년에게 물음을 던졌다.

"물고기 비늘이라고? 용 비늘이 아니고?"

장난처럼, 아니면 조롱하듯 던져진 물음이었지만, 소년은 머리카락을 쓸어 올리며 자세를 단정히 다듬고 대답했다.

"용 비늘을 가리키는 용린(龍鱗)도 같은 물고기 비늘 린 자를 쓰지요. 소생도 충분히 용 비늘이 될 수 있다고 생각합니다. 과거에 장원급제하면 용 비늘이 되는 것이잖아요? 두고 보세요!"

"오호! 그으래?"

괴인이 호탕하게 웃었다.

절 마당이 떠나가라 웃던 괴인은 또 꺼이꺼이 울기 시작했다. 소년은 그림 같은 눈으로 괴인을 바라보았다. 소년에게 비쳐진 괴인은 끔찍했다.

헝클어진 머리카락, 함몰되어 버린 한쪽 눈에서 흘러내리는 누런 고름, 다른 한쪽 눈에서 흘러내리는 눈물. 절단당한 사지를 감은 헝겊에서 피가 배어 나오고 있었다.

소년은 놀라지 않았다.

묘향산까지 오면서 그보다 더한 광경도 숱하게 봤으니까.

먹을 게 고갈되어 버린 세상은 끔찍한 지옥이었다.

부모가 자식을 팔아 연명을 해야 하는 세상, 마을 어귀마다 굶어 죽은 시체들이 널려 있었고, 그 시체들 사이에서 비쩍 마른 아이들은 기진한 울음을 울었다.

"어서 먹어라!"

소년은 노란 기장밥을 한 주먹 건네주는 여인을 바라보았다. 여인은 단정하게 틀어 올린 머리 아래 햇빛처럼 환한 이마를 지니고 있었다. 더불어 그 아름다운 이마 아래 세상에 대한 깊은 이해와 관용이 담겨 있는 눈썹, 또 그 아래에 절망과 비탄, 수심으로 버무려진 눈망울을 보았다. 자신을 팔아버린 어머니와 흡사한 외모에 소년은 눈을 몇 번이나 깜박였다.

"잘 먹겠습니다."

"아니란다, 얘야."

"아닙니다. 선비는 은혜를 알고 염치를 알아야 한다고 배웠습니다. 소생은 이 고마움을 평생 동안 잊지 않을 겁니다."

당찬 대꾸에 여인이 꽃 같은 미소를 배어 물었다. 그리고 무엇인가를 한참 생각하다가 넌지시 제의했다.

"린아, 이제부터 날 숙모라고 부르지 않으련?"

박린은 씨익, 웃었다.

역시 도리를 베풀면 꼭 이렇게 보상받는다. 기회를 한 번 더 주니까 이번엔 제대로 술법을 펼쳐 보인 것이다.

박린은 내심 고개를 끄덕였다.

'이만하면 됐지!'

박린에게는 꿈에라도 보일까 봐 두려운 풍경이면서, 미치도록 그리운 풍경이기도 했다. 증오와 애정이 뒤범벅돼 생각할 때마다 저절로 고개가 흔들어지는 풍경.

"하하! 참 고맙소이다, 낭자. 이제 실컷 봤으니까 여기서 그만 봐야겠소. 왜냐하면 선비는 둘이란 숫자를 무쟈게 싫어하거든? 짝수는 뭔가가 아주 불길할 것 같은 생각이 들어서 말이오."

박린은 요광은정도를 뽑지 않았다. 뽑는다면 도에 박힌 스승님 원한이 저 술법과 감응해서 또 이상한 광경을 펼쳐 보일 게 분명했다. 박린은 요광은정도를 병풍에 꽂고 앉은 자세 그대로 몸을 비틀었다.

스윽―

"어?"

순간 개연화는 박린의 얼굴이 지워지면서 어깨가 사라지는 모습을 보아야 했다. 손이 사라지면서 그 손이 단정히 놓였던 무릎도 사라졌다. 박린은 진청자에게 훔쳐 배운 술법, 칠성둔형을 펼친 것이다. 그걸 개연화가 알 리 없었다. 개연화는 더욱 간절하게 방울을 흔들면서 박린을 찾아 사방을 샅샅이 훑어 나갔다.

짤랑짤랑. 짤랑.

다음 순간 방울 소리가 꽉 찬 공간이 일그러지면서 아무것도 없는 허공에 금빛 바람 한 점이 일어났다. 방울 소리를 밀어내면서 개연화에게 육박해온 금빛 바람은 안에 강력한 기운을 품고 있었다. 개연화는 자신도 모르게 헛바람을 삼켰다.

"헛!"

소리와 동시에 찬란한 바람이 튕겨낸 금줄 몇 개가 번쩍 빛을 발했다. 개연화는 작은 소용돌이를 이루면서 이쪽으로 날아오는 금줄 몇 가닥의 정체를 알아차렸다.

"타, 탄지신통!"

콰— 콰— 콰!

탄지신통에 직격된 마차가 폭발했다. 뿌옇게 날리는 먼지와 널빤지들, 과연 탄지신통이었다. 박린은 이런 가공할 지풍을 배울 수 있게 친절을 베푼 광불에게 우선 감사하고, 개연화를 움켜잡았다.

"깍!"

개연화는 허공을 찢고 나타난 박린을 피하려고 했지만 마음뿐이었다. 독수리 발톱처럼 구부러진 다섯 손가락 열여덟 개가 팔방이 아니라 십육방을 점하고 밀려들었기 때문에.

파라라라락

"십팔소금나수!"

개연화는 눈을 부릅떴다. 어떻게 오른손으로 소림절기인 탄지신통을 튕겨 보내면서, 거의 동시에 왼손으로는 무당절기인 십팔소금나수를 펼쳐질 수 있단 말인가!

개연화의 놀람은 이것만이 아니었다.

왼손으로 개연화의 멱살을 단단히 움켜쥔 박린이 바로 오른손을 뒤집어서 그대로 몇 장을 쳐냈다. 바로 저쪽, 혼비백산해서 도주하는 질

령군 공손탁을 향해!

팡팡팡!

순간 박린이 쳐낸 시커먼 구체 서너 개가 공손탁을 따라붙었다.

펄럭펄럭.

공손탁은 몸을 몇 번이나 뒤집어서 속도를 냈다.

그도 쌍태신군처럼 천변귀수가 정말 제자를 두었으리라고는 생각하지 못했다. 설사 제자를 두었다고 해도, 그자는 천변귀수가 남긴 몇 줄기 도법이나 어디 동굴에서 우연히 얻은 것일 뿐이라고 경시했던 것이다.

휘리릭—

거푸 두 번이나 몸을 뒤집어서 도약하려던 공손탁은 눈을 부릅떴다. 발 밑을 스쳐 저쪽 허공으로 빨려 들어갔던 구체들, 다시 말하면 놈이 짧게 끊어 쳐낸 장풍 세 덩어리가 우아한 호선으로 허공을 한 바퀴 돌아 다시 날아온 걸 보았기 때문이다. 공손탁은 의아하게 생각하지 않을 수 없었다.

맹렬하게 회전하는 구체들의 중심에 별처럼 박힌 푸른빛!

믿을 수 없게도 놈이 쳐낸 장풍은 무당파 것이었다.

"지, 진천철장!"

순간 공손탁의 무릎과 배, 가슴에 그 시커먼 구체들이 꽂혔다.

퍽퍽퍽!

너울너울 떨어지는 공손탁을 구경하는 자들은 오십 대 중늙은이와 노파였다. 외눈인 늙은이는 손에 사람 키만한 대궁(大弓)을 들었고, 곱게 늙은 노파는 노란 유채꽃 한 묶음을 들었다.

겉보기에는 전혀 어울릴 것 같지 않은 이 두 사람은 부부처럼 얼굴
이 비슷했다.

"여보?"

"음?"

"큰오라버니가 당한 것 같수!"

"꼴을 보니 그렇구먼. 둘째 누님도 까불다가 한 방에 끝난 것 같은
데? 조용한 걸 보면 말이야."

"그럼, 당신이 첫째가 되는 게 아니유?"

늙은이가 피식, 웃었다.

"뭐, 그렇게 되겠지."

"아이, 좋아라! 그럼 이제 우린 부자가 되겠구려?"

"끄음, 속물처럼 그런 표정 좀 짓지 말라고!"

늙은이가 노파를 외면했다. 그래도 늙은이는 노파 말이 싫지 않은
지, 입을 쩍 벌리고 길게 늘어진 혀로 입술을 핥았다. 노파가 늙은이를
꼬집었다.

"아앗!"

"당신도 좋으면서 뭘 그러우?"

"그래도 내색하면 안 되지. 부자는 말이야, 있어도 없는 척 없어도
없는 척해야 한다고. 울칼칼칼! 끄음."

어깨를 들썩이며 웃은 늙은이가 천천히 대궁을 쳐들었다. 다음 순간
나무를 통째로 켜서 만든 직궁(直弓)에 사람 키만한 화살 한 대가 걸렸
다.

끼이이이―

가벼운 비명을 뒤로 밀어내면서 직궁이 휘어졌다.

"끙! 어디서 영약이라도 훔쳐다가 먹어야지, 이거 활 당기기가 갈수록 힘에 부치는구먼. 어디 괜찮은 영약 없나?"

"영약타령 하지 마시우. 영약이라면 이가 다 갈리니까."

"음?"

끼익!

시위를 놓은 늙은이가 노파에게 물었다.

"아니, 왜?"

"몰라서 묻수? 몇 년 전에도 영약타령을 했잖수? 그래 내가 상련 창고에 몰래 들어가서 천지토룡신단(天地土龍神丹) 한 상자를 꺼내다 먹였더니… 당신이 어떻게 했수?"

"끄음. 다 지난 이야기를 해서 뭐 해?"

"다 지난 이야기라니! 그저 사내들은 이렇다니까? 그때 내 가슴에 맺힌 멍울은 평생 갈 거유. 아니, 사람 잘 죽이라고 영약을 훔쳐다 먹여놓으니까 기껏 한다는 짓이 새파란 것들과 바람이나 피워? 헹! 앞으로 십 년 동안 영약은 꿈도 꾸지 마시우."

"사람도 참, 쫀쫀하기는. 다 잊어버려, 이 사람아."

늙은이, 노령군 노해량(盧該亮)은 얼굴을 붉혔다. 그렇다고 쉽게 물러설 도령군 기영취(奇永翠)가 아니었다.

"잊어? 말이 쉽다, 이 늙은이야! 세상에, 바람을 피우다 피우다 못해서 하필이면 둘째 언니와 바람을 피우냐? 그 금칠한 얼굴이 뭐가 예쁘다고."

"그러는 당신은?"

바람이라면 노해량도 할 말이 참 많았다.

"뭐?"

"당신은 깨끗하냐? 첫째와 붙었잖아? 멀대처럼 키만 크지 양물은 정말 보잘것없는 그 자식과 말이야. 난 뭐, 할 말이 없어 입 다물고 있는 줄 알아?"

"뭐? 양물? 당신이 큰오라버니 것을 봤냐? 봤어?"

"그래, 봤다. 어쩔래?"

"어떻게 봤는데?"

"아, 한두 번 같이 오줌을 눴어야지. 매일 봐도 엄지손가락만하더라 뭐. 그게 뭐냐, 사내가? 최소한 내 거 정도는 돼야지."

"그래, 당신 잘났다. 매일 문전만 더럽히는 주제에. 흥!"

"에이, 씨버랄! 내가 말을 말아야지."

얼굴을 붉힌 노해량이 다시 활을 당겼다.

끼이이―

"잘 조준해서 쏴, 이 늙은이야! 엉뚱한 둘째 언니 년 가랑이에 냅다 꽂지 말고. 다시 영약 이야기를 꺼냈단 봐라! 양물을 아예 못 쓰게 뚝 잘라 버릴 테니까!"

"정신 산란해지니까 거 주둥이 좀 닥치고 있어."

파―앙!

뭔가가 맹렬한 속도로 날아오고 있었다.

은물결처럼 흩뿌려진 햇빛을 낱낱이 바스러뜨리면서 가늘고 긴 무엇이 이쪽으로 육박해 온다는 느낌. 빛살처럼 빠른 회전을 가진 그건 철판도 당장 뚫어버릴 것 같은 엄청난 기세였다.

"화살이네?"

박린은 금분에 휩싸인 계집을 놓았다. 순간 금분을 떡 칠한 계집 개연화가 작은 목검을 꺼내 박린을 향해 꽂았다.

"죽어라!"

쩡!

소리는 동시에 났지만, 동작은 목검이 늦었다. 어디서 나타났는지 화노가 곤륜취검으로 목검을 걷어냈기 때문이다. 갑자기 나타난 화노를 본 박린은 피식, 웃었다.

"판관이 끼어드는 법도 있소?"

"이년이 반칙을 해서 말이지. 케헴!"

"형님, 다 이겨놓은 싸움에 끼어들어서 제발 그런 비겁한 핑계 좀 대지 마시구려. 소생은 형님께 도와달라고 말한 적 없소이다! 기다리기는 했지만."

"잔소리 말고 저 화살이나 잘 처리해!"

2

맹렬하게 날아온 화살이 허공에서 한 바퀴 뒤집혔다. 가속을 더하기 위해 화살을 쏘아 보낸 자가 조종하는 모양이었다.

슈앙!

한 번 더 뒤집힌 화살이 맹렬한 속도로 낙하했다. 박린은 팔을 쳐들었다. 화노가 보기에는 화살을 받으려 하는 것 같았다.

"잉? 미친 짓이야! 보통 화살이 아니라고. 독을 잔뜩 처바른 화살이야. 스치기만 해도 박살나!"

"그렇소?"

처음부터 박린은 화살을 받을 생각이 아예 없었다. 소매를 한 번 툭 처서 걸쇠를 확인하자마자 바로 천룡통을 차고 나온 편전이 하늘로 솟구쳤다.

펑!

화노는 편전과 화살이 맞부딪칠 줄 알았다. 그런데 아니었다. 화살과 편전은 서로 만났지만 외피를 툭, 쓸면서 교차했다. 그러니까 편전은 편전대로, 화살은 화살대로 각자 목표를 향해서 날아오고 날아간 것이다.

"야, 피하자고!"

깜짝 놀란 화노가 문득 박린을 찾았지만, 박린은 벌써 어디로 사라져 버린 뒤였다. 화노는 기분이 매우 꺼림칙했다. 박린이 든든한 방패가 되어 주리라고 철석같이 믿었는데 이게 뭔가.

"이런, 염병!"

화노는 잽싸게 몸을 뒤집었다. 순간 화노를 살짝 비킨 화살이 누군가를 때렸다.

픽!

"칵!"

화노는 화살을 꽂고 발광하는 개연화를 보았다.

뭉클 풍기는 피비린내를 타고 속에서 시뻘건 분노가 치밀어 오른다. 사실 사령적무에는 자신도 마땅한 대책이 없었다. 그래서 잠깐 자리를 좀 피했더니…….

"그걸 고깝게 생각해 이렇게 화살을 선물했단 말씀이지? 으으… 선비라는 인간이 이런 식으로 치사한 복수를 해?"

화노는 박린을 향해 주먹질하지 않을 수 없었다.

"야, 선비! 너 이제 이 형님한테 죽었다!"

"여보."

대궁을 내린 노해량이 기영취를 보자 기영취가 고개를 돌렸다.

"흥! 부르지도 마시구랴!"

"뭐가 이쪽으로 날아오는 것 같은 느낌이 안 들어?"

"음?"

기영취가 입을 딱 벌렸다.

"화, 화살!"

노해량이 인상을 찡그렸다.

"그런데 보이지 않아요. 소리와 느낌은 분명히 화살인데 말이지. 당신이 한번 손을 써봐."

"끄음."

마땅찮은 표정으로 기영취가 꽃을 쳐들었다.

"만화신망(萬花神網)!"

순간 확 흐트러진 꽃이 하늘을 가득 메웠다.

겨우 열 송이를 던졌지만, 단번에 일만 송이로 변한 꽃들이 은은한 향기를 뿌리면서 하늘을 유영했다. 다음 순간 꽃을 향해 기영취가 손을 내밀었다.

"회화수(回花手)!"

다시 열두 송이로 변한 꽃이 기영취의 손으로 빨려들었다.

"아무것도 없잖아?"

화살이라면, 아니, 화살이 아니라고 해도 어떤 형체를 가진 무엇이라면 만화신망에 걸렸어야 한다. 만화신망은 말 그대로 일만 송이 꽃으로 만든 그물.

기영취가 짜증을 내자 노해량이 민망해했다.

“분명히 화살인데……?”

“그런데 왜 아무것도 안 잡혔냐고?”

“낸들 아나?”

“그나저나 당신, 제대로 쏘기는 쏜 거야?”

“뭘?”

“화살 말이야. 그 이름도 거창한 독령시(毒靈矢)!”

“당연하지. 이것 좀 봐. 독령궁(毒靈弓)이 부르르— 떨리는 게 보이지? 그럼 적중이거든. 독령궁과 독령시는 한 나무로 만든 거라서 서로 연결돼 있어요. 즉, 독령시가 피를 먹으면 독령궁도 이렇게 운다고.”

기영취가 눈을 빛냈다.

“누구를 맞혔는지는 모르잖아?”

“그렇지. 하지만 누님이 맞진 않았을 게야.”

“그걸 어찌 아누?”

“에… 그건 말이지, 독령궁과 독령시가 서로 교통하듯 독령시와 나도 교통하거든. 그러니까 독령시는 내가 원하는 사람만 때린다고. 내가 원하지 않으면 적중이 안 된다는 소리지. 아무려면 내가 누님을 때렸겠어?”

“흥! 아직까지 언니를 은애한다는 소리로 들리네?”

“에이, 사람도 참. 그게 아니라니까 그러네. 좀 이상하기는 이상해. 아까 말이지, 독령시를 몇 번 뒤집었거든? 그런데 뒤집히고 나서 바로 독령시와 교통이 끊어졌단 말이야.”

아직 노해량은 편전과 독령시가 스친 것을 모르는 상태라 어정쩡하게 말을 했는데, 기영취가 핵심을 찔렀다.

"그럼 지금은 독령시와 교통이 안 된단 소리야?"

"당연하지. 이런 경우가 한 번도 없었는데……."

"그 이야긴 결국 누구를 맞혔는지도 모른다는 소리네?"

"끄음, 정확히 말을 하자면 그렇지."

"에그… 이 병신. 참 어렵게 말한다."

"끙, 아무래도 영약을 먹어야 될까 봐."

순간 허공을 팍, 소리나게 찢으면서 무엇이 날아들었다. 저만치 날아갔던 그것은 몸을 틀어서 이쪽으로 다시 날아왔다.

쑤앙!

"큭!"

은사였다. 더 정확히 말하자면 은사가 달린 작은 화살! 그것이 노해랑을 중심에 두고 빠르게 유영했다.

촤라라락!

믿을 수 없었다. 한순간 은사에 꽁꽁 묶인 노해랑이 멍하니 기영취를 보았다. 하지만 기영취는 노해랑을 볼 만큼 여유가 있지 않았다.

"만화신망!"

노란 꽃 일만 송이가 허공에 뿌려졌다. 순간 지독해서 더 향기로운 독무(毒霧)가 하늘을 뒤덮었다. 한 방울이면 황소 일백 마리를 죽일 수 있는 청독(靑毒). 청독이 지닌 청빛과 꽃이 지닌 노란빛이 어울려 하늘에 촘촘한 꽃 그물을 친 것이다.

그러나 박린은 이미 하늘에 있지 않았다.

"참 고약하네, 아름다운 꽃을 이런 용도로 쓰다니!"

박린은 기영취가 만화신망을 펼쳐 내기 직전 땅에 발을 디뎠고 바로 칠성둔형을 펼쳐 기영취 뒤에 자리를 잡았던 것이다.

노해량이 외쳤다.

"뒤야, 당신 뒤에 있다고!"

"음?"

깜짝 놀란 기영취가 다시 만화신망을 펼쳤다.

화라락!

천지가 다 노랗게 보일 정도로 엄청난 만화신망이 펼쳐졌다. 순간 하늘거리며 죽죽 늘어나는 꽃과 꽃 사이에서 언뜻 무엇인가가 움직인 것 같았다.

기영취는 탄성을 질렀다.

"잡았다!"

다음 순간 회회수가 펼쳐져서 꽃을 다 지웠다.

"없잖아?"

기영취가 노해량을 보자 노해량이 또 악을 썼다.

"왜 없어, 이 바보야! 네 위에 있잖아!"

위를 본 기영취가 자지러졌다.

"까악!"

엄청난 양을 자랑하며 하늘을 온통 뒤덮은 노란 꽃송이들. 그건 믿을 수 없게도 기영취, 자신이 자랑하는 만화신망이었다.

만화신망에 휩싸인 기영취는 온몸을 쥐어뜯으면서 뒤로 널브러졌다.

"까아악!"

어슬렁어슬렁.

박린은 노해량에게 다가갔다.

은사에 휘감긴 노해량은 참 불쌍해 보였다. 거미줄에 걸려 허우적대

다가 꽁꽁 묶인 벌레, 그 이상도 이하도 아니었다.

"어험."

아무리 불쌍하게 보여도 한 수 지도해 주지 않으면 선비가 아니다. 일단 박린은 노해량을 툭, 밀었다.

쾅당!

넘어진 노해량에게 박린은 물었다.

"활을 몇 년이나 쐈소?"

"으… 으……."

"꼭 회초리를 들어야 입을 열겠소? 선비는 그런 부류를 매우 싫어하는데? 버티는 데까지 한번 버텨보자, 뭐 이런 생각을 했다면 큰 오산이오. 내 회초리는 상당히 아프다오."

박린이 척, 빼 든 요광은정도가 노해량을 한 대 때렸다.

딱!

"크윽!"

슬쩍 맞은 것 같은데 고통이 이만저만이 아니었다. 어떻게 버텨보려던 노해량은 버텨봐야 매만 더 맞을 것 같아서 포기했다.

"헉! 마, 말하겠다."

포기도 생각만큼 쉬운 게 아니었다.

"이왕 빼 든 회초리니까 한 대 더 맞으쇼."

탁!

"으윽! 말한다니까!"

"소생이 짝수를 싫어하니까 한 대 더."

따닥!

"마, 말하겠소이다, 선비님."

"하하. 이런 실수가? 소생도 모르게 두 대를 때렸지 뭐요. 그래서 합이 넷이오. 넷은 귀공도 아시다시피 아주 불길한 짝수요. 안됐지만 한 대 더 맞으쇼."

딱!

"크윽!"

다섯 대에 거의 기절 직전까지 간 노해량에게 박린이 말했다.

"활은 개나 소나 쏘는 무기가 아니라오. 오덕(五德)이 있어야 하지. 첫째, 기예(技藝)가 옳고 궁구(弓具)가 적합해야 하오. 그런데 귀공은 기예도 그렇지만 궁구 역시 매우 괴이하외다."

"으으……."

"둘째는 사심(邪心)을 버리고 심기(心氣)를 집중해야 하오. 오직 활만 생각하란 말씀이지요. 이 역시 귀공과 전혀 안 맞는 것 같구려. 귀공은 사특함이 넘치다 못해서 아예 깜깜하외다."

"……."

"셋째가 수덕(修德)에 철저해야 하오. 생활이 바르고 참되어야 한다는 말씀이지. 역시 귀공과는 거리가 먼 이야기외다. 귀공 관상을 보아하니 색이라면 사족을 못 쓰는구려. 그래서는 아주 어렵지."

노해량은 기가 막혔지만, 언제 회초리가 날아올지 몰라 입을 못 열었다.

"어험, 할 말이 대단히 많은 것 같은데, 조금 참으시오. 가르침이란 건 원래 멀고도 험난한 법이니. 소생이 다 가르친 연후에 실컷 떠들어도 무방하외다. 그럼 넷째 덕을 말씀드리겠소이다."

"……."

"넷째 덕은 바로 도행(道行)을 갖춰야 하오. 항상 정신을 맑게 가져야 한다는 말씀이외다. 즉, 아침저녁으로 기도에 힘써서 과녁만을 생각하는 마음을 떨어버려야 하오. 왜 처음 낚시를 배운 사람은 찌가 눈에 선해서 아무 일도 못하지 않소? 이런 마음을 버려야 한다는 게요.”

“……”

“마지막 다섯째 덕은 바로 측은지심(惻隱之心)이오. 만물을 귀히 여기고 소중하게 생각하라는 말씀이지. 그런데 귀공은 전혀 그런 것 같지 않소이다? 이 오덕과는 아무 상관 없이 활을 잡았다, 뭐 이런 말씀이지요. 아니 그렇소?”

“끄음.”

노해량은 자기 볼기를 다섯 대나 치고서도 태연히 입을 놀리는 녀석을 빤히 바라보았다. 아니, 바라보는 척했다. 그래야 녀석 뒤에서 막 해약(解藥)을 우겨 넣는 기영취를 보호할 수 있기 때문에. 그 속도 모르고 녀석은 뭔가를 단단히 착각하고 있었다.

“허, 왜 대답을 안 하시오? 설마 소생의 가르침에 너무 감동한 나머지 주둥이가 떨어지시지 않는 게요?”

“그, 그렇소이다!”

“하지만 소생은 그렇게 생각하지 않소이다. 왜냐하면 감동은 눈물을 꼭 동반해야 하는 설득력을 갖는 법이거든? 그런데 귀공께선 그 개 이빨만도 못한 이를 부러져라 깨물고 있소이다?”

“끄음!”

“생각을 해보시오, 귀공. 세상 어느 천지에 이를 깨물어가면서 감동을 말하는 개자식이 있소이까? 그래서 여태 소생은 소귀에 경 읽기를 했다는 생각이 드는구려. 그런 의미에서 소생이 딱 한 대만 더 때리겠소.”

딱!

노해량은 기절했다.

순간 해독을 다 마친 기영취가 달려들었다.

"이놈!"

털썩!

흙바닥에 엎어진 기영취는 벌떡 일어났다.

덮칠 때는 분명히 있었는데, 놈이 사라진 것이다. 어느 틈에 노해량을 묶었던 은사까지 챙겨서. 어리둥절해진 기영취가 주위를 둘러보자 어디선가 놈이 말을 건네왔다.

"사람만한 화살이 웬 금분 칠한 년을 맞혔소이다. 빨리 서둘지 않으면 아마 그년은 당신을 원망하며 죽을 게요. 저쪽에 떨어진 괴물도 마찬가지요. 당신이 오기만을 학수고대(鶴首苦待)할 거외다."

"으으……."

"이를 그렇게 심하게 갈면 자칫 부러지는 수가 있소이다. 고아한 소생이 보아하니 나이도 적잖이 드신 쌍년 같은데. 어험."

전음도 아니고, 전음이 아닌 것도 아닌 어정쩡한 목소리. 여기인가 싶어서 여기를 쳐다보면 저기서 들리고, 저기인가 싶어서 저기를 쳐다보면 여기서 들린다. 하늘에서, 땅에서, 사방에서 들리는 것이다. 기영취는 놈 찾기를 포기했다.

대신 기절해 버린 남편, 노해량을 마구 차고 때렸다.

"어서 일어나, 이 멍청아! 빨리 해약을 내놓으란 말이야!"

3

취소사(臭小蛇), 풀이하면 '냄새만 잘 맡는 꼬마 뱀 녀석' 왕이는 정말 코가 괴이하게 생겼다. 크기도 엄청났고 색깔도 붉었다. 이 이상하게 생긴 코를 좌우로도 움직일 수 있었다.

"쿵쿵! 그러니까 녀석이 여기서 한바탕하고 사라졌단 말씀이야. 쿵쿵! 그래서 웬만하면 냄새가 나야 하는데 냄새가 안 난다는 말씀이지. 그런데 이 이상한 악취는 뭐지?"

왕이는 악취의 정체를 따라가서 왕특을 봤다.

"아, 형이었수? 왜 그런 눈으로 보슈? 잘생긴 얼굴 첨 봤수?"

"끄음! 아, 아무것도 아니다. 어서 냄새나 잘 찾아봐라."

왕이는 코를 움직여서 이번에는 좌측을 쓸어갔다.

"쿵쿵쿵… 끙끙끙! 정말 이상하단 말씀이야? 도대체 이 자식이 어디로 사라진 거지? 이거 취소사 체면 다 구기네."

"커험!"

"쿵쿵쿵! 쿵쿵쿵!"

"……."

왕특은 조용히 왕이를 불렀다.

"왕이."

"왜 그러슈?"

"그러니까 말이다. 네 말은 지금 녀석 냄새를 잃어버렸다, 뭐 이런 뜻이지? 이 형님에겐 그렇게 들리는구나. 그렇게 듣지 않으려고 애를 써도 말이지."

"으?"

왕이는 얼른 얼굴을 폈다.

"으헤헷! 형님도 참. 아, 냄새야 있다가도 없고 없다가도 있을 수 있는 거지 뭘 그깟 걸 가지고 속 좁게 화를 내고 그러시우? 조금만 기다려 보시우. 이 왕이가 누구요? 십 리 밖 냄새도 맡는다는 취소사가 아니우?"

"그야 그렇지. 그걸 이 형님이 왜 모르겠냐? 십 리 밖은 몰라도 어쨌든 취소사가 아니냐?"

"으헤헤헷!"

"그런데 이상하지? 자꾸 이 형님 철두가 근질근질하다? 아무래도 뭘 하나 아작 내야 이 근지러움이 멈출 것 같다는 예감이 든다. 이래선 안 되는데 말이지!"

왕특은 쇠도리깨를 진 왕사를 보았다. 왕사가 얼른 눈을 피했다.

"으?"

쇠스랑을 진 왕삼도 먼 산만 쳐다본다. 왕특은 별수없이 건방진 왕오를 보았다.

"커험! 머리 좋은 다섯째 왕오는 어찌 생각하누?"

"뭐, 뭘 말이오?"

"그럴 리 없겠지만, 만약 왕이가 녀석을 놓쳤다면 말이다. 그렇다면 엄청 불행한 일이 생기겠지? 아마 누구 하나가 아작 날 게야. 뭐, 꼭 왕이를 두고 하는 말은 아니다. 어쨌든 누구 하나가 아작 날 거라는 생각엔 왕오 너도 동의하지?"

"끄음."

기분 뒤틀린 왕오가 왕이를 보자 왕이가 금방 새파래졌다. 왕특은 한마디 더 어르려 준비했다. 그때 왕육이 끼어들었다.

"으험, 큰형?"

"으?"

"이거 막내로서 할 이야기는 아니지만, 거 너무 왕이 형을 겁주지 마쇼. 아, 이럴 수도 있고 저럴 수도 있는 거지. 세상에 형님처럼 무식한 사람만 살면 힘없는 사람은 어디 서러워서 살겠소?"

"그렇지?"

빡!

느닷없는 박치기에 왕육이 비틀거렸다. 철두를 스윽 문지른 왕특은 얼른 고개를 돌려 왕이를 보았다.

"방금 막내 잘 봤지? 잘 봤으면 그렇게 멍청히 서 있지 말고 어서 녀석을 찾아라. 만약 못 찾으면… 그땐 그 이상하게 생긴 코를 영영 못 쓰게 될 게다!"

"끄음."

왕이가 신경질적으로 코를 내둘렀다.

"킁킁킁! 킁킁킁! 킁킁킁!"

한참 만에 왕이가 왕특을 불렀다.

"형?"

"말해 봐라."

"뒤로 돌아간 것 같은데?"

"뭐?"

"녀석이 도로 봉황성으로 간 것 같다고."

"화, 확실하냐?"

왕이는 코를 으쓱대면서 대답했다.

"아, 내가 누구요? 십 리 밖 냄새까지 맡는다는 취소사가 아니우? 제가 아무리 냄새를 감춰봐야 소용이 없지. 이 취소사 왕이가 분명히 말하건대, 녀석은 봉황성으로 다시 갔수."

“끄음.”

왕특이 왕오를 보자 마지못해 왕오가 말했다.

“봉황성은 경비가 엄청 삼엄한데? 우리도 간신히 빠져나왔잖아? 그래서 시간이 이렇게 지체됐지만. 아무튼 다시 들어가려면 큰일이라고. 배수로가 그대로 있으리란 보장이 없잖소?”

새벽 객잔에서 벌어진 싸움으로 봉황성은 비상 상태였다.

성문을 출입하는 자들을 철저히 검문했고, 신원이 확실치 않으면 무조건 억류. 그래서 누가 봐도 촌스럽고 수상한 왕씨 육 형제는 성문을 통과할 엄두도 내지 못하고 배수로를 이용, 성을 빠져나왔던 것이다. 그러나 왕특은 다시 들어가기로 작정했다.

“끄음.”

처음엔 녀석을 따라다니는 일이 매우 힘들었고 짜증났지만, 지금은 점점 재미있어지기 시작했다.

왜 그럴까? 녀석이 보여준 춤사위 때문이었다. 그 춤사위가 도대체 뭐기에? 생각할수록 괴이한 일이었지만, 어쨌든 춤사위를 떠올릴 때마다 왕특은 절로 흥이 일었다.

‘흥! 시골 산적으로 인생을 찌그리느니… 핑계 김에 천하를 한번 돌아보지 뭐. 사내로 태어나 삐까뻔쩍한 황도(皇都)나 색향(色鄕) 소주(蘇州)와 항주(抗州)를 구경도 못하고 죽는다면 정말 억울한 일이야. 사실 산적질은 너무 밋밋했어. 그래, 이 참에 갈 데까지 가보는 거야!’

“크험. 잘 들어라, 흉악하면서도 사랑스러운 아우들아.”

“……”

“이 형님은 녀석을 지옥 끝까지라도 쫓아갈 것이다. 뭐, 다른 목적이 있는 게 아니고 녀석이 감히 우리 왕씨를 업신여긴 죄 때문이다. 장남이면 절대 이런 모욕을 참을 수 없지! 장남이 아니라도 진정한 왕씨이면 이 살 떨리는 망신을 어찌할 수 없을 게다. 야, 왕오. 넌 녀석에게 돈까지 털리고 수염까지 그슬렸는데 어떻게 생각하냐?"

"나, 나야 뭐… 아무튼 난 말이지, 녀석이 나쁜 놈이라고 생각하우. 도둑놈에 사기꾼이지."

왕오가 얼버무리자 왕특은 왕육을 보았다.

아까 괜히 끼어들었다가 한 방 맞은 왕육이 일단 어깨부터 오므렸다. 왕특은 막내가 겁을 잔뜩 먹은 게 틀림없다고 생각했다.

"막내는 어떻게 생각 하냐? 물론 이 형님과 같은 생각이겠지만, 어려워하지 말고 말해 봐라. 넌 녀석에게 엄청 두들겨 맞았잖아? 가장 큰 피해자가 바로 너다! 아직도 오줌을 지리냐?"

"오, 오줌은 내가 아냐, 왕오 형이 지렸지. 하지만 가끔 악몽을 꿔서……."

"……."

"조, 종아리를 맞는 꿈이지. 거꾸로 쓰여진 문자들도 보이고. 큼! 난 큰형 의견에 무조건 따를 테니까 형들도 알아서들 처신하시우."

"커험!"

이만하면 분위기는 조성됐다. 왕특은 나머지 왕이와 왕삼, 왕사를 쓸어보았다.

"너희 중 왕씨이길 포기한 놈은 당장 앞으로 나와라. 녀석이 겁나는 놈도 나오고, 감히 이 형님 말씀을 거역할 놈도 나와라!"

"끄음."

어흠, 으음… 소리는 났지만, 아무도 나오지 않는다.

왕특은 크게 외쳤다.

"자, 녀석을 찾으러 출발하자!"

—옛친구를 보러 왔더니 귀양 갔다고 하네. 다행히 남쪽이라서 매화야 피겠지만, 서울 봄이 더 그리울 게다.
  洛陽訪才子, 江嶺作流人, 聞說梅花早, 何如北地春.

唐詩—孟浩然

요양휘는 콧노래를 흥얼거리다가 깜짝 놀랐다.

앞서서 잘 가던 도적 육 형제가 뒤로 돌더니 갑자기 뛰어오기 시작했기 때문이다. 함성은 지르지 않았지만, 산돼지들처럼 씩씩대며 뛰어오는 모양이 결코 예사로워 보이지 않는다.

요양휘는 육도를 갈라 쥐었다.

"쳇! 나쁜 도적 놈들! 본관이 몇 푼 보조받은 걸 눈치 챘나? 하기는 옷이 이렇게 휘황하니까 돈푼깨나 있어 보이겠지. 본관은 이번에야말로 저놈들과 사생결단을 내고야 말리라!"

자하신공을 끌어올리자 육도가 미친 듯 흔들리면서 괴이한 매화를 피워 올리기 시작했다. 역시 병기는… 생김이 중요하다. 주방에서 돼지고기나 썰던 육도로 고급 무공을 펼친 요양휘는 억울했다.

그래서 또 생각해 봤다.

"여기도 내 관할이 아니잖아?"

그렇다면 괜히 저 촌스럽고 무식한 자들과 손을 나눌 아무런 이유가 없다. 이런 경우 출세한 관원은 일단 피하고 본다. 애를 써봐야 콩고물 하나도 생기지 않는, 이런 복잡하고 골치 아픈 일에 매달릴 이유가 없는 것이다. 요양휘는 얼른 육도를 사렸다.

장작빈도 시는 아니었지만, 어쨌든 뭔가를 홍얼거리고 있었다.

"교접(交接:성교)은 옥경(玉莖:남성기)을 누르고 왕래해서 옥리(玉裏)를 넣어야 하네. 그게 조개를 쫙 벌려서 진주를 꺼내는 모습인데 이걸 육세(六勢) 중 제일세라 한다지? 요즘 짐은 교접을 하려 해도 옥경이 통 일어나지 않아서… 엥?"

장작빈은 눈을 크게 떴다. 비열하게 생긴 관원 놈이 갑자기 뛰어온다. 도적 놈들도 마구 뛰어온다.

"좋다! 천하제일신투, 이 장작빈이 네놈들에게 오늘 뭔가를 보여주마!"

장작빈은 서둘러 발초곤을 꺼냈다.

"선제께서 창업하신 지 얼마 지나지 않아 중도에 돌아가시고 지금 천하는 셋으로 갈라져 있는데 익주는 피폐하니… 음? 내가 왜 출사표를 외치지?"

장작빈은 하늘을 봤다. 가을이기에 더욱 심오해 보이는 하늘.

"오오, 하늘이시여!"

역시 대답은 없다.

"이 장작빈을 핍박한 원수들을 저렇게 보내주시니, 눈물이 앞을 가리지 않사옵니다! 왜 하필이면 이 좋은 가을날, 그것도 한창 배고플 때에 보내주시는지… 참 밉소이다!"

장작빈은 뒤를 보았다.

다행히 험악한 노마물, 우공과 인도는 보이지 않는다.

"흐음. 이상한 자식이 하나 오지만… 뭐, 상관없겠지?"

순간 무한투가 펼쳐졌다.

스윽.

야소는 초원을 보면서 말을 구하는 중이다.

돈을 주고 말을 사면 좋겠지만, 그러면… 낭만이 아니다!

낭만은 곧 자유, 자유는 신께서 인간에게 내리신 가장 성스러운 권리가 아닌가? 강탈이라는 점잖지 못한 언어를 사용하는 자가 어떻게 이 낭만을 알까. 그래서 강탈이나 갈취, 협박과 같은 살벌한 언어로 낭만을 구속한다면, 이건 신을 정면으로 부정하는 무식한 행위이면서 천벌을 받아 마땅한 행위.

야소는 드디어 낭만에 적합한 말을 발견했다.

"주여, 감사하옵니다!"

말은 저쪽 초원에서 양 떼를 모는 목부가 타고 있었는데 얼마나 잘 먹였는지, 진한 밤색 털에 기름기가 좔좔 흐른다. 더불어 키가 훤칠하고 다리가 길다. 배까지 홀쭉한 걸 보니까 못생기고 고집 센 과하마(果下馬)가 아니라 서역에서 흘러온 말이다.

챙!

야소는 톨레도검을 뽑았다.

"주께서 나를 도우심으로 내가 부끄러워 아니 하고, 내 얼굴을 부싯돌 같이 굳게 하셨은즉, 내가 수치를 당치 아니 할 줄을 아옵니다. 아멘."

야소는 이상한 예감이 들어서 앞을 보았다.

아까 객잔에서 봤던 중늙은이가 갑자기 괴이한 행동을 했기 때문이었다. 두 손을 번쩍 쳐든 중늙은이는 '하늘이시여!' 를 크게 외쳤다. 그리고 뭐라고 중얼거리는 중.

"오오, 복받을진저! 저자는 이 성스러운 신부가 행하려는 낭만을 위해 통성기도(通聲祈禱)하는 게 틀림없다! 생판 모르는 자도 저리 신실하게 이 종의 행사를 축복해 주니 어찌 한시인들 지체할 수 있으리오!"

순간 통성기도를 마친 중늙은이가 꺼지듯 사라졌다.

스윽.

"어라?"

야소는 이 괴이한 사태에 당황했다. 장작빈이 무한투를 펼친 것인데 야소가 그 사실을 알 리 없었다.

"설마, 저 중늙은이가 천사? 수염이 삐딱한 천사도 있었나?"

야소는 한동안 고개를 갸웃거리다가 또다시 감격했다.

"오우! 얼굴은 영 아니지만, 저 중늙은인 천사가 틀림없도다! 그렇지 않다면 어떻게 저런 기이한 능력을 가졌겠는가? 주님께선 확실히 이 야소를 사랑하신다. 그렇다면?"

낭만을 실천하는 데 망설일 이유가 없었다.

그러나 야소는 망설였다. 이런 일엔 언제나 마귀가 끼는 법! 중늙은이가 사라진 저 앞에서 개 떼처럼 몰려오는 마귀들이 보인다. 자칭 대도독부 관원과 머리 단단한 형제들.

저 마귀들이 한꺼번에 덤벼든다면?

"할렐루야, 분노하는 자는 다툼을 일으키고, 억울해하는 자는 범죄함이 많으리라. 아멘."

야소는 뒤를 보았다.

"음?"

저 뒤, 아까 객잔에서 봤던 몽고족 세 명이 한가롭게 걸어오다 깜짝 놀라 얼른 외면하는 척한다.

'흠, 낭만은 증인이 없을 때 가장 빛나는 언어가 아닌가?'

예수께서도 왼손이 하는 일을 오른손이 모르게 하라고 당부를 하셨다. 야소는 말을 강탈하려는 낭만에 정신이 팔려 뒤에 누가 있는지도 생각하지 못했다.

"허, 하마터면 마귀들이 쳐놓은 그물에 걸릴 뻔했네. 만약 내가 저 말을 취했더라면 저자들은 당장 관에 고변을 했을 터! 그렇다면 봉황성으로 끌려가 장약기 장군께 개망신당했을 게 아닌가?"

야소는 신께 감사했다.

"주님의 섭리는 하해와도 같다. 얼굴 괴이한 천사까지 보내주시어서 시험에 들지 않게 하셨도다. 주님, 감사하옵니다. 아멘."

야소도 뒤돌아서 냅다 뛰었다.

"으헉!"

왕란자두 일행도 깜짝 놀랐다.

"저 노랑머리가 왜 저래?"

개구사치가 가율무지를 봤지만, 가율무지라고 색목인이 냅다 뛰어오는 이유를 알 리가 없었다. 왕란자두는 별 생각을 다 해봤지만, 결론은 하나였다.

"저건 저 뒤에 몰려오는 '털가슴파' 때문이오!"

"으?"

부스럭부스럭.

개구사치가 도끼를 꺼내 들었다.

"이 참에 아예 다 까버립시다, 군사!"

개구사치는 그러잖아도 무료해하던 중이었다. 초원을 평생 말 달리

며 살아온 거친 성질이 한심하게 관도나 터벅터벅 걷는 걸 용납하지
않았기 때문이다. 하지만 개구사치는 망설였다.

"한 방에 저들을 다 까버리기에는 역부족이오. 앞장선 색목인도,
'털가슴파' 도 보통 놈들은 아니란 말씀이지."

결정은 노회한 왕란자두가 내렸다.

"뭐가 뭔지 모르겠지만 일단 피하고 봅시다, 장군!"

왕란자두 일행도 냅다 뒤돌아서 뛰었다.

우르르—

살수 십호도 사정은 마찬가지였다.

환한 대낮, 버젓한 관도에서 복면에 야행복 차림은 매우 현명치 못
했다. '나는 사람이나 죽이는 나쁜 놈이오' 라고 떠벌리는 거니까. 그
렇다고 살수가 살수답지 못한 차림을 하는 것도 문제였다.

머리를 쥐어짠 십호는 커다란 우거(牛車:소가 끄는 마차)를 어렵게 구
했다. 더 정확히 말하면, 훔쳤다.

어쨌든 십호는 우거에 지붕을 씌우고 그 안에 동료 살수들을 밀어
넣었다. 문제는 누가 복면과 야행복을 풀고 마부를 맡느냐, 였다.

격론 끝에 마부도 십호가 맡았다.

구호가 요동모자인 사괴와를 어디서 훔쳐 왔는데, 다른 살수들은 머
리가 커서 들어가지 않았기 때문이다.

십호는 마부를 맡고 매우 부끄러웠다.

구호가 훔쳐 온 옷이 하필이면 노파들이 입는 것이었기 때문이다.
졸지에 십호는 노파가 되었고, 부지런히 소를 몰아 조선 녀석을 쫓았
다. 방향이 같은지 앞엔 객잔에서 같이 싸운 엉성한 몽고족들이 가고

있었다.

'기회를 봐서 저놈들 옷을 빼앗아야지!'

생각은 좋았지만 이루어질 수 없는 일이었다.

느긋하게 걷던 몽고족들이 갑자기 뒤돌아서 달려오기 시작한 것이다. 그 뒤를 보니, 아뿔싸!

험악한 색목인과 육도를 든 화산파 도적 놈들이 마구 달려온다.

십호는 살수가 지닌 조심성으로 가만히 저들이 달려오는 원인을 생각해 봤다.

'또 뭔가가 꼬였다!'

난데없이 조선 놈이 병풍을 타고 달아난 것처럼, 육도관원이 뛰어들어 화산절기를 펼친 것처럼, 이리에게 습격 받았던 것처럼, 갑자기 망루가 무너진 것처럼, 객잔에서 싸움을 벌였던 것처럼 뭔가가 또 꼬인 것이다.

십호는 얼른 고삐를 돌렸다.

휘익—

마차가 급히 선회하자 안에서 불평이 터져 나왔지만, 십호는 마구 소 엉덩이를 때렸다.

촤악! 촤악! 촤악!

음메에!

소가 내달렸다.

쿠두두두—

4

린아.

쉽게 뺏기지 말고 쉽게 빼앗지 마라.

쉽게 빼앗기면 더러워질 것이고, 쉽게 빼앗으면 억울해할 것이다. 저들은 여태 세상을 못 얻었고 넌 아직 마음을 못 얻었다. 저들은 그걸 모르고 넌 그걸 안다.

이해할 수 없다면… 부숴 버려라.

황량한 초원이 왜 아름다우냐?

＊　　　＊　　　＊

해가 중천에 닿자 초원이 시끄러워졌다.

아침나절까지는 제법 쌀쌀했던 날씨가 한낮이 되자 완전히 풀린 것이다. 양 떼가 먼저 나오고 뒤를 따라서 돼지가 나왔다. 병아리를 몰고 나온 닭과 오리가 지평으로 달려간다.

이럴 때 초원은 시간이 영원히 정지된 공간 같았다, 해도 달도 영원히 제자리일 것만 같은 광활함 때문에.

박린은 기분이 좋았지만 화노는 아니었다.

"선비라는 인간이 말이야. 형님이 도와줬으면 고맙다는 소린 못할망정 혼자 화살을 피해 도망을 쳐? 에잉! 인간이 그러면 못쓰지. 시정잡배도 그런 짓은 안 한다고."

"시정잡배가 아니니까 그런 게요, 노인장."

"뭐? 거 말씀 한번 뻔드름하네. 그래도 입만 살아서. 아니, 그나저나 왜 또 노인장인가? 아까 막내 형님이라 부르기로 우리 약조를 단단히 하지 않았나?"

"그렇소이다, 노인장."

박린은 딴청을 부렸다.

"하나… 세상의 어떤 막내 형님께서 허약한 아우가 애써 싸우는데 판관을 서시겠다며 도망을 치겠소이까? 어험."

"끄음."

얼굴을 붉힌 화노가 뻔뻔해졌다.

"이봐, 선비. 그래도 마지막에는 이 형님이 도와줬잖아. 사람이 왜 이래? 남아일언중천금(男兒一言重千金)이야. 한번 하자, 했으면 끝까지 가야 한다고. 그렇지 못한 자들은 반드시 패가망신(敗家亡身)해서 꼴까닥하게 돼 있네."

"청빈을 신념으로 삼은 선비가 두려워할 게 무에 있겠소? 패할 가(家: 집)도 없고 망할 신(身:몸)도 없소이다. 다만 이번 연경행에 얍삽한 길잡이를 만나 고생만 직싸게 하는 게 마음 아플 뿐이라오."

"에?"

화노도 절대 질 수 없다.

"헴헴. 누가 아니래나? 팔자가 기구하긴 나도 마찬가지지. 선비라고 해서 덜컥 길잡이를 맡았더니, 이건 어떻게 된 게 만날 싸움질이야. 그렇다고 돈이 풍부한가? 것도 아니거든? 그럼 고분고분 말이라도 잘 들어야 될 게 아닌가? 청개구리가 따로 없어요."

"어험."

"이봐, 선비?"

"왜요, 노인장?"

"웬만하면 우리 떨어져서 걷자고. 아, 남들이 보면 우릴 일행이라고 오해하겠어. 오해까지는 괜찮은데 말이야, 이 미남도사님 체면이 깎이거든? 왜냐하면 말이지."

"……."

"자네 외모도 별거 아니지만, 차림이 그게 뭔가. 외모가 안 되면 차림이라도 좋아야지. 어지간하면 인근 점방에서 새 도포와 갓, 미투리를 사 신게. 아무리 돈도 좋지만… 인간이 그러면 안 되지. 아이고! 저 엄지발가락 나온 것 좀 봐."

"어험. 외모라면 노인장도 크게 하실 말씀이 없소이다. 말만 도사님이시지 험악한 인상 하며 색정을 잔뜩 띤 저 입술, 오종종한 덩치… 민망스런 말씀이지만, 대체 동네 건달도 아니고 색주가 기둥서방도 아니고. 좌우단간 그 꼴 참 볼 만하외다?"

"크험."

화노가 박린을 노려봤다.

"어험."

박린도 화노를 노려봤다.

"자네… 말 다 했나?"

"그렇소이다."

"정말이지?"

"그렇다는데 왜 자꾸 묻소이까?"

"에잉!"

화노가 관도에 벌렁 누웠다.

"나 길잡이 관둘 거야. 그러니 이제 너 혼자 가!"

노인네가 말로 안 되니까 순 땡깡!

"어험."

박린은 참 난감했다.

혼자 가라면 못 갈 것도 없지만, 만약 그랬다가 스승님께서 아시는 날이면 어쩌나? 자고로 선비는 스승님께서 애써 마련해 주신 성의를 무시하면 안 된다. 군사부일체(君師父一體)란 말씀도 있는데. 무엇보다 겁나는 건 스승님께서 내리실 불벼락.

"저어… 혀, 형님?"

"으?"

"과즉물탄개(過則勿憚改)라. 논어(論語) 학이(學而)편에 나오는 말씀이지요. 잘못을 깨달았을 땐 고치길 꺼려하지 말라는 고언(苦言:충고)입니다. 소생이 말씀을 과하게 안 했지만, 형님께서 고깝게 알아들으셨으니 그건 결국 소생이 불민한 탓이외다."

"음?"

화노가 눈을 깜박이고 고개를 기울였다.

"거, 말이 참 묘하네. 과즉물탄개는 맞는데 말이지. 어쨌든 자넨 날 핍박하지 않았다 뭐, 이런 말이지? 그런데 내가 속이 좁아 이상하게 알아들었다? 그게 자네가 부족한 탓이다?"

"어험."

"늙은이 헷갈리게 하지 말고 정리 좀 해보게."

"뭐, 꼭 정리랄 것까지는 없고 막내 형님으로 깍듯이 모시겠다는 다짐으로 보시면 되오이다. 사실 형님이 계셔서 이 아우는 정말 천군만마(千軍萬馬)를 얻은 기분이외다. 하하하!"

"끄응. 역시 그렇지?"

화노가 일어났다.

엉금엉금.

"이제 내 성깔을 알았으니 다음부터는 조심하게. 만약에 말이지, 한

번만 더 노인장 어쩌고 했다간 아우는 끝장일세. 알아듣겠나?"

"어험."

"캇캇캇! 사람도 참, 순진하게 얼굴을 붉히기는."

정말 못 말리는 화노가 아닐 수 없다.

'망할! 대체 스승님께서는 왜 이런 괴팍한 노인네를?'

"그나저나 말이야, 자네?"

"예?"

"지금 늙은 형님을 훈련시키나? 연경을 가려면 앞으로 가야 한다고 이 형님이 아까부터 누누이 말했지? 그런데 왜 뒤로 가느냐, 이 말씀이 야?"

아무리 길잡이지만 해줄 말이 있고 안 해줄 말이 있다.

"길잡이는 길잡이에만 충실하면 되오이다. 피치 못할 사정으로 돌아 갈 수도 있는 게지요. 형님께선 과히 염려하지 마시오. 부지런히만 가 면 뭐 하오이까? 아무런 내용이 없는데?"

"끄음."

화노가 입을 다물었다.

생각 같아선 네가 지금 날 무시하느냐고 한바탕 퍼붓고 싶지만, 워 낙 진중한 말인 것 같아 겨우 참는 기색이었다.

어슬렁어슬렁.

박린은 화노를 앞질러서 걸었다.

"아우, 같이 가세."

숨을 헉헉대며 화노가 따라왔다.

순간 톡, 튀어나온 설사자가 쏜살같이 앞으로 달려갔다.

화닥닥!

"뭐야?"

화노가 멍해졌다.

"쟤는 왜 또 저래? 왜 건방지게 앞장을 서냔 말씀이지. 어라? 이젠 아예 안 보이네?"

가을 초원은 황량해 보인다, 봄여름 동안 가득했던 푸름을 걷고 땅 본연이 가진 색깔을 보여주기에. 더불어 다음에 올 봄을 위해 결실을 꼭꼭 묻어놓았기에 겸허해 보이기도 했다.

꽥꽥꽥—

어미 오리가 새끼들과 관도를 가로질러 초원을 향한다. 연연은 탄성을 질렀다.

"어머! 오리예요."

탄성을 지르고 나서야 연연은 요동에 와서 자신이 달라졌음을 인정했다. 방랑 동안 늘 봐와서 이젠 무덤덤해져 버린 지평과 초원은 날마다 새로운 의미로 다시 태어나고 있었다.

"간밤에 내린 비로 오리들이 아주 신났사옵니다, 아가씨."

가까이 다가온 곽파가 넌지시 연연의 눈치를 살폈다.

"파파, 새끼들이 참 예쁘지요? 저 노란 털이랑 부리 좀 보세요. 덩치는 어떻고요? 꼭 주먹만해요. 쿡쿡!"

"어렸을 땐 다들 예뻐 보이옵니다. 그래야 해를 덜 입으니까요. 사람도 마찬가지 아니옵니까?"

곽파라고 연연이 밝아진 게 안 반가울 리 없었다. 하지만 그 밝아짐 이면에 도사리고 있을 어떤 그림자를 주시했다.

'박린, 이 녀석!'

곽파는 내심 이를 갈았다. 여자는 정 쏟을 대상이 생기면 마음에 기쁨이 차 올라 성격이 밝아진다.

'이 뻔뻔하고 능청스런 녀석! 흥! 암컷을 찾으러왔다고? 주제도 모르고 감히 대명제국 옥린(玉鱗)을 넘보다니… 아참, 그 녀석 이름도 린, 물고기 비늘 린(鱗)이라고 했지?'

"어디 두고 봐라, 네 맘대로 되나!"

"파파, 무슨 말씀이세요?"

"예?"

"뭘 두고 본다고 그러세요?"

사괴와 때문에 안 보이지만, 연연은 지금 동그란 눈을 하고 있으리라. 곽파는 자신도 모르게 불쑥 흘러나온 말꼬리를 잘랐다.

"아, 아무것도 아니옵니다, 아가씨."

"그러세요?"

"……."

"파파, 초원에 널린 모든 게 다 새로워요."

연연은 팔을 한껏 벌리고 곽파를 돌면서 말했다.

"전부 새로운 의미로 다가오네요. 초원을 맴도는 저 바람, 금가루 같은 이 햇빛, 그 아래서 배를 불리는 짐승들. 보세요, 파파."

"으음."

연연의 손가락을 죽 미끄러진 곽파가 딱딱한 표정을 풀었다.

"구름이 아니옵니까?"

"예, 구름이 꼭 양 떼 같잖아요. 저쪽 구름은 어떻고요? 엄청 푹신해 보여요. 저 위에서 한번 잠들면 백 년이고 천 년이고 깨지 않을 것 같네요, 쿡쿡!"

"구름은 그냥 구름일 뿐이옵니다, 아가씨."

"알아요, 파파. 근데 이상하지요? 전엔 이런 생각을 한 번도 안 했는데. 모든 게 삭막했는데… 연연도 이상하게 느끼네요. 이게 무슨 병인가 하고요."

"끄음. 병이 아니옵니다, 아가씨."

곽파는 생각했다.

'이제 은애가 찾아올 나이가 되신 겝니다, 아가씨. 전에 없이 오리새끼가 예뻐 보이신다면, 모든 것이 다른 의미로 보여지신다면.'

이전까지 의미있었던 것들이 점차 무의미해지고, 관심있었던 것들이 시들해지면서 새로운 세계가 열린다.

'하지만 이 녀석은 너무 뻔뻔해서 그걸 장난으로 생각할 테지? 능글맞고 음충맞은 녀석! 그렇게 되면 상처는 우리 순진한 아가씨만 입으신다. 아, 아, 은애가 할퀴고 간 상처는 얼마나 아프고 깊은가?'

"파파, 이제 두보(杜甫)나 이백(李白) 같은 시인들 마음을 조금 알 것 같아요. 이대로만 간다면 저도 시인(詩人)이 될 수도 있을 것 같네요."

"……."

"쿡쿡. 요동엘 정말 잘 왔어요. 황량한 건 영하나 요동이나 마찬가지지만, 요동엔 뭔가 다른 무엇이 있어요. 음음… 왜 가슴을 싸아— 하게 만들어주는 거."

연연은 갑자기 수다쟁이가 된 것 같았다.

"그게 뭔지 모르겠지만, 아무튼 그런 게 요동엔 있어요. 포근하고… 음음… 안타깝고, 음… 황홀하면서도 달콤하고… 또 쓰고 매운가 하면 부드럽고……."

"……."

진청자도, 광불도 멍하니 연연을 봤다.

연연은 지금 푸른 초장(草場)을 뛰노는 한 마리 야생마처럼 건강하고 밝다. 그게 나쁠 거야 없지만, 지금 상황은 그래도 될 정도로 한가하지 않다.

"나무관세음보살, 아가씨."

"말씀해 보세요, 대사님."

웃음을 한 점 매단 연연이 광불을 보았다. 그 웃음 사이로 쪽 고른 치아가 눈부시게 빛나 광불은 잠시 넋을 놓았다가 이내 말을 시작했다.

"험. 아가씨께서도 아시다시피 세상엔 사람이 두 종류이옵니다. 하나는 사내, 다른 하나는 여인네이지요. 이 두 종류가 아웅다웅하면서 세상을 만들어가옵니다."

"……?"

"일견하기에 아무런 문제가 없는 듯 보이옵니다. 그런데 문제가 많사옵니다. 여우 같은 여인네도 문제지만, 늑대 같은 사내가 더 큰 골칫덩어리란 말씀이지요."

"으?"

곽파는 광불을 보았다. 이럴 때 광불은 정말 돌팔이 중 같았다. 먹을 것을 줄이면서 수행에 용맹정진했지만, 사정이 여의치 않아서 마구 먹고 불우해진. 어쨌든 광불은 매우 심각한 말을 심각하지 않게 늘어놓는 데에만 열심이었다.

"험험. 아가씨, 한마디로 이 세상 모든 사내는 다 늑대이옵니다. 왜 늑대냐? 아가씨처럼 여리고 예쁘고 순진한 여우를 그냥 두지 않기 때문이지요. 침을 질질 흘리며 따라다니다가 으슥한 곳에서 그냥 으허엉! 하고 달려들지요. 그럼 여우는 말이옵니… 잉? 으? 어험!"

험악해진 진청자가 광불에게 눈을 흘겼다.

"이봐, 땡초."

"어허, 나무관세음보살."

"중이 중다운 말을 해야지, 늑대 같은 말을 하면 쓰나?"

"진짜!"

곽파도 거들었다.

"저런 땡초에게 무슨 고상한 말이 나오겠어. 별 기대 안 하고 들었지만, 정말 늑대 우는 소리네. 대체 무슨 생각을 하는 거야? 아무려면 우리 아가씨가 늑대 같은 놈에게 당하기야… 험. 이거 말하려니까 흉악해지네. 아무튼 땡초! 쓸데없는 소리를 하려거든 차리리 아무 소리도 하지 말아줘."

"끄음."

머쓱해진 광불은 문득 뒤를 돌아보았다. 일자로 쭉 뻗은 관도 저 끝에 봉황성이 보이는데, 하얀 늙은이와 시커먼 물소가 어기적거리며 걸어오다가 얼른 발을 멈춘다.

"음?"

늙은이가 깜짝 놀란다. 물소도 깜짝 놀라 얼른 돌아선다.

"잉? 물소까지 왜 저러나? 물소가 놀랄 만큼 이 부처님 얼굴이 흉측한가?"

동경(銅鏡:거울)이 있다면 꺼내서 확인해 보고 싶었다.

광불은 얼른 바랑을 뒤졌다.

부스럭부스럭.

광불이 주장하는 바에 따르면 득도한 고승은 바랑에 꼭 동경을 챙긴다. 얼굴이 득도한 고승답지 않게 변하는 걸 경계하기 위해서다. 그런 주장으로 본다면, 인상이 영 아닌 광불에게 있어서 동경은 득도를 보장해 주는 강력한 법구(法具).

"흐음."

햇빛에 타서 그렇지 정말 잘생긴 고승이 동경에 나타난다.

광불은 자신을 보고 깜짝 놀란 늙은이와 물소가 섭섭하지 않을 수 없었다.

"나무관세음보살!"

광불은 동경을 물소에게 비췄다.

생각 같아선 늙은이에게 확 비치고 싶었지만, 같이 늙어가는 처지라 차마 그러지 못하고 물소를 겨냥한 것이다.

"에잉! 털이나 실컷 그슬려라, 이 나쁜 물소!"

번쩍!

5

"윽!"

나쁜 물소, 우공은 혼비백산했다.

시커먼 고승 광불이 동경으로 쏘아 보낸 빛 때문이다.

빛은 그저 눈만 부시게 한 게 아니었다. 강력한 열기를 같이 동반해서 우공의 엉덩이를 후려친 것이다.

"우칼칼칼. 캑! 어흠흠."

"이런 씨불! 지금 웃음이 나오냐?"

인도는 천하태평이었다.

"거 냄새 한번 구수하구먼. 대력금강지(大力金剛指)를 빛에 놓아 보내다니……. 역시 천외삼신(天外三神) 광불이로세."

"내가 저 땡중을……!"

"한번 덤벼보려고? 그만두게, 이 사람아."

"왜?"

"몰라서 물어? 당금 무림을 영도하는 삼정팔괴십마보다 저 삼신이 훨씬 위야. 일신이정(一神二正), 일신삼괴(一神三怪), 일신사마(一神四魔) 몰라? 일신을 상대하려면 삼정은 이정이 있어야 하고, 팔괴는 삼괴가 있어야 하며, 십마는 사마가 있어야 된다는 말이지."

"씨불!"

우울한 어조로 인도가 말을 이었다.

"삼신 중 이신, 진청자와 광불이네. 옆엔 무림이신녀 중 하나인 곽파가 있고. 참으로 막강한 전력이지. 전전대 사황(四皇), 육제(六帝), 팔후(八侯)가 덤벼야 할 만큼."

"무공만 막강한 땡초 같으니!"

"무공만 막강한 땡초가 아니야, 이 사람아!"

"아무튼 세력도 없는 퇴물이잖아? 그러면 조용히 산에 처박혀 있지 왜 이런 촌구석까지 누비느냐 이 말이지. 십 년 전 소주에서 그만치 피를 흘렸으면 된 게 아닌가?"

"아냐. 저것들은 세력없는 위인들이 아니야. 무당이나 소림, 아미 본산에선 저것들을 진짜 신으로 모신다고. 그리고 저것들은 소주혈사 때 피를 한 방울도 안 흘렸어."

분노가 치밀어 오르는지 인도가 시뻘게졌다.

"그냥 지켜보고만 있었어. 나중에 개입했지만, 그건 싸움이 아니라 정리를 위한 거였지. 우리 혈사교와 강남상련맹만 피를 흘렸네. 우리

교와 강남상련맹은 괜히 양패구상(兩敗俱傷)한 거야. 물론 승리는 우리 교가 했지. 하지만… 철저하게 배신당했고 강남상련맹은 말 그대로 지 워졌네."

"알아, 그래서 우리가 이 고생을 하는 게 아닌가."

"우리는 유근, 그 불알도 없는 개자식을 믿었네!"

빠득!

인도는 이를 갈았다.

"우리가 피를 철철 흘린 대가로 놈이 정권을 잡았지. 우린 우리가 정권 잡은 것처럼 기뻐했네. 근데 그 불알도 없는 개자식이 우릴 어떻 게 취급했나?"

"이런, 씨불! 더 이상 말하지 마!"

당시가 진절머리난 우공이 고개를 내둘렀다. 그렇지만 인도는 말을 계속했다.

"피에 절어서 회군하는 길엔 그 개자식이 깔아놓은 천라지망이 가득 했지. 그 개자식은 야비하게도 우리와 앙숙 관계인 천리교(天理敎) 떨 거지들을 쫘악 깔아놓았던 게야."

다행히 광불은 동경을 한 번 비추고는 끝이었다. 한동안 씩씩대며 겨우 분노를 가라앉힌 인도가 문득 우공의 엉덩이를 봤다.

"경고를 한번 보낸 게야, 광불은."

"음?"

"녀석을 뒤쫓는 건 괜찮은데 말이지, 함부로 까불지 말라고. 나는 십 년 전에도 이런 경우를 겪었지. 보겠나?"

인도가 괴춤을 끌렀다.

우공이 멍해졌다.

“이거 데인 자국인데?”

“그래. 오늘 자네가 겪은 걸 똑같이 겪었어. 당시 나는 제정신이 아니었네. 유근을 때려잡으려고 남창(南昌) 영왕부(寧王府)까지 쫓아갔지. 그때 당한 게야.”

“그럼 저들이 아직 유근 편이란 말인가?”

“그건 아냐. 유근이 어떤 놈인지 몰라? 그놈은 저들을 내세워서 무림을 휘어잡자마자 철저하게 배신했지. 그래서 이렇게 요동을 떠도는 게야. 우리처럼 천변귀수에게 맡긴 물건을 빼앗으려고. 그래야 유근을 실각시킬 수 있으니까.”

“그럼 그때는 왜 저들이 중립에 섰지?”

이제 점으로 보이는 진청자 일행을 우공이 가리켰다.

인도가 눈을 가늘게 떠서 그들을 살펴보다가 우공을 보았다.

“중립이 아니었지. 솔직히 말하면 저들은 침묵을 지킴으로써 유근 편을 들었어.”

“으?”

“생각해 봐. 무당과 소림, 아미야. 오래된 문파들이고 세력 또한 막강하지. 우리 같은 신흥 교파는 아예 상대가 안 돼요. 그런 저들이 그냥 있었어. 불개입(不介入)을 내세워서 수수방관했네. 소주혈사는 결국 황궁과 무림 간의 정면충돌이었어. 그런데 저들이 불개입을 내세웠다? 지나가던 개가 다 웃을 일이지.”

“에이, 씨불! 복잡해지는구먼.”

우공이 뻥 뚫린 가죽을 문질렀다.

아직도 매캐한 연기가 금빛 햇빛이 엎질러진 주변을 떠다닌다.

인도가 발을 떼면서 말했다.

"일단 가자고. 아무리 날고 기는 삼신이라도 우리만큼 준비가 안 돼 있을 게야. 저들은 물건만 취하면 끝난다고 생각하거든? 그런데 그건 절대 아냐."

"뭐가 더 있는데?"

휘적휘적 앞장선 인도를 우공이 따라붙었다.

우공은 벌겋게 탄 엉덩이 살이 비어지고 발까지 절룩이는 게 영 볼 품없는 물소. 그런 물소 우공이 물었다.

"뭐가 더 있느냐고?"

"그건 녀석이 알고 내가 알지. 그래서 저들은 아직 우리를 따라오려면 멀었다는 게야. 나이만 많이 처먹으면 뭐 하나? 우정은 흙탕물처럼 변질됐고 시대가 바뀐 줄을 알아야지. 우헤헤!"

"그러니까 그게 도대체 뭐냐고?"

"흠, 이래서 사람은 머리를 잘 굴려야 한다는 게야. 청산(靑山)에 녹수(綠水)는 괜히 있는 게 아니거든? 약속이 반드시 지켜지기 위해서만 존재한다고 생각하나? 그건 절대로 아냐. 어그러지기 위해서도 존재하지."

"끄음!"

멍해진 우공이 버럭 소리쳤다.

"같이 좀 알자, 이 인간아!"

토끼 같은데 토끼가 아니다.

잿빛 귀 털이 한 뼘 정도 위로 삐죽 솟았고 온몸이 새하얗다. 등에 솟은 푸른 갈기가 꼬리까지 죽 이어진다. 꼬리엔 흑점이 총총히 박혀 있다. 눈은 노랗고 동그란데, 빨간 코 양 옆에 난 수염이 땅에 닿을 만큼 길다. 그런 짐승이 머리를 갸웃대면서 뭐라고 그랬다.

까오?

"아유, 귀여워!"

연연은 길을 막은 짐승에게 탄성을 질렀다. 앞발을 가지런히 모아 세우고 꼬리를 바짝 세운 짐승이 고개를 기울인다.

까웅?

"넌 뭐니?"

으르르—

이빨을 한 번 보였던 짐승이 또 머리를 갸웃댔다.

까오?

"쿡쿡! 네 이름이 '까오?' 야? 아닌 것 같은데요?"

털이 깨끗한 것을 보면 야생 짐승이 아니었다. 그렇다고 길들여질 성질도 아닌 것 같았다. 눈에 걸린 반달과 작은 어깨에 잔뜩 올려진 기세를 보면 이 짐승은 분명 맹수였다.

왈!

짖는 소리는 영락없는 강아지. 그러나 척, 보여주는 저 발톱은 호랑이다. 도대체 저 이상한 짐승은 뭐야?

정체는 뒤에서 조용히 다가온 곽파가 말해 줬다.

"설사자(雪獅子)이옵니다, 아가씨."

설사자는 장군대에서 연연을 봤는데 연연은 그때 정신이 없어서 설사자를 못 본 것이다.

"설사자요?"

"그렇사옵니다."

곽파의 눈이 깊어졌다.

"저 아이는 보통 짐승이 아니라 연리지영물(連理枝靈物)이지요."

"연리지영물이요?"

"예. 연리지(連理枝)란 말은 후한서(後漢書) 채옹전(蔡邕傳)에 나오는 말이옵니다. 뿌리가 서로 다른 두 나무가 나란히 자라다가 서로 의지하게 되고 마침내 몸과 몸이 닿아서 한 나무처럼 양분을 나누는 걸 말하옵니다. 흔히 사이 좋은 부부 사이를 일컬어 연리지연분이라고 하옵니다."

"그래요?"

"저 아이도 마찬가지이옵니다. 암수가 연을 맺으면 죽을 때까지 해로하지요. 만약 어느 한쪽이 먼저 죽으면 남은 한쪽도 시름시름 앓다가 죽사옵니다. 사람에게도 마찬가지이옵니다. 한번 연을 맺으면 죽을 때까지 충성을 하옵니다."

연연은 다시 설사자를 보았다.

까오?

잠시 침묵을 지켰던 곽파가 다시 말을 이었다.

"얼마나 총명한지, 말을 다 알아듣사옵니다. 그래서 저 아이가 사는 운남(雲南)에서는 저 아이를 가리켜서 천설노인(天雪老人)이라고도 부르지요. 어지간한 사람과는 연을 맺지도 않사옵니다. 제 스스로 주인을 택하지요."

"그럴 것 같아요. 덩치는 작은데 위세가 아주 당당한 걸로 보면요."

"현란한 살기를 지닌 영물이면서 지독한 독물(毒物)이고 맹수이지요. 호랑이도 저 아이를 보면 꼬리를 말고 줄행랑을 치옵니다."

"독물이요?"

"예. 입천장에 독니가 한 쌍 있사옵니다. 평소엔 접어두다가 무슨 일이 생겨 쭉 펴면 길이가 손가락 두 마디 정도 되는데, 거기서 나오는 독이 아주 치명적이옵니다. 십수 년 전에 덩치가 집채만한 교룡(蛟龍: 왕도마뱀)과 저 아이가 싸우는 모습을 봤는데, 딱 한 방이었사옵니다."

"정말 대단한 짐승이네요. 근데 파파께서는 저 짐승을 어떻게 아세요? 마치 키워보신 것처럼?"

"……."

대답을 미루고 설사자에게 다가간 곽파가 손을 벌렸다.

"얘야, 우리 참 오랜만이구나. 그렇지?"

곽파의 목소리는 떨렸다. 울음이 배인 목소리였고 회한이 굴러 나오는 목소리였다. 끊어내도 계속 생겨나는 그리움들이 서로 엉킨 목소리였다. 다른 때 같았으면 툭, 끼어들어서 상관했을 광불도 웬일인지 조용했다.

"음?"

연연은 곽파와 설사자가 아는 사이인 것도 의아했지만, 말없이 설사자와 곽파를 지켜보고만 있는 진청자와 광불도 의아하다고 생각했다.

까오?

"흑!"

흐르는 눈물을 훔친 곽파가 다시 설사자에게 손을 내밀었다.

"이리 오너라, 설서방. 벌써 이 작은숙모를 잊어버렸느냐?"

왈?

고개를 갸웃거린 설사자가 천천히 일어나서 곽파에게 다가왔다.

"……?"

순간 연연은 설사자가 바짝 세웠던 귀를 뒤로 눕히는 걸 보았다. 이어 경계심이 가득했던 갈기가 가라앉으면서 꼬리도 내려갔다. 다음 순간 설사자 얼굴이 햇빛처럼 환해졌다.

왈왈!

곽파의 손등에 설사자가 코를 비볐다.

"이 무심한 녀석……."

곽파가 설사자를 안아 올렸다.

"섭섭하구나, 이제야 작은숙모를 알아보다니. 지난 세월에 얼굴이 망가진 것은 틀림없는 사실이지만, 어쩌겠느냐? 벌써 강산이 한 번이나 바뀐 걸. 그나저나 우리 설서방은 하나도 안 변했네."

왈왈왈!

"오냐, 오냐, 너도 잘 있었느냐?"

과연 그렇다는 듯 설사자가 곽파의 손등을 핥았다. 그걸 말없이 지켜보던 광불이 나직하게 불호를 읊조렸다.

"에그… 나무관세음보살."

광불이 말했다.

"저 설사자가 바로 망구 언니인 벽력선자가 키우던 영물이옵니다, 아가씨. 벽력선자는 저 설사자를 데리고 천변귀수를 따라 조선엘 갔지요."

"그럼 벽력선자께 받을 물건이 저 설사자인가요?"

"끄음."

광불이 뒤로 빠지면서 진청자를 보았다. 광불 대신 여태 어두운 얼굴이었던 진청자가 대답했다.

"무량수불. 아니옵니다, 아가씨."

"그럼?"

"저 설사자가 목에 걸고 있던 반지가 바로 그 물건이옵니다."

"반지요?"

연연은 다시 설사자를 바라보았다.

설사자 목에는 아무것도 걸려 있지 않았다. 연연은 그런 설사자에게 얼굴을 비비며 꺼이꺼이, 우는 곽파도 보았다.

도대체 무슨 사연이 있었기에 파파께서 저토록 서럽게 우시는가. 연연은 곽파가 소리 내서 울 수도 있음을 처음 알았다.

삼 년 동안 지켜본 결과 곽파는 철혈녀였다.

어떤 경우에도 이를 악물었으면 악물었지 절대 소리 내서 울지 않았다. 연연이 내심 놀라고 있는 사이에 다가온 진청자가 말했다.

"아가씨, 어머니께서 주신 구리 목걸이를 꺼내보시옵소서."

"왜요, 노야?"

연연은 손바닥에 목걸이를 올려놓았다. 구리로 만들었지만, 줄만 구리였지 다른 건 구리가 아니었다.

"이것도 반지인데?"

"그렇사옵니다."

연연의 손바닥에 똑같은 줄을 올려놓고 진청자는 반지를 보았다. 반지는 금으로 만들어졌는데 첨두(尖頭)에 섬세한 봉황이 한 마리 날개를 펼치고 있다.

"아가씨, 아바마마이신 홍치께옵서는 이런 반지를 두 개 만드셨사옵니다. 하나는 이 봉환(鳳環)이옵고, 다른 하나는 신이 방금 꺼낸 이 줄에 있던 용환(龍環)이옵니다. 이 봉환과 용환이 원래 한 쌍이라서 용봉쌍환(龍鳳雙環), 혹은 연리지환(連理枝環)이라고 불렀다지요."

"……."

"저 설사자가 지녔던 반지가 바로 용환이었사옵니다."

"그럼?"

"그렇사옵니다. 나머지 용환이 있어야 아가씨께서 힘을 가지시옵니다. 즉, 유근을 몹시 경계하신 아바마마께서 생전에 안배해 놓으신 세력을 부릴 수 있으시다는 말씀이지요."

"……."

"천변귀수가 묘향산으로 가져간 물건이 바로 그 용환이옵니다. 현재 유근이 빼앗으려는 것도 바로 그 용환이지요. 당시 유근은 연리지환에 담긴 안배를 몰랐사옵니다. 단지 선제께서 내리신 철권(鐵券) 정도로만 생각했지요."

"철권이요?"

"예. 철권이란 황제께옵서 특별한 공을 세운 신하에게 내리는 신물이옵니다. 이 철권을 지닌 사람은 역모를 제외한 모든 죄에서 자유롭사옵니다. 이 철권에 승복하지 않는 자는 바로 역적으로 간주되옵니다."

"아!"

"그래서 유근은 신이 무태사를 맡는 조건으로 용환을 신에게 내리는 실수를 저질렀사옵니다. 신도 당시는 용환을 그저 철권으로만 알았사옵니다. 그래서 유근에게 요구했지요. 그걸 신이 천변귀수를 주었사옵니다. 유근으로부터 그 친구를 보호하기 위해서. 신도 나중에야 선제께옵서 남기신 밀지를 보고 그런 사실을 알았사옵니다."

"그런 사정이 있었네요."

연연은 앞이 조금 밝아짐을 느꼈다.

"그런데 왜 천변귀수란 분은, 아니, 박린은 왜 용환을 돌려주지 않아요? 자기 물건이 아니잖아요?"

"끄음."

진청자가 신음했다.

"녀석은 쉽게 용환을 내놓지 않을 것이옵니다. 오히려 아가씨께서 지니신 이 봉환을 빼앗으려고 들겠지요."

"예?"

"이 모두가 신들이 어리석어서 생긴 일이옵니다. 천변귀수와 신들 사이에는 인력으로는 도저히 메울 수 없는 깊은 골이 있사옵니다. 그게 먼저 해결되지 않는 한 연리지환은 절대 합쳐지지 않을 것이옵니다."

"……?"

연연은 다시 복잡해졌다. 진청자는 굳게 입을 다물었다. 연연은 인력으로 메울 수 없는 깊은 골이 과연 무엇인지 광불에게 물어보려 했지만, 광불 역시 무겁게 불호만 읊조린다.

"나무관세음보살."

곽파도 멍한 눈으로 설사자만 쓰다듬곤 말이 없다.

"저… 파파?"

대답은 설사자가 대신했다.

왈.

연연은 내심 한숨을 쉬면서 봉환을 챙겼다.

"네 이름이 설서방이니?"

왈!

"내 이름은 주연연(朱延燕)이야."

왈왈!

"이제부터 날 막내 숙모 삼지 않을래?"

설사자가 고개를 기울였다.

까오?

"이래 뵈도 나 괜찮은 아가씨야. 지금은 형편이 어려워서 이런 꼴이지만, 어렸을 땐 예쁘다는 소리를 많이 들었어요. 그러니까 설서방님, 아무 소리 하지 말고 날 막내 숙모 삼아줘요. 응?"

까웅.

눈을 비비고 수염을 턴 설사자가 마지못해 왼발을 내밀었다.

"아유, 좋아라!"

연연이 얼른 설사자 발을 잡았다. 아니, 잡으려 했다.

"왜 도로 내렸어?"

왈왈― 까웅!

설사자가 뭘 설명했지만 연연은 알아듣지 못했다. 그러자 눈물을 닦은 곽파가 대신 말해 줬다.

"오른손은 싫다는 말이옵니다. 심장 달린 쪽, 그러니까 자기처럼 왼쪽을 내밀어서 서로 약속을 하자는 말이옵니다."

"어머! 그래요?"

연연은 왼손을 굳이 원하는 설사자도 신기했지만, 그 말을 알아듣는 곽파가 더 신기했다.

"끌끌."

곽파가 웃었다.

연연은 왼손을 쑥 내밀었다.

"자, 왼손!"

왈!

연연의 손바닥에 설사자도 발을 올려놨다. 그 작고 귀여운 발에서 전해진 따뜻함에 연연은 자신도 모르게 뭉클해졌다.

"설서방, 이제부터 난 네 막내 숙모가 된 거예요. 알았지?"

마지못한 표정으로 설사자가 대답했다.

까웅.

설사자 발을 잡은 채 연연이 또 물었다.

"이봐요, 설서방?"

왈?

"요동에 왜 왔어?"

으르르… 왈왈, 까웅?

여전히 알아들을 수 없는 말이어서 연연은 곽파를 보았다.

"십 년 전에 헤어진 제 배필을 찾으러왔다는 말이옵니다."

"배필이요?"

"예, 아가씨. 이름이 '옥토끼' 인데 당시가 워낙 경황 중이여서 언니가 이 녀석만을 챙긴 모양이옵니다. 황궁 어디에 있다는 소리를 들었지만 한 번도 본 적은 없사옵니다."

"어머, 참 안됐다. 얼마나 보고 싶겠어."

까웅.

설사자가 슬픈 표정으로 머리를 숙였다.

연연은 그제야 박린이 말했던 '암컷' 의 의미를 알아차렸다. 그렇게 말할 수밖에 없었던 사정까지도 대충 짐작을 했다.

박린은 진청자와 광불, 곽파에게 이 설사자를 함부로 보여줄 수 없었을 것이다. 왜냐하면 진청자와 광불은 이 설사자가 지닌 의미를 똑똑히 알고 있기에. 그래서 오해를 자초했고 그 결과로 핍박을 받을 수밖에 없었음을.

'그런데 왜 지금은 설사자를 보냈지?'

"설서방."

까오?

"네 삼촌은 지금 어디 계시니?"

순간 설사자가 버럭 화를 냈다.

왈! 으르르─

"음?"

"삼촌이 아니라 작은주인이라고 말하는 겝니다. 이 녀석은 그런 관계를 상당히 민감하게 따지지요."

"앗! 미안. 그래, 네 작은주인께선 어디 계시니?"

대답은 전혀 엉뚱한 하늘에서 들렸다.

"예 있소이다, 낭자."

"이런!"

곽파가 연연을 안고 물러났다. 그 앞을 진청자와 광불이 틀어막았고, 진청자가 뿜어낸 태극청류사가 엄청난 기세로 네 사람을 휘어 감았다. 다음 순간 네 사람이 노려보는 하늘에 문득 꽃 한 송이가 생겨났다.

선명한 촉규화(蜀葵花:접시꽃)였다.

"저건 만화신망!"

곽파가 부르짖자마자 하늘에 수만 송이 촉규화가 뿌려졌다.

화르르─

곽파는 멍하니 입을 벌렸다.

도령군 기영취가 펼치는 만화신망이 노란빛 일색에다 지독한 독향을 내뿜는 데 반해 박린이 펼친 만화신망은 그렇지 않았다. 오색 찬란한 촉규화 몇만 송이 사이에서 은은한 향기가 일렁였다.

한순간 하늘을 현란하게 덮었던 촉규화가 사라졌다. 이어 감빛 안개가 천지를 덮었고 그 중심에 커다란 동공이 생겼다.

곽파는 또 부르짖었다.

"사령적무!"

스멀스멀.

물론 풍령군 개연화가 펼쳤던 사령적무가 절대 아니었다.

핏빛 안개 대신 노을같이 엷은 감빛 안개가 하늘 가장자리부터 엎질러져 서서히 중심을 물들여 오고 있었다. 정말 향기롭고 몽환적으로 밀려오는 안개였다.

"에잇!"

팡팡팡팡!

진청자가 자허풍뢰장(紫虛風雷掌)을 후려쳐 시야를 확보했다.

"도대체 네 녀석은 어디 숨었느냐?"

대답 대신 다시 안개가 밀려들었다.

"이따위 삼류환술로 우릴 상대하려 했다면 큰 오산이다, 이놈!"

다시 진청자가 무극현천장(無極玄天掌)을 쳐냈다.

파르르— 쾅쾅!

순간 안개 어디쯤에서 박린이 말했다.

"여전히 선비를 핍박하시는구려."

"뭐라?"

"소생은 반가운 마음에 꽃과 향무(香霧:향기 나는 안개)로 인사를 여쭈었거늘. 웃는 낯에 침 뱉는다 들었소만, 이건 정말이지 너무하는 처사가 아니오."

“끄음.”

머쓱해진 진청자가 손을 내리자 이번에는 곽파가 가만있지 않았다. 왼손에 금빛이 어린다 싶더니 대번 손가락에 영롱한 구체가 매달렸다. 구체를 안고 구부러졌던 손가락이 일자로 쭉 뻗었다.

따다땅!

“어험, 이건 아미 탄지금(彈指琴)이구려?”

“으으…….”

“이거 한 방이면 집채만한 바위도 으깬다지요? 대체 무슨 원수가 졌다고 이 난리를 부리시는지 모르겠소이다? 선비는 폭력을 매우 경멸한다오. 왜냐하면 도리가 아니기 때문이오.”

“끄음.”

“하나 마땅히 써야 할 땐 쓴다오. 선비지만, 한번 한다면 하는 선비란 말씀이지요. 바로 이렇게 말이오.”

안개가 한 번 크게 일렁였다 싶은 순간, 믿을 수 없게도 진청자가 방금 쳐낸 자허풍뢰장이 땅에 꽂혔다.

팡팡팡팡!

다음은 두 번째로 쳐낸 무극현천장.

파르르— 쾅쾅!

마지막은 아미 탄지금이었다.

따다땅!

연속으로 두들겨 맞은 땅이 쩍쩍 갈라지면서 일제히 일어났다. 이어 폭풍에 휩쓸린 것처럼 굉장한 바람이 불었고, 땅에서 일어난 먼지가 안개를 뒤엎으면서 네 사람을 휘어 감았다. 그 엄청난 먼지 속에서 곽파가 부르짖었다.

“아가씨!”
먼지가 다 가라앉고 사방이 밝아지자마자 진청자가 씁쓸해했다.
“결국 아가씨를 또 빼앗겼구먼.”
“이런, 나무관세음보살.”

제2화 재회(再會)
당신을 다시 만났다

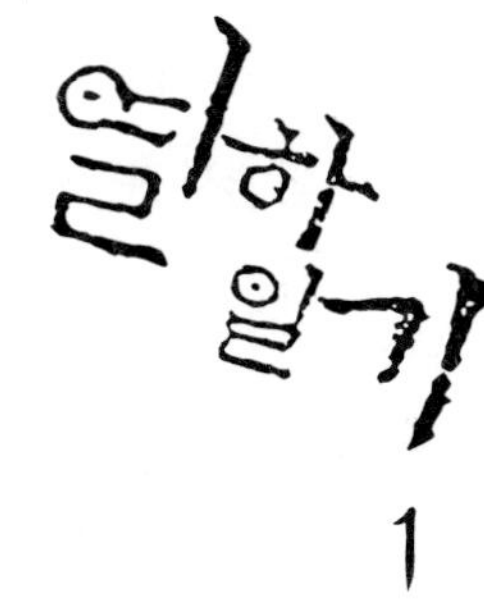

지난번과 똑같았다.

어떤 방법으로 납치를 당했는지 연연은 생각이 나지 않았다.

기이한 향기가 머리를 채운 순간, 정신을 차려보니 웬 저잣거리를 걷고 있었다. 연연은 기막혀 했지만 자칭 선비 박린은 뻔뻔했다.

"낭자, 공자께서 불환인지불기지(不患人之不己知)이면 환부지인야(患不知人也) 하셨소이다. 남이 나를 알아주지 않음을 걱정 말고 내가 남을 알지 못함이나 탓해라, 뭐, 이런 말씀이오."

"흥!"

논어(論語)라면 연연도 훤했다.

"교언영색(巧言令色)이면 선의인(鮮矣仁)이니라, 는 말씀도 하셨네요. 풀이하면 듣기 좋은 말만 주절이거나 꾸민 얼굴로 다가오는 사기꾼을 조심하란 말씀! 납치해 온 주제에 교언영색이 아주 심하시네요?"

톡 쏴붙인 연연은 자칭 선비 옆에 어벌쩡하게 선 노도사를 봤다. 차림에서 도사답게 보이려고 고심한 흔적이 보이지만… 아니었다. 눈동자는 흐리멍덩하고 수염은 삐죽삐죽하며 쩍 벌어진 입에서는 침이 흐르고 있었다. 한마디로 늙은 색마 엇비슷하게 생겼다.

연연은 다시 박린을 보았다.

"취향이 똑같은 분을 모셨네요?"

"에?"

순간 차림만 노도사가 깜짝 놀라서 입을 다물었다. 노도사는 침을 쓱쓱 닦고 수염을 매만지는 등의 수선을 피운 뒤에 이내 입을 벌렸다.

"헤헴! 소저. 거, 말씀이 참 과하시오이다. 이 늙은이는 저 추레한 선비와는 무관하외다. 아무 사이도 아니라는 말씀이지요."

"……?"

"상무욕이관기묘(常無慾以觀其妙), 상유욕이관기(常有欲以觀其)라. 헴헴! 이 늙은이는 항상 욕심없이 천지를 관찰하지만, 또 항상 욕심으로써 그 결과를 관찰하는 행자(行者)일 뿐이라오."

"흥!"

연연은 도덕경(道德經)도 훤했다.

"도가도비상도(道可道非常道), 명가명비상명(名可名非常名)이라네요. 도(道)라고 주장하는 것은 도가 아니고 이름[名]이라고 주장하는 것 또한 이름이 아니다. 이런 뜻이라지요!"

"끄음."

색마 같은 노도사가 물러서자 역시 색마 같은 자칭 선비가 노도사를 위로하는 척하는 꼴은 정말 가관이다.

"아이고, 막내 형님께서 낭자께 한 방 맞으셨구려. 거 꽤나 아프시겠소이다.”.

“헴헴, 아프기는 뭐. 아참, 내가 자네 막내 형님이었지? 요즘은 당최 기억력이 없어서 말이야. 이래서 가끔 실수를 하지. 하긴 뭐, 인간성이 좋은 데다 얼굴까지 정말 잘생긴 도사님이 이런 작은 실수마저 안 한다면 약간 삭막해 보이지 않겠어?”

“그건 그렇지요. 참 좋은 말씀이외다. 이 세상에 막내 형님 외모를 감당할 자는 그리 많지 않지요. 인간성 역시 누가 감당을 하겠소? 어림 없지요. 어험.”

“그렇지? 캇캇캇! 흠흠. 일단 웃고 보지만 기분이 영……. 하지만 칭찬으로 알겠네. 사실 자네와 아옹다옹 따져 봐야 뭐 하겠는가? 도토리 키 재기지. 서로 얼굴에 금칠해 봐야 어떤 놈이 알아줄 것도 아니고 말이지. 안 그렇수, 소저?”

연연은 노도사가 또 침을 흘리자 기가 막혔지만 참았다.

“아시니 다행이네요. 그나저나 절 어디로 데려가는 거예요? 이곳은 봉황성 어디쯤 같은데? 옷 파는 점방들이 죽 있는 걸 보니까 저를 옷집에다 팔아치울 모양이네요?”

설마 그런 짓이야 저지르겠냐 싶으면서도 걱정되는 건 어쩔 수 없었다. 연연은 박린을 훔쳐보았다.

‘아무리 봐도 차림이 영 아니라서 그렇지, 선량한 사람이라는 생각이 드는 이유는 뭘까?’

박린은 만날 때마다 엉뚱한 소리를 해서 진청자와 광불에게 또 곽파에게 엄청 핍박을 받았다.

‘장군대까지 포함한다면?’

장군대를 생각한 연연은 얼굴을 붉혔다.

“이봐요, 선비님. 소녀는 바느질도 못하고 눈치도 없어서 이런 일과는 전혀 아니네요. 정 팔아치우겠다 생각하셨으면 욕심 부리지 말고 돈을 조금만 받으세요. 그나저나 정말 대답하지 않을 거예요?”

“어험.”

박린은 성큼성큼 걷다가 웃집 앞에서 발을 멈췄다.

“봉황포(鳳凰布)라? 봉황이면 황비(皇妃)나 공주(公主)를 일컫는 말이 아닌가! 정말 근사한 현판이 아니뇨. 모름지기 옷을 취급하는 현판이라면 적어도 이쯤 돼야 이목을 끌지. 어험.”

“이봐요?”

봉황포로 휘적휘적 들어가는 박린을 연연이 불렀지만, 역시 대답이 없었다. 별수없어진 연연은 노도사를 보았다.

순간 뒤에 바짝 붙어서 코를 벌름거리던 노도사가 깜짝 놀라 물러섰다. 정말 생긴 대로 노는 도사… 아니, 늙은 색마였다.

“노야?”

“아, 예예, 소저.”

“노야라고 불러 드리지요. 노야께 ‘도사님’ 하려니까 왠지 껄끄럽네요. 이해하실 거지요?”

“끄음. 이해고 뭐고가 어디 있소이까? 솔직히 욕심 같아서는 막내 오라버니라고 불러주시면 좋겠지만, 소저께서 워낙 미녀시니까 이 미남 도사가 참아야지요. 그나저나 지금 안고 계신 짐승은 참 좋겠소이다!”

“예?”

연연은 얼른 가슴을 봤다.

“설서방!”

까오?

"맙소사!"

얼마나 황당했고 정신이 없었는지, 설사자를 안고 있으면서도 까맣게 잊어버리고 있었다. 연연은 노도사에게 물었다.

"이 녀석이 왜 좋겠다는 거예요?"

"아, 향기 그윽한 미녀 품에서 낮잠을 즐기니 얼마나 행복하겠소이까? 어떨 때보면 세상은 참 불공평하오이다. 도를 구하는 도사님은 저 녀석 같은 호사를 못 누리니 말씀이지요. 캇캇캇!"

"뭐요?"

연연은 음충맞게 웃는 노도사를 한 대 갈겨주고 싶었다. 하지만 먼저 물어볼 말이 있었다.

"왜 이곳으로 데리고 왔냐고 물으시려던 참이 아니오?"

"……."

"에, 그건 말이지요. 이 미남도사님이 아우에게 엄한 가르침을 한 수 내렸소이다. 무슨 가르침이냐? 헴헴. 일단 들어가 보시면 자연히 궁금증이 풀리리다. 명색이 봉황포가 아니오?"

봉황포 주인 대씨가 지닌 여러 미덕 중 제일은 참을성이다.

새벽에 찾아와 다짜고짜 행패를 부린 거지를 잘 구슬려 보낸 것만 봐도 그렇다. 그렇지만 가끔 이 참을성이 결코 미덕만이 아님을 깨달을 때도 있다.

바로 지금 같은 경우.

"이리 오너라! 게 아무도 없느냐!"

"으으… 오늘은 일진이 정말 안 좋은 날이네. 새벽부터 웬 거지 자식이 육도를 들고 엄청 난동을 부리더니 또 거지로구나."

대씨는 이상한 차림을 한 거지를 보며 치를 떨었다. 지금 저 거지에 비하면 새벽 거지는 대도독부 전령이라고 우겨서 그렇지 그래도 얌전한 편이었다.

저게 다 뭔가?

'망가진 갓, 물소가 씹어놓은 도포. 병풍은 또 뭐고, 그 옆에 작대기는 또 뭔가?

무엇보다도 주인이 앞에 있는 걸 빤히 쳐다보면서도 마구 내지르는 저 우람한 고함 소리는 뭔가.

"이리 오너라! 게 아무도 없느냐!"

"에잇!"

대씨는 우선 몽둥이부터 들고서 대답했다.

"그래, 이리 왔다, 이 자식아!"

"허… 귀공 말씀이 좀 지나치신 것 같소이다."

"뭐?"

대씨는 더 의기양양해서 거지를 핍박했다. 그럴 수밖에 없던 게 거지는 혼자 몸뚱이가 아니었다.

"도대체 우리 봉황포에 무슨 원수가 졌다고 새벽부터 떼로 몰려다니는 게냐? 한번 털어갔으면 됐지, 왜 자꾸 오느냐 이 말이다! 이번엔 아예 온 식구가 출동을 했구먼? 늙은 아비와 젊은 아들, 며느리… 저건 또 뭐야? 토끼까지 데리고 왔잖아?"

"귀공, 소생은 귀공께서 무슨 말씀을 하시는지 당최 모르겠소이다. 소생은 그냥 지나가다 현판이 마음에 들어서 옷을 사러 온 것뿐이오."

"으?"

대씨는 잠깐 혼란스러웠다.

"그런데 이렇게 핍박을 하시면 도리가 아니지요. 더구나 귀공과 소생은 초면이 아니오? 작금 대국이 혼란해서 예의와 도리가 땅에 떨어진 상태라는 것은 익히 아오만, 벌건 초면에 그렇게 험악한 쌍욕을 해서야 어디……."

어슬렁어슬렁.

다가온 거지는 대뜸 대씨를 잡았다.

"헉!"

대씨는 피하려 했지만 꼼짝 못하고 잡혔다.

쭉 늘어난 것 같이 날아온 손이 사방을 막았기 때문이다.

"놔라, 이놈아! 이제 폭력까지 쓰는구나. 흥! 이런다고 새벽처럼 내가 잘해줄 것 같냐? 이제 어림없다, 이놈들아! 더 이상 줄 돈도 없지만, 설사 있다 해도 안 된다! 차라리 날 죽여라, 죽여!"

마구 떠들다 보니 어째 보이는 사물이 이상했다.

죄다 거꾸로 보이는 것이다. 대씨는 정신을 바짝 차렸다.

귓바퀴를 마구 스치는 이 바람과 거꾸로 보이는 사물로 판단하자면 자신은 지금 허공에 뜬 채 어디론가로 날아가는 중?!

역시 그랬다.

쾅당!

구석에 처박힌 대씨는 벌떡 일어났다.

"에잇!"

변방에서 장사로 성공하려면 이까짓 작은 고난에 굴해서는 안 된다. 부딪친 충격으로 머리가 흔들리고 어깨가 엄청 아팠지만, 이따위 고통에 연연해서 도전을 피하면 쪽박 차는 수가 있다. 몽둥이를 움켜쥔 대씨는 거지를 향해서 사납게 달려갔다.

그리고… 정중히 물었다.

"나으리, 소인이 잠시 머리가 어떻게 된 줄 어찌 아시고 이렇게 깨우쳐 주시옵니까? 정말이지 화끈한 깨우침이었사옵니다. 나으리께서는 혹, 장백천산에 거하신다는 선인(仙人)님이 아니신지?"

심은 대로 거둔다고 했다. 마찬가지로 정중한 물음에는 항상 정중한 답이 오는 법이다.

대씨는 그 이치를 철석같이 믿었고 믿은 만큼 보상을 받았다.

휘잉—

다시 모든 사물이 거꾸로 보이면서 바람이 귓바퀴를 마구 스친 것이다. 대씨는 또 정신을 바짝 차렸다.

옛말에 호랑이에게 물려가도 정신만 차리면 산다고 했다. 비록 날아가는 중이지만, 머리만 잘 쓰면 보다 멋있는 모양으로, 보다 아프지 않게 떨어질 수 있기에.

그러나 이번에도 아니었다.

하필이면 아침을 먹다가 밀어둔 상에 떨어진 것이다.

와장창!

대씨는 정말 참을성 많고 의지가 강했다.

"나으리, 소인이 아침을 덜 먹은 걸 어떻게 아시고 그것을 또 깨우쳐 주셨사옵니까? 나으리께서는 정말 선인이 틀림없사옵니다. 그래, 제자는 몇이나 두셨는지요? 아시다시피 소인 놈은 옷을 파는 상인이온데 옷이 약간 남사옵니다."

대씨는 무서워서 얼른 눈을 감았다.

"어험."

"으?"

대씨는 실눈으로 선인을 살폈다.

"과즉물탄개를 실천하는 귀공의 모습이 참으로 아름답소이다그려. 세상은 때로 사람을 서운하게 만드는 법이지요. 그래서 전쟁이 일어나고 다툼이 일어나며, 이빨로 물어뜯는 괴이한 사태가 발생하는 것이라오. 하지만 잘못을 깨달았을 때 즉시 고치는 귀공 같은 분이 계셔서 그럭저럭 굴러가는 게 또한 세상이라오."

"예?"

대씨는 고개가 기울어짐을 어쩌지 못했다.

"저… 선인 나으리?"

"어험, 어려워하지 말고 말씀을 해보시오."

"소인 놈은 개죽을 먹지 않았사옵니다. 더구나 물 탄 개죽은 정말 안 먹었사옵니다. 하늘에 맹세코 소인 놈은 결백하옵니다."

"허허, 이런……."

쓴 입맛을 다신 거지, 박린은 겁에 질려서 오줌을 지린 주인을 보았다. 도대체 어쩌자고 초면에 쌍욕을 냅다 해 부쳐서 고초를 자청했는지 정말 알다가도 모를 일이다.

그래도 가르침 내리는 행위를 귀찮아하면 선비로서 도리가 아니다. 박린은 한 번 더 가르침을 내렸다.

와장창!

엉금엉금 기어온 주인이 격렬하게 항의했다.

"아, 글쎄. 난 물 탄 개죽을 안 먹었다니까요!"

"끄음."

박린은 어이없어하지 않고 친절하게 말해 줬다.

"어험. 과즉물탄개는 무우불여기자(無友不如己者) 과즉물탄개(過則勿憚改)니라… 에서 나온 말씀이오. 풀이하면 잘못을 깨달았을 때 얼른 고치지 않으면 따끔하게 가르침을 받는다는 말씀이지요. 하하!"

"거 보소서. 소인 놈은 물 탄 개죽을 안 먹었다니까요!"

주인은 여전히 격렬히 항의했다. 박린은 아직 할 말이 무척 많은 주인에게 전대를 쑥 내밀었다.

"받으시오."

전대를 열어본 주인이 깜짝 놀라 눈을 키우자 박린은 전대에 얽힌 사연을 대충 말해 주었다.

"선비는 재화를 탐하지 않으나 대도독부 마차에서 주운 전대외다. 선비는 또 이런 계산에 어두운 법이라오. 옷 세 벌 값이 얼만지 모르겠소만, 부족하면 말씀을 하시구려."

"아이고, 부, 부족하다니요! 절대 그렇지 않사옵니다. 이 돈이면 스무 벌도 사시옵니다, 나으리!"

박린은 뒷짐을 지었다.

"그렇다면 참 다행이구려. 소생에게 못생긴 막내 형님이 한 분 계신데, 이분이 보통 핍박을 가하시는 것이 아니외다. 옷 좀 사 입으라고 말이오."

"아, 네네네. 지당하신 말씀이옵니다. 소인이 이런 장사를 해서 드리는 말씀은 아니지만, 정말 나으리께서는 영 아니시옵니다. 물론 저 뒤에 계신 부인께서도 마찬가지지요. 그 옆에 계신 도사님은 더 심각한 지경이옵니다. 네네네."

"부인이오? 어험. 소생은 아직 성혼하지 않았소이다."

"아, 그렇사옵니까? 그렇다면 소인이 실례를……. 하지만 그런 격식

따위가 왜 필요하옵니까? 격식보다야 몸이 먼저가 아니겠사옵니까? 헤헤헷. 그래, 초야(初夜:첫날밤)는 언제 치르셨는지?"

"아직… 어험험."

"그렇사옵니까?"

잠깐 의아해진 주인은 이내 목소리를 깔았다.

"저… 선인 나으리?"

"말씀해 보시오, 귀공."

"커험."

연연을 한 번 훔쳐본 주인은 더 은밀해졌다.

"소인이 척 보니 나으리께서 성혼하실 저 소저 분 말이옵니다. 촌스러운 사괴와를 쓰고 요동 옷을 입고 계셔서 그렇지, 대단한 몸매를 지니신 대단한 미녀가 분명하옵니다."

"과연 그렇소이까?"

박린도 연연을 훔쳐본 뒤에 목소리를 깔았다.

"험험. 몸매는 모르겠으되 얼굴은 귀공께 지금 안 보이지 않소? 사괴와를 써서 턱과 입술만 겨우 보이는 정도가 아니오?"

"애석하게도 그렇사옵니다. 하지만 말이옵니다, 이런 장사를 수십 년 하면 대충 아는 법이옵지요."

"허… 그렇소이까? 도대체 몇 년이나 이런 장사를 하셨기에 수십 년이란 말씀을 다 하시오? 소생이 보기엔 귀공 연세가 삼십도 안 된 것 같은데?"

"커험. 지, 지금 그런 경력을 따지자는 이야기가 아니질 않사옵니까? 아무튼 소인이 그렇다면 그런 것이옵니다요."

얼굴을 잠깐 붉혔던 주인이 다시 연연을 훔쳐보고는 말을 이었다.

"나으리."

"말씀해 보시오."

"여인네는 말이옵니다, 커험. 눈이나 코가 아무리 예뻐도 소용이 없사옵니다."

"으음. 그렇소이까?"

"여인네는 턱과 입술이 생명이옵니다."

"어째서 그렇소이까?"

"에, 미녀는 측두골에서 광대뼈와 귀밑 턱을 지나 앞턱까지 부드럽게 이어지는 얼굴 선을 지니옵니다. 즉, 턱 선이 얼굴 생김을 좌우한다는 말씀이지요."

"허! 귀공 말씀을 들으니 참 일리있는 말씀이구려."

박린도 연연을 다시 훔쳐봤다.

정말 아름답게 흘러내린 턱이다. 팔도를 유람하면서 내로라하는 많은 미녀를 만났지만, 맹세코 저렇게나 아름다운 턱 선을 지닌 여인네는 없었다. 달걀처럼 갸름한 저 턱에 보송보송한 솜털은 또 어떤가. 박린은 저절로 고이는 침을 어쩌지 못했다.

꿀꺽!

"음?"

주인도 목을 만지는 것이, 벌써 여러 번 침을 삼킨 게 분명했다.

기분 나쁘지만, 박린은 참았다. 이런 경우를 잘 참아야 시각이 확 열리는 법. 꽁생원처럼 질투 따위에 눈이 멀어서 귀한 옥언(玉言)을 못 듣는 우를 범한다면 정말이지 선비가 아니다.

"에… 이제 턱을 말씀드렸으니까 다음은 입술이옵니다. 미인에게 알맞은 입술 두께는 얼굴 크기나 입 크기에 따라 다르오나 보통 윗입

술이 새끼손가락 반 마디쯤 되고 아랫입술은 그보다 조금 더 큰 정도
입지요.”

“오오… 그렇소이까?”

연연을 보니 주인 말이 딱 맞는다.

지나치게 두껍지도 얇지도 않고 도톰한 입술. 또 침이 괴어왔지만
이번에는 그럭저럭 참을 만했다.

“입술 크기는 대충 그만하면 되고, 문제는 입술 주름과 색깔이지요.
주름이 지나치게 많지도 적지도 않고, 깊지도 얕지도 않아야 되옵니
다.”

“귀공께서는 정말 연구를 많이 한 분이시구려.”

“그렇사옵니다. 커흠, 이 나이 먹도록 혼자 살다 보면… 에? 흠흠.
아무튼 쓸데없는 이야기는 삼가해 주셨으면 하옵니다.”

“어험, 이거 아주 미안하게 됐소이다.”

“험험. 다음이 색깔인데, 색깔 역시 지나치게 선명해서 거무튀튀해
보이면 아니 되옵니다. 왜냐하면 입술은 아랫도리를 상징하는 물건이
아니옵니까? 입술 생김이 곧 아랫도리 생김이다. 뭐, 이런 말씀입지
요.”

“……?!”

“험. 그렇다고 지나치게 엷은 색깔이면 그것도 문제가 있습지요. 엄
청 밝히는 것처럼 보인다는 말씀이옵니다. 그래서 적당한 광택과 적당
한 붉음… 이걸 최고로 치지요. 그런 의미에서 저 소저께선 참으
로…….”

“어험, 귀공의 귀한 옥언 참으로 감사히 들었소이다.”

벌떡 일어선 박린은 얼른 연연에게 다가갔다.

꿀걱.

주인이 침 삼키는 소리가 대번에 등에 달라붙는다. 그러나 선비답게 인내한 박린은 그윽이 연연을 불렀다.

"낭자."

2

"대답도 하지 마시우, 소저!"

이때까지 지켜본 화노가 벌컥 화부터 떠안겼다.

"어험."

"주인과 무슨 역적 모의를 한 게야?"

"역적 모의라니요?"

"엄청 수군거리더구먼. 분명 이 형님 흉을 실컷 봤겠지? 선비가 그러면 못써. 아, 뒤에 사람을 세워놓고 버젓이 욕을 하다니. 인간이 갈수록 마음에 안 들어요."

"원래 선비 눈엔 선비만 보이는 법이고 늙은 늑대 눈엔 늙은 늑대만 보이는 법이지요. 형님께선 괜한 일에 무쟈게 신경 쓰시는구려?"

"뭐?"

"소생이 틀린 말 했소이까?"

"자네, 이 형님이 또 바닥에 누워야 되겠어?"

"어험."

정말 화노는 도사가 아니라 속물이었다. 꼭 먼저 시비를 걸어놓고 안 되면 땡깡이니 속물도 보통 속물이 아니라 심각한 속물이다.

"아무튼 소생이 주인에게 돈을 주었으니까 각자 마음에 드는 옷을 골라 입으시오. 형님도 그렇지만, 낭자도 그런 꼴로는 대처에 못 가외다. 이거 당최 심란해서 원……."

"그래? 이야, 자넨 역시 괜찮은 선비야. 캇캇캇!"

화노가 금방 화를 풀고 어깨춤을 추면서 옷을 고르기 시작했다.

'역시 저 늙은이는…….'

박린이 인상을 쓰자 연연은 따졌다.

"누가 선비님이랑 대처엘 간다고 했나요?"

불쑥 납치한 것도 용서가 안 되는데, 이 자칭 선비라는 색마는 이제 이래라저래라까지 마음대로였다. 점잖게 하는 말을 들어보면 분명 선비 같은데 행동을 보면 건달이다. 주인이 좀 뭐랬다고 다짜고짜 내던져 버리는 자가 선비라면 누구라도 웃을 것이다.

"누가 낭자와 같이 대처엘 간다고 했소?"

"뭐요?"

"거 꿈 한번 야무지시오? 소생은 낭자와 같이 가지 않소이다."

"……."

연연은 기가 막혀서 말이 안 나왔다.

"그럼 선비님께서 방금 하신 말씀은 뭔가요? '낭자도 그런 꼴로는 대처에 못 가외다' 하지 않으셨나요?"

"그랬소이다."

"그래 놓고 같이 안 가신다니요?"

"맞소이다. 같이 안 가외다. 뭐가 잘못됐소?"

"지금 저를 놀리시는 건가요?"

"그럴 리가요. 소생이 왜 낭자를 놀리겠소? 소생은 단지 낭자께 미안한 마음이 있어서, 어차피 옷을 사는 김에 한 벌 사드리고자 마음을 먹은 게요. 그래서 부득불 이렇게 초청을 한 것이외다."

연연은 그제야 자신이 말을 잘못 알아들었음을 깨달았다. 그래도 따질 게 또 있었다.

"…뭐가 미안하셨는데요?"

"어험."

박린이 얼굴을 붉히고 말을 못하자 연연은 더 따졌다.

"뭐가 그리 미안하셨는데요? 그걸 알아야 사주신 옷을 입든지 말든지 결정할 것 아닌가요? 왜 말씀을 못하세요?"

"저, 정말 꼭 들으셔야겠소?"

"그래요. 어서 말씀해 보세요. 왜 제가 선비님께서 사준 옷을 입어야 하는지요? 전 화녀(花女)가 아니잖아요? 이유도 없이 사내가 사준 옷을 걸치는 여자가 아니네요!"

연연이 몇 번을 더 조르고 나서야 박린은 입을 열었다.

"낭자께서 그렇게 생각을 하신다니 그, 그럼 말을 하겠소이다."

"……."

한참을 더 머뭇거린 박린은 결국 고백했다.

"사실 소생은 무쟈게 오해를 하고 있었소이다. 설서방 배필인 옥토끼를 낭자가 가졌다고 말이오. 그래서… 험험, 장군대에서 그런 불미한 일을 저질렀던 게요."

"…그런 불미한 일이라니요?"

"왜 거… 험험. 실을 이용해서 낭자 몸을……."

연연은 비명을 지르지 않을 수 없었다.

"컄!"

설마 했더니… 맙소사!

가슴과 입술, 배를 비롯해서 사타구니까지 다 더듬고 꼬리뼈까지 간질였던 탄성. 그게 착각이 아니고 사실이었다니!

"그러게 소생이 뭐랬소이까? 꼭 들으셔야 하겠느냐고 묻지 않았소? 험험. 아무튼 그게 너무 미안해서 낭자께 옷을……."

짝!

박린의 턱이 돌아갔다.

연연은 씩씩거리다가 냅다 안으로 뛰어들었다.

"좋아요!"

"어, 어험."

"삼 년 동안 방랑하느라 허름해지고 더러워진 속곳도 다 봤겠군요? 그래서 옷을 사주려 생각했고요?"

"소, 속곳은 정말 못 봤소이다."

"변명하지 말아요!"

옷을 마구 뒤지는 소리가 난다. 박린은 정말 억울했다. 뺨을 한 대 맞은 건 억울하지 않았다.

"낭자, 속곳은 정말 못 봤소이다. 보고 싶었지만, 아직 그 정도 경지는 아니어서 말이오."

"기가 막혀 정말 말이 안 나오네요!"

"새 옷도 새 옷이지만… 낭자?"

"또 뭘 봤죠?"

"어험험. 목욕을 하고 입으시는 게 좋겠소이다. 주인이 만약 안 된다고 하면 소생이 한 수 따끔한 가르침을 더 내릴 것이니."

생각지도 않은 거금에 매우 감격한 대씨의 두 번째 미덕은 바로 눈치다. 일이 약간 심각하게 돌아가자 대씨는 분연히 나섰다. 뺨을 얻어

맞은 자칭 선비가 화를 내서는 안 되기 때문이다.

"헤헤헷! 소저, 그러잖아도 소인이 목욕하려고 물을 한 솥 끓여놓은 게 있는데… 선인께서 그것을 익히 알고 목욕을 권하시는구려. 주방에 가시면 커다란 나무통이 있을 것인즉, 아무 염려 말고 시원하게 즐기시옵소서."

대답은 금방 건너왔다.

"흥! 아주 죽이 잘 맞네요. 근데 속곳은 어디 있어요?"

"으?"

"아, 여기 있네요. 너무 현란해서 아닌 줄 알았네요."

뒤적거리는 소리가 뚝 그치고 이내 주방문을 여는 소리가 들렸다. 대씨는 '나 잘했지?' 하는 표정으로 자칭 선비를 바라보았다. 눈이 마주치자 자칭 선비는 매우 민망한 표정으로 벌겋게 나 있는 손자국을 매만졌다.

"어험!"

대씨는 선비에게 덕담을 건넸다.

"나으리, 부인 되실 소저께서는 성격도 참 화통하시옵니다. 흠흠! 원래 여인네 성격은 저래야 하는 법이지요. 매사에 순종만 한다면 삶은 파처럼 금방 흐물흐물해져 보이옵니다. 쉽게 질리는 게지요."

"여, 역시 그, 그렇겠지요?"

박린은 선비 체면상 어벌쩡한 대꾸를 할 수밖에 없었다. 얼마나 세게 맞았는지 볼이 모래를 비비는 것처럼 껄껄하면서 얼얼하다. 장군대에서 엎치락뒤치락할 때도 느꼈지만, 연연은 의외로 당찬 데가 있다.

저 작고 가냘픈 몸 어디에 이렇게 화끈한 힘이 숨어 있지?

"흠, 여인네들이 힘이 약한 것은 틀림없는 사실이옵니다. 힘이 우러

나오는 근본인 하초가 없기 때문이지요. 하지만 어떤 때는 순간적으로 사내들보다 몇 배 더한 힘을 내기도 하옵니다."

"……."

주인은 정말 오랜 시간을 두고 깊이 연구한 모양이었다.

"에, 제 아이가 위험에 빠졌을 때도 엄청난 괴력을 내지만, 방사 치를 때도 엄청난 힘을 내지요. 자신보다 덩치가 큰 사내를 지탱하니까요. 일설에 의하면 기장 두 가마 정도를 배에 올릴 수 있다고 하옵니다. 그래서 이런 우스갯소리도 생겼다지요?"

한 마을에 사는 두 소저가 공교롭게도 난쟁이와 거인에게 한날한시에 시집을 갔다. 첫날밤을 무사히 치르고 우물가에서 만난 두 소저는 서로를 보고 픽픽, 웃었단다.

왜 웃었느냐고? 거기에는 그럴 만한 사연이 있다.

난쟁이에게 시집을 간 소저는 생각보다 난쟁이가 지닌 양물이 엄청 거대했다. 그야말로 천장을 때릴 정도로.

그래서 거인에게 시집간 소저가 걱정돼서 웃을 수밖에.

난쟁이가 이만한데 거인이면 거의 하늘까지 찌르겠구나. 그러나 거인에게 시집을 간 소저는 또 난쟁이에게 시집간 소저가 걱정됐다. 왜냐하면 엄청 클 줄 알았던 거인 양물이 꼭 쥐씨알만했기 때문에. 그래서 거인도 이렇게 작은데 난쟁이는 얼마나 더 작을까 하고 생각했던 것이다.

이야기가 엉뚱한 방향으로 틀어져 결론지어진 순간, 이때까지 옷을 고르는 척하면서 이쪽을 흘금대던 화노가 대씨를 불렀다.

"이봐, 주인장."

'힉! 정말 이상한 얼굴이네?

대씨는 얼굴이 찌푸려지려는 걸 참았다.

"부르셨사옵니까, 도사님."

"왜 이야기가 엉뚱한 곳으로 흘러갔나?"

"예?"

"자넨 지금 여인네들이 괴력 발휘하는 이야길 하고 있지 않았나? 그런데 왜 느닷없이 양물 크기로 옮겨갔느냐고?"

화노는 선배 색마로서 아주 자존심이 상한 표정이었다. 그러나 연구를 많이 한 대씨는 화노보다 더 색마답게 말을 얼버무렸다.

"아, 그거요? 여인네는 난쟁이와 거인을 가리지 않고 모두 배에 올려놓을 수 있다는 뜻으로 그런 말씀을 드렸는데요?"

"그랬어? 캇캇캇! 흠! 그렇다면 이 미남도사님께서 잘못 알아들었구먼. 그나저나, 자네."

"예."

"케헴, 나도 목욕 좀 하려는데 자네는 그걸 어떻게 생각하누?"

대씨는 질문을 참지 못했다.

"도사님께선 십 년에 목욕을 몇 번이나 하시옵니까?"

"으잉?"

"이런 장사를 하다 보면 별의별 손님들을 다 만나게 되옵니다. 일전에 어떤 손님께서 오셨는데, 도사님보다 덜 더러워 보였습지요. 소인이 그분께 똑같은 질문을 드렸더니 그분께선 십 년에 딱 한 번씩만 목욕을 하신다고……."

대씨는 또 귓바퀴를 스치는 바람과 모든 사물이 거꾸로 보이는 경험을 해야 했다.

와장창!

방랑을 삼 년씩이나 했어도 몸은 정직했다.

나올 곳은 마땅히 나오고 들어갈 곳은 마땅히 들어갔으며, 무성해질 곳 역시 무성해졌다. 연연은 마음 고생과는 전혀 딴판인 몸을 보고 문득 배신감마저 들었다. 마음이 변방의 황량한 지평에 머물러 있는 동안 몸은 옷 안에서 결실로 치닫고 있었던 것이다.

촤르륵… 촤르륵…….

연연은 물을 나무통에 쏟아 부었다.

'따뜻하네, 정말!'

영하를 떠난 뒤 간간이 목욕을 했지만 찬물이었고, 쫓기는 상태에서 한 것이라 늘 개운치 못했다. 그나마 곽파가 지키고 있어서 후닥닥 중요 부분만을 얼른 씻고 일어서야 했다.

그래서 이렇게 실오라기 한 점 안 걸치고 따뜻한 물에 목욕하기를 얼마나 소원했는지.

"나쁜 놈! 실로 내 몸을 더듬었다고?"

하필이면 자칭 선비이자 건달 겸 색마인 박린이 만들어준 기회라는 게 몹시 마음에 안 들었지만 연연은 기왕 이렇게 된 것, 갈 데까지는 가보자고 생각했다.

촤르륵. 촤르륵.

연연은 나무통 속으로 살그머니 발을 넣어보았다.

"앗, 뜨거워!"

다시 찬물을 더 붓고 통으로 들어간 연연은 엉덩이부터 물에 담갔

다. 그러자 따뜻한 물 특유의 투명함이 가슴까지 밀려와서 선홍빛 유
실을 간질였다. 멍하니 유실을 바라보던 연연은 문득 초경(初經) 때를
생각했다.

"쿡쿡!"

열네 살 때.

그날도 염소를 몰던 중이었는데 아랫배가 갑자기 아파왔다. 체했으
려니 생각하고 무심코 넘겼는데 이내 아래가 축축해졌고, 으슥한 곳에
서 바지를 내려보고는 깜짝 놀랐다.

"큰 병인 줄 알고 울면서 엄마한테 달려갔었지."

어머니께서는 환히 웃으셨다.

"이제 우리 연연이도 여자가 됐네? 부디 몸을 아끼고 사랑하거라. 이제부
터 함부로 땅바닥에 털썩 앉으면 안 된단다."

연연은 문득 어머니가 그리워져서 눈물이 나오려는 것을 간신히 참
고 물을 건드렸다.

찰랑찰랑.

접혀진 물결 사이에서 뽀얀 김이 일어나 천장에 달라붙는다.

'방랑은 언제나 끝날까?'

기약이 없었다. 진청자의 말씀으로는 자칭 선비 박린이 용환을 돌려
주면 끝난다는데, 정작 당사자인 박린은 용환에 대해선 한마디 말도 없
었다. 눈치를 봐도 박린은 용환의 존재를 전혀 모르는 것 같았다. 아까
도 설사자 배필을 찾기 위해서 연연, 자신을 찾아왔다고 말하지 않았던
가.

"워낙 엉큼한 위인이니까 그 시커먼 속을 알 수 없지. 목욕만 끝나 보라지, 다 아는 수가 있네요!"

그런데 기분이 이상했다. 한 짓을 봐서는 이가 갈려야 정상인데도 도통 밉다는 생각이 안 든다. 미운 생각은 고사하고 뺨을 너무 세게 때린 게 아닌가, 만약 이라도 부러졌으면 어떡하지? 하는 따위의 걱정이 앞선다.

연연이 또 이상하게 생각하는 점은 박린이 뺨을 맞아준 이유였다.

"진청자와 광불, 파파도 어쩌지 못하셨어. 무공이 내게 맞을 정도로 약하지 않은데… 으음."

그렇다면 일부러 맞아준 게 분명하다. 연연은 손톱을 깨물었다.

"짓궂어서 그렇지 괜찮은 사내? 아유! 내가 지금 무슨 생각을 하는 거야!"

나무통을 나온 연연은 동경을 찾았다.

겨우 목욕을 했을 뿐인데 동경에 비친 얼굴은 다른 사람 같았다. 연연은 자신의 얼굴에서 딱 하나 마음에 안 드는 부분이 있었다. 그것은 바로 눈.

더 정확히 말하면 부드럽게 휘어진 눈썹과 길고 긴 속눈썹 아래 자리잡은 커다란 눈동자였다.

눈동자는 다른 사람처럼 까맣지 않았다.

햇빛이 얼비친 나무이파리처럼 연한 푸른빛!

이 연녹빛 눈동자는 영하에선 공포와 경외심을 불러일으켰다. 사람들은 자신들과 전혀 다른 눈동자를 가진 모녀를 언제나 이방인처럼 대했고 어려워했다.

그래서 모녀는 사람들이 모여 사는 마을과 한참이나 떨어진 사막에서 살았다.

때때로 모래바람을 뚫고 사람들이 찾아왔다.

사람들은 어머니께 자신의 고민을 털어놓고는 아주 흡족한 얼굴로, 혹은 더욱 걱정스러운 얼굴로 돌아갔다. 그럴 때마다 양이나 염소가 한 마리씩 늘어났다. 그러나 어머니께선 기뻐하지 않으셨다. 언제나 동쪽과 이어진 관도에 그 연녹빛 눈을 묻고 살아가셨다.

"네 아버질 기다리고 있단다. 상황이 정리되면 반드시 데리러 오시겠다고 굳게 약조를 하셨어."

아버지는 오시지 않았다. 관도는 모래바람에 파묻혔고 어머니께서도 그 길었던 기다림을 안고 모래바람 속에 묻히셨다.

연연은 어머니를 생각했다.

"난 기다리지 않을래요, 엄마. 찾아갈 거예요. 찾아가서 왜 안 데리러 왔냐고 혼구멍 내준 뒤에 안방에 척 들어앉을 거네요."

연연은 머리를 털면서 무심코 돌아서다가 깜짝 놀랐다.

"꺅!"

"어험."

박린의 턱이 또 돌아갔다.

짝!

"누구 죽는 꼴을 보려고 이러세요!"

"그, 그게 아니라 낭자께서 속곳을 놓고 들어오셨기에 그만……."

다시 턱이 돌아갔다.

짝!

연연은 큰 수건으로 가슴을 가리고 얼른 속곳을 낚아챘다.

"그나저나 언제 들어오셨어요?"

"엉덩이 부분에 토끼가 수놓아진 속곳이외다."

"언제 들어오셨느냐고 물었어요!"

"아, 낭자께서 막 목욕을 다 마치시고 동경을 보고 있을 때……."

"뭐? 당장 나가세요! 안 그러시면 칵! 죽겠어요!"

엉거주춤한 걸음으로 박린이 나가자 연연은 화를 엉뚱한 데다 퍼부었다.

"야, 설서방!"

저쪽 구석에서 졸던 설사자가 이쪽을 바라봤다.

까오?

"막내 숙모가 목욕을 하면 잘 지켜야지, 쿨쿨 잠이나 자고 있으면 어떡하니?"

순간 설사자가 자신도 어쩔 수 없었다는 듯 긴 수염을 몇 번 매만지다가 다시 눈을 감았다.

까웅.

3

"거봐, 이 사람아. 쓸데없는 짓 말라고 했잖아?"

화끈한 뺨을 만지면서 주방에서 나온 박린은 핀잔을 들었다. 화노는 안에서 본 광경이 무척이나 궁금한 모양이다. 촌스러운 쑥색 장포를 골라 입고 침까지 질질 흘리는 모습은 과연 곤륜… 색마다웠다.

"사람이 말만 선비이지 속은 영 속물이야. 도대체 뭘 보고 나온 건가, 엉?"

"뿌연 김만 봤소이다."

"그래서 뺨을 맞았나? 에이, 사기 칠 것을 사기 쳐야지. 색이라면 천하제일인 이 형님께 그런 씨도 안 먹히는 사기를 쳐?"

"아무렇게나 생각하시구려."

"뭐?"

무슨 말인가를 더 하려고 입을 씰룩거리던 화노가 갑자기 자지러졌다. 급체해서 경기 들린 사람이나 보이는 표정으로 화노는 숨이 막히는 괴이한 소리까지 툭 내뱉었다.

"어흡!"

박린은 화노가 가리키는 곳을 봤다. 순간 화노의 손가락 끝에 걸린 연연이 한 바퀴를 빙 돌았다.

"선비님, 이만하면 미안함이 조금 풀리셨나요?"

다음 순간 연연이 입은 흰 경장에서 떠오른 모란꽃이 사방에 뿌려졌다. 이어 분홍 비단으로 만든 피풍이 날개처럼 펼쳐졌고, 그 아래 십장생(十長生)을 금박한 붉은 허리띠가 강렬하게 시선을 잡아끌었다.

과연 옷이 날개라고 하더니, 연연은 이제 완전히 다른 사람이었다. 작고 앙증맞았던 소녀에서 조팝나무 꽃향기 그윽한 여인으로 변신한 것이다.

꿀꺽.

박린은 자신도 모르게 침을 삼켰다.

옷도 그랬지만, 금방 목욕을 하고 나온 얼굴은 더욱 화사했다. 이수구에서 경황없이 봤던 연연은 이제 눈빛만 연녹빛인 소녀가 아니었다.

잡티 하나 없이 희고 맑은 얼굴, 갸름한 코, 웃을 때마다 발그스레한 볼, 한쪽에만 깊이 파이는 보조개, 꽃물 들인 듯 선명한 입술에 쪽 고른 치아와 꿈을 꾸는 듯한 연녹빛 눈동자.

"뭘 그렇게 멍하니 보고 계세요? 제가 좀 비싼 옷을 골랐나 보죠? 하지만 어쩔 수 없었네요. 다 크고 몸에 맞는 게 이것뿐이에요. 신발도 마찬가지예요. 볼래요?"

초피(貂皮:담비 가죽)로 만든 단화를 번쩍 들어 보이는 연연은 몸도 그렇지만, 정말 어린아이보다 조금 큰 발을 지니고 있었다.

"이왕 사주겠다고 마음을 잡수셨으니까 저도 필요한 걸 다 살게요. 그래야 서로 기분이 좋잖아요."

엷은 면사(面紗:얼굴을 가리는 망)가 달린 방립(方笠:둥그런 삿갓)을 고른 연연은 어수룩한 선비를 홀랑 벗겨 먹으려고 작정한 처자처럼 말도 막힘이 없었다.

"사괴와는 사실 바람도 안 통하고 답답했거든요. 아참, 속곳도 몇 장 있어야 하고요. 사내랑 달라서 여인네는 속곳이 정말 필요해요. 왜 필요한지는 묻지 마셨으면 하네요."

연연은 우선 바닥에 커다란 보자기를 펼쳐 놓고, 자신이 필요하다고 생각하는 물건을 고르기 시작했다. 박린은 연연에게 넋을 놓았다.

'정말 야무진 손놀림이 아닌가?

연연은 자신에게 맞는 치수를 까다롭게 고른 다음, 생긴 모양이나 색깔, 문양을 더 까다롭게 골라서 보자기에 담기 시작했다.

말로는 속곳 몇 장이라고 했지만 몇 장이 아니었다. 이런 경우, 돈을 치를 당사자는 그게 과연 몇 장인가를 꼼꼼히 헤아려야 정상이다. 그러나 박린은 민망해서 곁눈질로 훔쳐볼 수밖에 없었다.

늘 하는 생각이지만, 도대체 여인네들 속곳은 왜 저렇게 앙증맞고 현란한가? 참 알 수 없는 노릇이었다.

물론 알 필요도 없지만.

"어험."

자기 속곳을 다 담은 연연이 이번에는 모양도 그저 그렇고 색깔도 그저 그런 앙증맞지도 않은 속곳을 또 챙기기 시작했다. 그런데 꽤 가격이 나갈 것 같았다, 금색으로 수놓은 걸 보면.

"파파께서 입으실 거네요. 쿡쿡. 파파께서 그러셨어요. 젊었을 때는 당신께서도 작고 앙증맞고 예쁜 속곳을 원하셨지만, 점차 나이가 들어가면서 편한 것을 찾으시게 되더라고요. 이걸 좀 봐요. 참 편안하게 보이고 우아해 보이지 않나요?"

"어험, 글쎄올시다. 소생은 네모반듯한 걸 싫어해서."

"그러면 이건 어떠세요?"

연연이 자신 걸 흔들어 보인다.

"어험."

"연한 갈색이 참 예쁘지요? 여기 엉덩이 부분을 보세요. 다람쥐 두 마리가 수놓인 게 보이세요?"

"으으……."

화노는 뭘 상상하는지, 거의 기절 지경이었다. 박린도 얼굴이 달아오름을 어쩌지 못하고 고개를 끄덕여 줬다.

"쿡쿡. 예쁘다고 하실 줄 알았어요. 왜냐하면 우리는 젊잖아요."

'우… 리?'

박린이 이 '우리'라는 말에 들어 있는 엄청난 의미를 생각하려는 찰나, 연연은 또 다른 걸 꺼내 팔랑팔랑 흔들었다.

"이건 어떠세요?"

"그건… 끈이 아니오?"

"끈 같지만 끈이 아니네요. 돌아가신 엄마께서 옛날에 입으셨던 거라고 하며 한 장을 주신 적이 있는데요, 정말 생긴 모양이 마음에 안들었어요. 너무 야릇하게 생겨서. 그런데 입어보니까 참 편했어요. 숫제 안 입은 것 같았다니까요?"

"어험."

"으으……."

끈 속곳에 침을 질질 흘리던 화노가 갑자기 도덕경을 외우기 시작했다.

"어허, 이런 엄청난 시험이… 차.량.자.동.출.이.리.명(此兩者同出而異名)이요, 동.위.지.현.현.지.우.현(同謂之玄玄之又玄)이니……."

식은땀까지 뻘뻘 흘리는 화노는 참 볼 만했다.

도대체 뭘 상상하기에 노인네가 저런 수선을 피우는지, 참 알다가도 모를 일이 아니냐?

"이건 매끌매끌한 비단이네요. 보세요. 그 부분만 부드러운 면을 댔지요? 이건 전체가 부드러운 면이에요. 또 이건 비단에 면이 반반 섞인 거네요. 다 앙증맞고 예쁘지요?"

"어험. 그런 것 같소이다."

"쿡쿡. 솔직해서 좋으시네요."

"뭐가 솔직하단 말이오, 예쁜 걸 예쁘다고 하는데?"

"보통 이런 경우, 사내들은 저 도사님처럼 괴로워하는데요. 좋아요, 선비님이 마음에 쏙 들었어요."

은밀한 속곳을 보여주면서 선비의 마음을 이렇게 은근슬쩍 떠보다니, 역시 연연은 영악한 낭자였다.

박린은 억지를 한번 부려봤다.

"낭자, 거 말씀을 듣고 보니 참 괴이하외다. 소생이 만질 걸 다 만지고 볼 걸 다 봤는데, 이제 와서 마음에 들고 안 들고 가 어디 있다는 말씀이오?"

"뭐라고요?"

"어험험, 조선에서는 이런 경우 확실히 책임을 집니다!"

"뭘 확실히 책임진다는 거예요? 누가 누굴?"

"물론 낭자가 소생을 책임지셔야 하외다. 부부 연만 안 맺었을 뿐이지, 우린 실상 부부나 다름이 없질 않소이까?"

"하! 이상한 말씀이네요. 저는 사양할래요."

"끄음."

박린은 일단 한발 물러섰다. 연연이 저렇게 강하게 나오는데 안 물러설 수도 없지만 그래도 박린은 흐뭇했다. 강한 부정은 곧 강한 긍정. 아마도, 분명히 그렇겠지만, 연연은 이곳처럼 공개된 장소를 매우 부끄럽게 생각하는 모양이었다.

'속으로는 좋으면서 괜히 까탈은?'

박린이 이런 착각을 하는 사이에 보자기를 싼 연연이 일어섰다. 커다란 방립을 쓰고 면사를 내렸는데도 연연은 여전히 작고 가냘프면서도 아름답다.

"선비님."

"듣고 있소이다, 낭자."

"쿡쿡. 여인네는 말이지요. 옷만 잘 입었다고 여인네가 되는 게 아니네요. 지분도 있어야 하고요, 연지도 있어야 해요. 반지도 있어야 하고요, 귀고리도 있어야 하네요."

"거 돈 꽤나 들겠구려."

"맞아요. 여인네를 건사하려면 돈이 많아야 하네요."

"……."

박린은 전대에 남아 있는 돈을 헤아려 보지 않을 수 없었다.

대도독부 마차에서 주운 돈은 여기서 옷을 사 입는 데 다 썼고, 이제 애라하 수적들에게서 내기로 딴 돈만이 남아 있다. 거기에 빈털터리 화노까지 덜컥 떠안은 상황.

"어험."

"지분이랑 연지랑 반지랑 귀고리도 사주실 거죠? 돈이 아까우면 안 사주셔도 돼요. 전 이 정도만 해도 충분히 감사해요."

'이거야, 원!'

박린은 일단 빈털터리 화노를 한 번 흘겨보고 한번 한다면 하는 선 비다운 결정을 내렸다.

"뭐, 이왕 쓰자고 작정한 돈. 조금 더 써봅시다!"

"아유, 좋아라! 그럼 선비님께서도 얼른 옷 갈아입고 나오세요. 기다 릴게요. 쿡쿡."

"그렇게 하겠소이다."

박린이 새 옷을 입고 나오자 이번엔 연연이 자지러졌다.

"캬!"

4

장신구를 파는 점방은 생각보다 가까이 있었다.

점방은 겨우 열두 평 남짓한 공간에 조선은 물론 야인들, 명나라 것까지 두루 갖추고 화려함을 자랑하는 듯했다. 보통 여인네라면 이런 화려함에 탄성을 지를 만도 한데 연연은 시큰둥이었다.

"모양만 화려해요. 진짜는 없네요."

이런 공없는 투정에 이때까지 따돌림받은 화노가 아무 소리를 안 하면 정말 거룩하신 도사님이다.

"잉? 소저, 금붙이며 진주, 산호… 뭐, 이런 걸 찾는다면 잘못 오신 거외다. 그런 건 이런 데서 구하기가 힘들어요, 헤헴! 그나저나 여인네들이란 참 알 수 없단 말이야? 이런 아이들 장난감 같은 게 색사에 뭔 보탬이 된다고……. 으? 헴!"

"흥!"

연연은 화노를 무시하고 저쪽에 멀뚱하게 서 있는 박린을 보았다. 정말이지 옷이 날개라는 말은 여인네에게만 통용되는 말이 아니었다. 박린은 옥색 도포를 입었는데, 예전의 그 추레했던 색마 박린이 아닌 것처럼 보인다.

"어험! 낭자, 거 어지간하면 대충 끝내시구려."

"쓰자고 작정한 돈이라고 안 그러셨어요?"

"말이 그렇지, 선비가 돈이 있으면 얼마나 있겠소?"

박린이 안절부절못하자 연연은 내심 고소하게 생각했다.

"이보세요, 선비님."

"……!"

"이거 무지 고급스럽게 보이네요."

연연은 귀고리 한 쌍을 흔들어주었다.

짤랑짤랑!

순간 박린의 얼굴이 핼쑥해졌다. 동시에 가슴 철렁 내려앉는 소리도 들린 것 같았다. 연연은 회심의 미소를 지었다. 연녹빛 곡옥(曲玉)이 달린 귀고리는 이 점방에서 가장 비싼 장신구가 틀림없었다.

'히히, 선비 체면에 설마 못 사준다는 말은 못하겠지?

"매우 고급스럽게 보이긴 하는구려. 하지만 자세히 보시오. 어딘지 모르게 매우 천박해 보이지 않소?"

"안 천박해 보이는데요?"

"허! 두 치가 넘는 곡옥에서 뭐 느껴지시는 게 없소?"

"쿡쿡!"

연연은 핼쑥한 박린에게 웃어주었다.

"아름다움을 느껴요. 그리고 제 눈동자와 동일한 빛깔이라서 저에게 잘 어울린다고 생각하네요. 비싸 보이기도 하네요. 그런데 선비님께선 다른 걸 느끼시나 봐요?"

"거 생긴 모양을 보시오. 예닐곱 살 먹은 아이가 지닌 양물같이 안 생겼소? 소생 눈엔 꼭 그것처럼 보이오만."

눈치없는 빈털터리 화노가 끼어들었다.

"잉? 이 형님은 그렇게 안 보이는데?"

"형님, 저 모양이 양물이 아니면 뭐란 말씀이오?"

"곡옥이잖아?"

"모양은요?"

"끄음! 뭐, 그렇게 보이기도 하는구먼. 그래서 여인네들이 저런 장신구를 좋아하나? 그럼 색사에 보탬이 되는 것이로구먼. 에이, 이 형님은 그걸 모르고 아까 헛소리를 주절댔지 뭔가."

"뭐라고요!"

연연은 얼굴을 붉혔다. 말을 듣고 가만히 보니 전혀 엉뚱한 말은 아니었다. 생긴 모양도 그랬지만 크기도 딱 그만했다.

'징그러워!'

"하하! 마음에 안 드시오? 이거 정말 섭섭하구려. 그래도 마음이 끌린다면 사시오. 사람들이 설마 '당신은 양물을 달고 다니는게요' 라고 내색하겠소?"

'으으… 저 능글맞은 색마!'

면사가 있어서 다행이었다. 면사가 없었다면 이 빨개진 얼굴을 들킬 뻔하지 않았나. 그래도 연연은 나름대로 믿는 데가 있어서 귀고리를 놓지 않았다. 과연 믿는 대로 반응이 왔다.

"흘흘… 별 치사한 핑계를 다 대시네, 젊은 양반이."

저쪽 구석에서 이쪽을 주시하던 노파였다. 노파는 장신구를 취급하는 점방 주인답게 화려한 장신구를 주렁주렁 매달고 있었는데, 매우 기분이 상한 표정으로 침방울을 튕겼다.

"내가 이 자리에서 이 장사만 사십 년을 했수. 그래 별 이상한 인간들을 다 만났지. 그런데 오늘처럼 이상한 인간들은 처음이네. 뭐? 양물 같이 생겼다고? 흘흘흘."

"파파, 저도 그렇게 생각했네요."

기다렸던 반응이 오자 연연은 내심 쾌재를 불렀다. 별 이상한 손님들에게 사십 년 동안 산전수전을 겪은 노파는 정말 대단해 보이는 외모였다. 연연에게 한 번 씨익, 웃어 보인 노파가 박린을 불렀다.

"이보우, 젊은 양반."

"아, 예."

박린은 가슴이 철렁했다.

험상궂게 생긴 눈썹과 오목한 눈, 흘러내린 볼이 목을 덮고 솥뚜껑만한 손등엔 털이 부숭하다. 문제는 이런 외모가 아니었다. 노파는 연연이 든 것과 똑같은 귀고리를 걸었다.

"당신 말이야, 이 늙은이가 어지간하면 참으려고 했는데……."

살벌한 노파 뒤에서 연연이 혀를 쏙 내민다.

"메롱~"

"저, 저런 점잖지 못한 행위를? 어험!"

저벅저벅.

거구를 흔들면서 다가온 노파가 자신의 귀고리를 가리켰다.

"어이, 젊은 양반! 이게 아직까지 양물로 보이우?"

"그, 그거야……."

"원, 세상에! 맙소사! 이 아름다운 곡옥을 보고 양물을 상상하는 저 질들이 어디 있수? 돈이 없으면 솔직하게 없다고 하슈. 치사한 억지 수작은 죽어도 용서가 안 되는 거유. 알겠지?"

"으음."

박린은 마땅히 할 말도 없었지만, 대꾸를 했다간 본전도 못 찾을 게 뻔해서 입을 다물었다.

이런 경우 재화를 멀리한 선비는 엄청난 수모를 겪는다.

일부 선비는 업어치기나 옆차기, 박치기를 당해 엉엉 울기도 한다. 그러나 박린은 이런 개망신과 아픔을 안 당하려고 철저하게 준비한 선비였다.

"할머니."

"음?"

"어떻게 장사꾼의 노회한 눈 높이와 선비의 고아한 눈 높이가 같을 수 있으리요. 아무튼 최대한 저렴하게 값이나 말해 보시오. 행여 바가지를 씌울 생각일랑 아예 안 하시는 게 좋소이다."

노파도 철저하게 준비되어 있었다.

"끌끌, 그래도 쫀심은 살아서. 쓸데없는 잡소리 그만 집어치슈. 젊은 양반도 잘 알겠지만, 이런 물건은 세상에 흔치 않아. 더불어 선물은 가격을 꼼꼼히 따지면 안 되는 거유. 그러니까 딱 기장 스무 가마만 내놓으슈!"

"어험, 너무 비싸외다."

"밑지고 팔 순 없지."

"에누리없는 장사가 어디 있소?"

"잉? 좋아. 열아홉 가마를 내슈. 그 이하로는 안 돼! 최대한 잘해준 거유."

몇 번의 실랑이와 험악한 눈빛을 주고받자 기장 열아홉 가마는 열일곱 가마까지 내려갔다.

"더 이상은 안 돼! 정말 밑지고 팔 순 없수!"

"좋소이다. 소생도 인정이 있는 선비라오."

박린은 돈을 노파에게 건넸다.

최라라랑!

"끌끌… 젊은 사람이… 음?"

돈을 세어본 노파가 일순 멍한 표정을 지었다. 노파는 다시 한 번 돈을 세어본 다음 고개를 기울였다가 바로 물음을 던졌다.

"아니, 왜 열여섯 가마 값이우?"

"가진 돈이 그것밖에 없소이다."

"으으… 정말이우?"

"못 믿으시겠다면 이 자리에서 벌거벗을 수도 있소이다."

"끄음!"

노파가 볼 때 녀석은 돈이 더 있었다. 그러나 돈을 더 쓰기보다는 옷을 홀랑 벗어버리는 만행을 부릴 게 틀림없었다.

"좋수!"

노파는 이쯤에서 물러섰다. 한 가마 값을 못 받았지만 손해는 아니다. 열다섯 가마에 산 물건을 열여섯 가마에 넘겼으니 한 가마 값은 번 것이다.

"정말 치사한 손님이네. 하지만 이 늙은이가 조금 손해를 보겠수. 개시 손님을 그냥 돌려보내면 내리 삼 년 재수가 없거든."

보통 손님들에게 이렇게까지 이야기를 했으면 감사히 알고 넙죽 점방을 나갔을 것이다. 그러나 녀석은 정말 별종이었다.

"몇 가지 더 얹어주지 않소?"

"뭐유?"

"다른 점방들은 이 정도 돈을 쓰면 팔찌와 반지 몇 개를 얹어준다던데? 아, 거짓말이 아니오. 저 앞 점방에 가서 물어보시오. 귀고리 한 쌍에 팔찌와 반지를 얹어서 판답디다."

결국 노파는 본전에 귀고리를 넘길 수밖에 없었다.

기장 한 가마 값에 준하는 벽옥 팔찌를 연연이 쳐들어 보았다.

"반지는 필요없네요. 전 그냥 이걸로 만족할래요."

"으으, 부창부수(夫唱婦隨)라더니… 좋수! 개시라서 참는 거유. 하지만 더 이상은 절대 안 돼. 알겠수?"

노파가 끙끙 앓는 소리를 내면서 제자리로 돌아갔다. 여기 더 있다가는 반지를 얹어달라고 할지 모른다고 직감한 것이다.

어쨌든 연연은 팔찌 찬 손으로 귀고리를 달았다.

'호호, 웃겨! 어떤 경우에도 마누라는 굶기지 않을 선비네.'

연연은 박린에게 귀고리 한 모습을 보여주었다.

"저 예뻐 보여요?"

"눈이 부시오이다."

'흥!'

연연은 흐뭇한 표정으로 이쪽을 보는 박린을 주시했다.

'관옥 같은 살결과 그림 같은 눈썹, 맑고 선량한 눈. 고집스럽게 생겼지만 갸름한 코, 선명한 입술. 여기에 능청과 고강한 무공까지 더했으니… 정말 색마로 나서기 딱 좋은 얼굴이네?'

연연이 이런 저런 품평을 하는 동안, 그런 눈치라면 천하제일인 화노가 또 가만있을 리 없었다. 물건을 고르는 척하면서 슬쩍 다가온 화노는 연연에게 속삭였다.

"소저, 잘생긴 거 너무 좋아하지 마쇼. 저 물건이 생기길 저렇게 생겨서 벌써 여러 여인네를 울렸답디다. 아, 저 인간이 조선팔도를 다 돌아다니면서… 끄음, 색선(色先)이라는 별명까지 얻었답디다?"

"예?"

연연은 박린의 과거를 더 듣고 싶었지만, 깨끗하게 포기했다.

"노야, 십 년에 이를 몇 번이나 닦으세요?"

"예? 아, 그야 모르지요. 생각날 때마다 하는걸. 가장 최근에 한 게 아마 한 오 년 전쯤이던가? 그나저나 점잖은 소저께서 왜 이 미남도사 양치질 횟수를 묻는 게요? 도사의 사생활을 묻는 건 매우 실례거든."

연연은 톡, 쏴붙였다.

"어지간하면 일 년에 한 번씩이라도 양치를 하세요! 정말 숨이 막혀요. 점심에 뭘 드셨어요? 아마 양 고기 말린 육포를 드셨죠?"

"아니, 양치와 육포가 무슨 상관 있소이까? 그렇게 숨이 막히시면 숨을 안 쉬면 될 게 아니오? 얼굴이 예뻐서 봐주려 했더니 별 이상한 참견을 다 하시네."

토라진 화노가 얼른 박린에게 간다. 그러자 박린이 이쪽을 봤고 자연히 눈이 마주쳤다.

"선비님."

"마, 말씀하시오, 낭자."

"소녀가 선비님께 부탁이 있는데 들어주시겠어요?"

"어험, 일단 마, 말씀을 하시구려."

"아유, 좋아라! 정말 들어주실 거예요?"

"아, 글쎄, 일단 말씀을 들어보고 난 다음에 결정하도록 합시다. 원래 선비는 여인네 치마폭에 흔들려선 안 되는 법이오. 하지만 낭자와 소생은 이미 무관한 사이가 아니니… 좌우단간 들어보기나 합시다!"

연연은 기분이 이상해졌다.

"무관한 사이가 아니라니요?"

"아, 볼 걸 다 보고 만질 걸 다 만졌는데도 무관한 사이라면 말이 안 되지요. 험험! 그래서 부부 연은 안 맺었지만, 우리는 이미 부부나 다름없다. 뭐, 이런 말씀이외다."

'흥!'

연연은 속에서 천불이 치밀어 올라왔지만 꾹 눌러 참았다.

부탁하는 입장에서 이것저것 가린다면 안 되기 때문이다. 연연은 박린이 '부부 연' 어쩌고 할 때 잠깐 굳었던 입술을 풀고 생글생글 웃어 보였다.

“선비님 말씀이 깊네요.”

“어험. 그렇소이다, 낭자. 정식으로 부부 연을 맺었다면 지아비로서 부인 청을 들어주는 게 당연한 도리요. 하지만 우린 아직 그런 사이가 아니니 더욱 조심을 해야 하오. 정식 부부도 아니면서 분별없는 행동을 한다면 소생의 막내 형님께서 속으로 얼마나 욕하실 것이오.”

정말 욕을 하고 있었는지 화노가 얼굴을 붉혔다.

“노야?”

“케헴!”

“사이가 무관하지 않은 청춘끼리 할 이야기가 있네요. 그러니까 노야께선 좀 멀찍이 떨어져 주셨으면 해요. 아주 잠깐이니까 서운해하지 마세요.”

“허, 이거야, 원! 이젠 대놓고 구박이네!”

몇 걸음 물러나는 척했던 화노는 얼른 박린에게 다가와서 물었다.

“역시 그랬지?”

“어험, 뭘 말씀이외까?”

“저 소저와 무관하지 않은 사이가 됐다며? 흠, 이 형님이 볼 땐 당최 그럴 만한 시간이 없었는데 말이지.”

“어험!”

“아무래도 저 소저가 목욕할 때 해치운 게 틀림없어! 이런 엉큼한 인간 같으니! 하긴 나부터라도 그런 기회가 주어진다면… 으? 아, 아! 알았소이다, 소저!”

눈치를 보며 화노가 얼른 나가자 연연은 박린을 보았다.

박린도 연연을 보았다.

“어험!”

망사 때문에 불분명하게 보이지만, 연연의 연녹빛 눈동자에 들어 있는 긴장이 읽혀진다. 한동안이나 이쪽을 보던 연연이 마침내 입을 열었다.

"선비님."

"어험."

"소녀는 반지를 가지고 싶어요."

"반지야 낭자 앞에도 많지 않소이까?"

"……."

예상했던 대로 힘도 안 들이고 나오는 물음이었다. 연연은 앞에 죽 펼쳐진 반지들을 보았다. 개중엔 진짜 금과 진주를 장식한 반지도 있겠지만 연연 자신이 찾는 반지는 없다.

"선비님께서도 아시겠지만 용이 올라앉은 반지는 세상에 흔하지 않아요. 봉황도 마찬가지고요. 왜냐하면 그게 바로 왕이나 황제를 상징하는 영물들이기 때문이네요. 그래서 보통 사람들이 만들거나 지니면 안 되잖아요?"

"그건 그렇소이다. 우리 조선에서도 주상께서는 용이시지요. 물론 비께선 봉황이시라오. 공주 역시 봉황이지. 조선이 그 정도인데 대국인 명나라는 더 하겠지요. 그런데 낭자께서 그런 반지를 가지고 싶다는 말씀이시오?"

"그래요, 선비님. 소녀는 바로 용이 새겨진 반지를 가지고 싶어요. 그 반지를 용환(龍環)이라고 한다면서요?"

"용환이라? 반지치고 참 광오한 이름을 지녔구려."

이번에도 박린은 무심했다. 연연은 속이 새까맣게 탔지만 별도리없었다. 어떻게 보면 박린은 용환을 알고 있으면서 모르는 척 능청을 떠는 것도 같았고 진짜 모르는 것도 같았다.

"용환을 모르세요?"

"글쎄올시다."

'음?'

"뭐, 어쨌든 낭자께서 가지고 싶다 하시니 어떻게든 노력을 해보겠소이다. 사실 소생은 선비지만 할 때면 하는 선비란 말씀이지요. 하하하!"

연연은 더 의혹에 휩싸였다.

박린이 한 말을 곰곰이 음미해 보면 자신이 용환을 가졌다는 말이 아니었다. 그렇다고 안 가졌다는 말도 아니었다. 아울러 모른다는 말도 아니었지만, 안다는 말도 아니었다.

그렇다면 결론은 하나.

'지금 가지고 있지 않다 해도 알고 있다는 이야기가 돼!'

이런 경우 보통 사람 같으면 용환이 뭔지, 어떻게 생겼는지를 먼저 물어본 다음 가부를 결정한다. 그런데 박린은 아예 그걸 묻지 않았다. 그렇다면 용환을 왜 가지고 싶어하는지도 안다는 이야기였다.

'좋아!'

연연은 안심했다. 처음부터 돌려받고 싶은 마음에 거론한 건 아니니까. 돌려받으면 더 좋겠지만, 어쨌든 용환을 찾을 실마리는 잡은 거니까.

"선비님, 소녀는 꼭 기억할래요, '어떻게든 노력해 보겠소이다' 하신 선비님 말씀을! 설마 남아일언중천금(男兒一言重千金)이란 말씀을 모르는 건 아니시지요?"

박린은 여전히 멀뚱했다.

“좋은 말씀이오, 낭자. 가만히 보니 낭자께서는 얼굴만 아름다운 분이 아니라 학문까지 겸비하셨구려? 하지만 남아일언중천금이란 말은 이제 옛날 말씀이오. 요즘은 유생일언유어리(儒生一言喩於利)라는 말씀을 쓰지요. 어험!”

“유생일언유어리요?”

“쉽게 풀이하면 선비가 한 말은 이익을 기준으로 이해해라. 뭐, 이런 말씀이지요. 한마디로 상부상조하자는 말씀이외다. 무관하지 않은 우리 사이에 그게 무슨 큰 흉이 되겠소이까. 하하하!”

“뭘 상부상조해요?”

연연은 뭔가가 불안해서 물었지만, 박린은 천하태평이었다.

“어험.”

“……?”

“옛말에 홀아비 사정은 과부가 안다고 했소이다. 마찬가지로 이 선비의 심정은 낭자가 아시오이다. 그러니 언제 한번 밤에 조용히 만나는 게요. 그런 다음 향기로운 차 한 잔을 마시면서 낭자와 소생이 걸어가야 할 장래를 진지하게 논해보자. 뭐, 이런 말씀이지요.”

“뭐요?”

박린은 여전히 딴청이었다.

“사실 낭자께서도 그간 많이 외로우셨을 게요. 외로운 자에게 밤은 정말 무쟈게 길지요. 하지만 이제 그런 걱정은 하지 마시구려. 앞으로 낭자께서 소생의 밤을 확실히 책임지시면 되는 일이오. 물론 소생도 낭자의 밤을 확실히 책임지리다!”

박린은 정말 책임지려고 작정했는지 갑자기 앞으로 쇄도했다.

스윽.

깜짝 놀란 연연은 뒤로 물러섰다.

"캬! 다, 당신 지금 무슨 짓을 하려는 거예요?"

5

박린은 연연을 안았다. 연연이 피했지만, 희대의 보법인 천풍무영
선무결을 당할 순 없었다.

"놔라, 이 색마야!"

연연은 거북이 등딱지처럼 딱딱한 가슴에 안기고 나서야 자신이 얼
마나 가냘픈지를 실감할 수 있었다. 박린이 한 팔로 자신을 감싸 안았
는데, 그 공간이 자신이 마음껏 주먹을 휘둘러도 될 만큼 넉넉하다.

"놔, 이런다고 내가 너에게 마음을 줄 것 같니! 놔라, 놓으란 말이
야!"

팡팡!

연연은 주먹이 아프도록 박린을 때렸다.

"낭자, 좀 가만히 계시구려."

"지금 상황이 가만히 있을 상황이야!"

팡팡!

더 따지려던 연연은 그만 입을 닫았다.

물론 박린에게서 풍겨지는 기분 좋은 땀 냄새 때문이 아니었다. 단
단한 근육 뒤에서 거칠게 벌떡거리는 심장 소리 때문도 아니었다. 안
온해져 오는 마음 때문도 아니었다.

"아, 암습이 있었군요!"

"맞소이다."

연연을 안은 상태로 박린은 손바닥을 펴 보였다.

"이건?!"

"금사장침(金蛇長鍼)이라고 하지요. 보시다시피 아주 가는 데다 길기까지 해서 조선에선 머리에 침을 놓을 때 사용하오. 그런데 이건 그런 금사장침이 아니오."

"예?"

"일반 금사장침은 금이나 은으로 만드는데, 그런 재료로 만든 게 아니라는 말씀이지요. 한번 보시겠소?"

박린이 주먹을 쥐었다가 펴자 금사장침이 부러졌다.

"워낙 엄청난 속도로 날아오니까 머리뼈쯤이야 쉽게 뚫고 박히지요. 하지만 일단 박히면 대책이 없소이다. 녹아버리던가 이렇게 부러져 버리니……."

연연은 온몸에 소름이 돋았다.

그러면서도 놓여지는 이 마음은 뭘까를 생각했다. 진청자나 광불, 곽파와 이런 저런 고비를 숱하게 넘겼어도 오늘처럼 마음이 따뜻해지고 향기로웠던 적이 없었는데…….

"어험! 낭자, 언제까지 이렇게 안겨 계실 거외까?"

"예?"

연연은 얼른 몸을 빼내고 얼굴을 붉혔다.

"홍! 말씀이 지나치시네요."

"뭐가 지나치다는 말씀이오? 소생은 남녀 간에 마땅히 지켜야 할 도리를 말씀드렸을 뿐이오. 낭자께서 소생을 아무리 좋아해도 그렇지, 이렇게 벌건 대낮에 사내를 끌어안고 있으면 남들이 다 욕하외다."

"뭐라고요? 정말 기가 막혀서 말이 안 나오네요! 암습을 빙자해 먼저 끌어안은 분은 누구신데 그런 말씀을 하세요!"

"빙자하다니요? 남들이 들으면 소생이 색마인 줄 알겠소이다. 어험!
상황이 부득이해서 어쩔 수 없이 벌어진 일이오. 그럼 소생이 장래 부
인 될 낭자가 죽는 꼴을 그냥 보고 있었어야 했다. 뭐, 이런 말씀이시
오?"

"하! 부인이요?"

"어험."

"꿈도 야무지시군요!"

"다 처음엔 그렇게 말을 한답니다. 하지만 두고 보시오, 낭자께서는
반드시 소생의 정실(正室)이 될 것이니. 그렇지 않다면 소생이 왜 이런
고생을 사서 한단 말이오? 그것도 돈까지 무쟈게 써가면서."

"쿡쿡! 기가 막혀서 정말! 이보세요, 선비님."

"듣고 있소이다, 낭자."

연연은 톡 쏴붙였다.

"됐네요! 색마 같은 선비님 정실이 돼서 첩실(妾室)들과 아옹다옹할
성격이 아니네요. 그러니 그만 잊어주세요. 흥!"

쏴붙여 놓고 보니 뭔가 이상했다. 진짜 암습이었다면 달랑 침 한 대
만 날리지 않았을 거란 생각이 불쑥 든 것이다.

"진짜 암습이었어요?"

"무슨 말씀이시오? 암기를 보셨지 않소?"

"암기만 가지곤 모르지요. 선비님께서 음흉한 목적으로 암기를 만들
어내신 건지도요."

"글쎄올시다. 좌우단간 소생은 낭자 마음을 알 수 있는 좋은 기회
가 됐소이다. 해서 암습을 가한 자에게 매우 고맙게 생각하고 있는 중

이오.”

“흥! 괜히 꾸며낸 일이지요? 그게 아니라면 왜 다음 공격이 없어요?”

순간 말이 씨가 된 것처럼 천장이 무너져 내리면서 강한 섬광이 연연에게 쇄도했다.

추릿.

연연은 본능적으로 눈을 감았다. 워낙 갑작스럽게 이루어진 기습인데다 박린과 묘한 신경전을 벌이는 중이었기에 피할 여유가 없었다. 순간 눈부신 장검이 연연의 목을 찍었다.

“칵!”

연연은 섬뜩한 느낌에 비명을 질렀다.

그러나 박린은 당황하지 않았다.

수막을 펼친 상태에서 연연과 이런 저런 농을 주고받았기 때문이다. 그래서 연연이 뾰족한 비명을 지르는 이 순간에 그는 연연을 안은 상태로 공중제비로 뒤로 날아가는 중이었다.

펄럭펄럭.

정말 깨끗하고 유려한 자세. 마음과 몸이 동시에 반응해서 생긴 자연스런 흐름이 도포와 갓까지 제어해 아주 단아한 동작을 만들어내고 있었다.

“이놈!”

암습자도 그걸 알았다.

그래서 지금 연연을 안고 우아한 공중제비로 멀어지는 저 조선 놈이 예상처럼 광인(狂人)이 아닌 고수임을 단번에 간파했다. 연연에게 금사장침을 쏘아낸 사람은 사실 암습자, 사례감에서 그림자로 불리는 밀영(密影) 자신이 아니었다.

자신이 아니라면 이 근방에서 그것을 쏘아 보낼 사람은 없었다. 그렇다면 연연의 말대로 놈이 혼자 난리를 부린 것이다.

놈이 그런 난리를 부릴 때, 정작 천장에 숨어 금사장침을 날릴 준비를 마친 자신은 움찔 놀라 기회를 상실해 버렸다.

"죽인다!"

더 참을 수도 있었지만, 밀영은 그것도 여의치 못했다.

놈이 연연과 농을 주고받으면서 슬쩍 흔든 손이 문제였다. 순간 금사장침이라고 했던 물건이 천장을 뚫고 날아와서 엉덩이를 찔렀다. 결국 밀영은 공격을 가할 수밖에 다른 도리가 없었다.

"날 약 올리자는 수작이었구나, 이놈!"

밀영은 옥영신보(玉瑩神步)로 놈을 따라붙었다.

환관들이 익히는 옥영신보는 황궁 무고에 쌓인 서장보법을 장점만 취합해서 만든 대단히 실용적인 보법이다. 즉, 크고 작은 건물로 장애물이 많은 황궁 전체를 감당하기 위해서 만들어진 보법이므로 이런 점방 같은 데서 펼치기가 적합했다.

휘릭.

순간 밀영이 흐릿해지면서 길게 늘어났다.

깡!

장검이 병풍을 직격했다.

다음 순간 병풍에서 전해진 진동이 등뼈를 헤집었다.

"어험!"

강력한 진동을 이기고 풍류무영을 따라붙은 실력으로 보면 암습자는 보기 드문 고수. 박린은 문득 암습자가 궁금해졌다.

박린은 살짝 고개를 돌려 암습자를 보았다.

'나이를 측량하기 힘든 늙은이!'

피부가 누렇고 눈이 붉으며 수염 없는 입술이 꽃물을 들인 것처럼 붉다. 뿐만 아니라 어깨가 좁고 허리가 가늘며 목소리가 뾰족하다. 손에 든 장검 역시 폭이 좁고 길이가 긴 협검(狹劍).

'환관?'

그런 늙은이가 협검을 후려치자 환관이 사용하는 역한 향기가 몰려왔다.

"이런 경우 선비가 물러서면 안 되지. 하지만 어찌 할계(割鷄)에 언용우도(焉用牛刀)를 하랴!"

박린은 풍류무영 제일초 선세결(仙世訣)을 펼쳐 냈다.

선무결이 땅이 지닌 탄성을 이용한 보법이라면 선세결은 이형환위(移形換位)처럼 공간을 마음대로 압축시켰다가 풀어놓을 수 있다.

파라락!

"헛!"

밀영이 헛바람을 삼킨 건 당연했다.

선세결을 펼친 박린이 한순간 지워졌다가 무려 구 장(27m)이나 멀리 떨어진 지붕에 나타났기 때문이다. 밀영은 얼른 옥영신보를 최대한 펼쳐서 하늘로 날아올랐다.

휘릭.

암습이 실패한 이상 더 싸울 이유가 없었다.

암습을 하되 실패하면 왜 실패했는지 상세한 보고를 날리라 지시를 받았기 때문이다. 그런 보고를 토대로 연경에서는 그때마다 새로운 계획을 짜는 것 같았다. 연연이 진청자 일행과 있을 때도 이런 암습을 여러 번 해본 밀영은 미련없이 물러섰다.

아니, 물러서려고 생각했다.

"이런, 염병! 하여튼 저 인간은 이 막내 형님께 꼭 일을 시킨단 말이야. 에잉!"

화노는 공중에 뜬 상태로 그대로 뒤집어지는 밀영을 보고 구시렁거렸다.

"뭐라고? 어찌 할계(割鷄)에 언용우도(焉用牛刀)를 하랴? 이런 괘씸한 인간 같으니! 닭 잡는 데 어찌 소 잡는 칼을 쓰랴, 하는 말이잖아? 오냐! 이 형님께 닭 잡는 칼이라고 대놓고 말했겠다? 퉤!"

일단 침을 뱉은 화노가 운룡대구식(雲龍大九式)을 펼쳐 바로 밀영에게 쇄도해 갔다.

휘릭.

다음 순간 화노의 소매 춤에서 튕겨진 핏빛 섬광이 밀영이 내민 협검과 충돌했다.

깡!

협검을 치고 나온 섬광이 허공을 돌아서 화노의 손에 잡혔다.

섬광은 손바닥만한 핏빛 비륜(飛輪)이었는데, 겉에 기이한 물결 무늬가 있어 되돌아올 수 있게 제작된 무기였다.

"크하! 여전히 수염 없는 놈들은 아주 매끄럽단 말이지. 이 색비륜(色飛輪)을 쳐낼 정도로! 하지만 나도 십 년 전 소주에서 징징 울고 다녔던 그 덜떨어진 도사님이 아니시라지?"

화노가 이번에는 양손을 뿌렸다.

다음 순간 핏빛 색비륜 두 개가 밀영을 향해 날아갔다.

휘르르—

'아뿔사! 고, 곤륜색마!'

밀영은 저쪽 허공에서 교차한 핏빛 섬광 두 점이 화사처럼 꿈틀거리며 날아오자 이를 꽉 물었다.

천장에 있을 때 심상치 않은 늙은이라는 것은 알았지만, 그 늙은이가 설마 팔괴(八怪) 중 하나인 곤륜색마일 줄은 몰랐다.

십 년 전 자신도 소주 근방에 있었기 때문에 곤륜색마가 얼마나 지독한 늙은이인지 익히 들었다. 당시 저 곤륜색마는 지금 던져 낸 색비륜 한 개로 강북상련 휘하 다섯 개 문파를 초토화시켰다.

'이거 크게 잘못 걸렸는데!'

밀영은 최선을 다해서 색비륜에 대응했다.

순간 옥영신보와 이어진 옥영무상신공(玉瑩無常神功)이 펼쳐졌다. 서장 무공인 옥영무상신공은 호신강기로 밀영을 감싸 오 장이나 뒤로 밀었다.

동시에 색비륜이 호신강기와 충돌했다.

쾌쾅쾅!

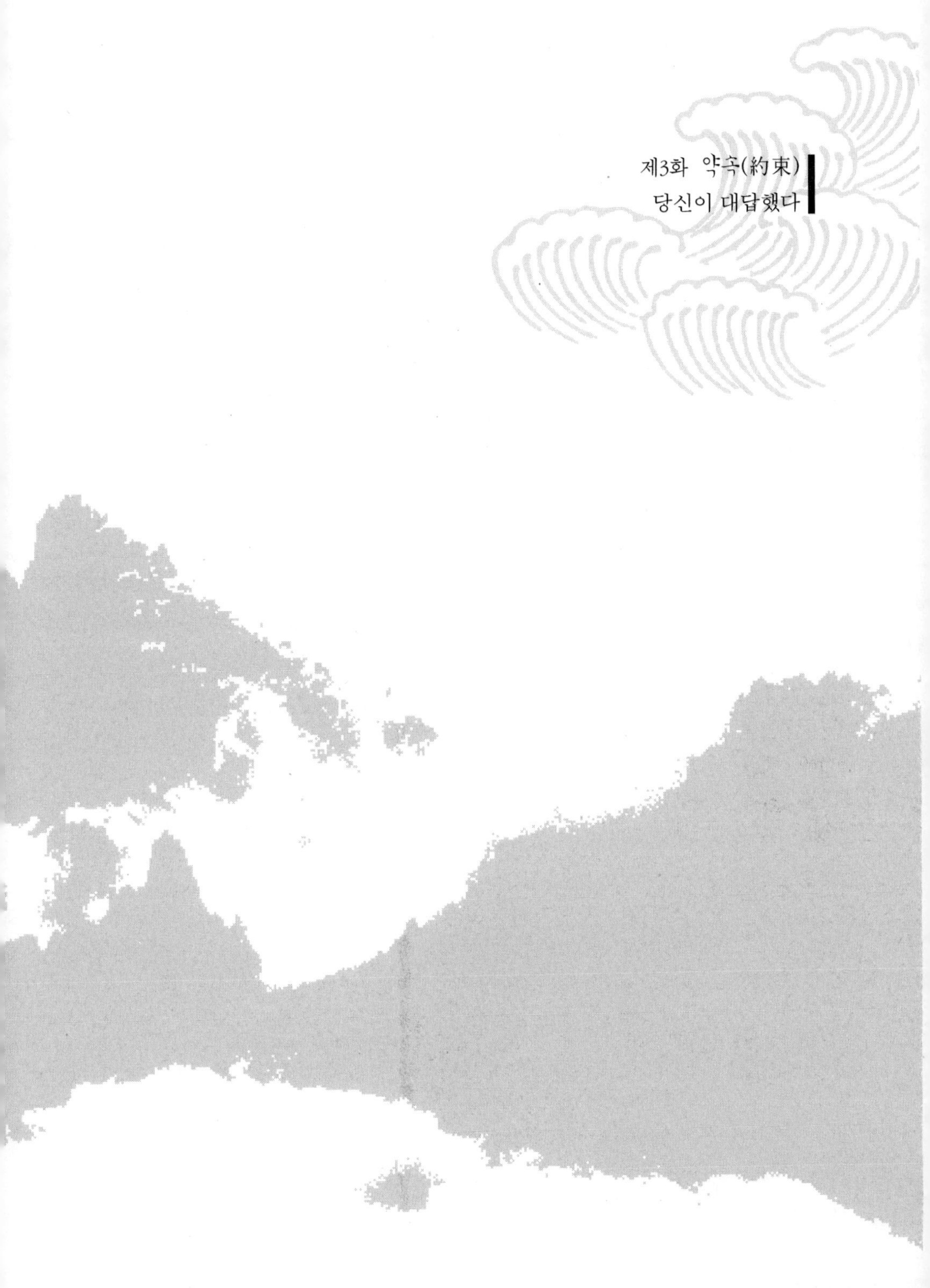

제3화 약속(約束)
당신이 대답했다

끊어진 연처럼 밀영이 날았다.

색비륜을 회수한 화노는 운룡대구식을 펼쳐 바짝 따라붙었다. 다 잊었다고 생각했는데 십 년 전 소주에서 당한 원한이 몇 배로 증폭돼서 고스란히 살아 올라온다.

"이 나쁜 놈들!"

그냥 지나가는 길이었다. 왜 하필이면 그때에 그곳을 지나게 됐는지는 잘 모르지만, 어쨌든 화노 자신은 싸움과 상관없다고 생각했다. 그러나 저들과 강북상련은 그렇게 생각하지 않았다.

"사방 이백 리에 천라지망을 깔았지! 아무런 이유 없이 공격을 당했다. 놈들은 이 미남도사님을 독 안에 든 쥐처럼 생각했어!"

화노는 밀영을 향해 곤륜취검을 날렸다.

스윽.

화노는 다음 순간 금안행운(金雁行雲)을 펼쳐서 날아가는 곤륜취검에 올라타고 있었다.

사아—악!

베어진 공기가 뒤로 밀려나면서 순간 공기가 압축됐다.

그 압축된 공기에 밀영이 빨려들었다.

"젠장!"

밀영은 최선을 다해 팔다리를 허우적거렸지만, 한줄기 뇌전처럼 육박해 온 태허도룡검비(太虛屠龍劍飛)를 피할 수는 없었다.

"과연 팔괴, 곤륜색마!"

밀영은 날아가던 자세 그대로 거푸 두 번이나 몸을 뒤집고 쌍장을 내밀었다. 다음 순간 기이한 비린내를 풍기면서 분출된 옥영장(玉瑩掌)이 태허도룡검비를 향해 날았다.

쉬이익—

비린내에서도 알 수 있듯 옥영장은 단아한 이름과 달리 지독한 독장(毒掌). 서장에서만 자라는 샤먼테 풀에서 축출한 맹독으로 단련시킨 장이라 스치기만 해도 치명적인 결과를 초래한다.

"어림없지!"

화노는 옥영장이 밀려오자 용형보(龍形步)를 펼쳐서 바로 낙하했다. 천근추(千斤墜)와 섞인 용형보여서 수직 낙하가 가능했다. 다음 순간 낙하를 이기지 못하고 말려 올라간 머리카락이 옥영장에 스쳐서 부스러진다. 화노는 천근추를 버리고 운룡대구식을 펼쳐 상승하면서 몸을 옆으로 틀었다.

다음 순간 화노가 풍차처럼 회전했다.

파라라락!

회전과 맞물린 공기가 뒤집히면서, 작지만 강력한 회오리를 생성했다. 화노는 쏘아진 화살 같았다. 천지가 자신을 중심으로 휘도는 회오리 속에서 화노는 한 발로 곤륜취검을 툭 밀고, 다른 발로 차버렸다.

팡!

짧고 강한 소리와 동시에 회오리를 박찬 곤륜취검이 밀영을 관통했다. 아니, 관통한 것 같았다.

"저, 저 미친 녀석!"

화노는 눈을 크게 떴다. 곤륜취검이 막 밀영의 가슴을 헤집으려는 찰나, 어깨 한 번 비튼 걸로 무려 구 장을 다시 날아온 박린과 밀영이 교차한 것이다.

스윽—

그러나 보이기만 그렇게 보였다. 곤륜취검이 밀영을 관통하지 못한 것처럼 박린도 밀영과 교차한 게 아니었다.

박린은 밀영의 뒷덜미를 잡아채면서 동시에 날아든 곤륜취검을 향해 손을 내밀었다. 이미 한 점 섬광으로 변한 곤륜취검이었다.

그걸 맨손으로 받는 게 얼마나 어리석은지는 화노도 알고 박린도 알았다.

'맙소사!'

망연해진 화노가 회오리를 풀고 낙하했다. 간단히 박린의 손을 관통한 곤륜취검은 이내 가슴으로 달려들어 심장을 파열시키고도 삼백 장 이상 날아갔다가, 천천히 고개를 꺾어 되돌아와 화노의 손에 잡힐 것이었다. 화노는 박린이 미쳤다고 생각했다. 제 사부 천변귀수보다 무공이 고강한 건 알았지만, 그렇다고 저렇게 달려들다니!

박린은 그렇게 생각하지 않았다.

박린은 소매 속에 든 천룡통으로 일단 곤륜취검을 쳐 올렸다.

땅!

천룡통과 부딪쳐 강렬한 섬광으로 곤륜취검이 치솟았다. 박린은 곤륜취검을 향해 편전을 발사했다. 이렇게 곤륜취검을 쳐 올리고 편전을 발사한 건 단 한 순간에 이루어진 동작.

팡!

편전에 잡힌 곤륜취검이 속도를 잃고 낙하했다. 박린은 편전을 회수하면서 곤륜취검을 화노에게 날렸다.

휘릭.

순간 하늘에 유려한 선이 한 줄 그어지면서 편전이 되돌아왔다. 저 아래 땅에서 막 곤륜취검을 회수한 화노가 얼떨떨한 표정을 짓더니 바로 욕을 해 부쳤다.

"야! 이 자식! 내려오기만 해봐! 너 오늘 죽었다!"

화노는 놀란 데다가 밀영까지 빼앗기자 약이 바짝 오른 모양이었다. 그러거나 말거나 밀영을 낚아챈 박린은 바로 풍류무영 선세결로 연연이 기다리는 지붕으로 내려앉았다.

"다, 당신!"

연연이 놀라 외마디 소리를 질렀다.

"어험."

연연은 박린이 화노가 벌이는 싸움을 지켜보다 갑자기 끼어들었을 때, 가슴을 졸였다. 이해할 수 없는 감정이겠지만, 박린이 다치면 어떡하나 하는 마음이었다.

그래서 발까지 동동 구르며 마음을 졸였는데 박린은 정말 사람이 아니었다. 공중에 뜬 사람 하나를 잡아채면서 칼을 되돌려 보내고, 바로 몸을 뒤집어서 이리로 날아온 것이다.

"낭자, 놀라지 마시구려."

빙그레 웃은 박린이 말을 이었다.

"소생이 아까 말씀을 드렸지 않소이까? 소생은 비록 선비지만, 한번 한다면 하는 성격이라고. 어험! 아무튼 그렇게 걱정해 주시니 역시 소생에게는 낭자밖에 없다는 생각이 드는구려. 은애는 다 그런 게 아니겠소?"

"뭐요?"

연연은 헛소리를 주절대는 박린이 또 미워졌다. 누군가 싸움을 하면 걱정하는 게 당연한데 그걸 은애라고 착각하다니, 정말이지 박린은 아무도 못 말릴 성격이 분명했다.

"흥, 쓸데없는 생각 하지 말아요! 하긴 뭐, 착각까지 소녀가 뭐랄 순 없지요. 하지만 분명히 알아두세요."

"어험!"

"소녀는 죽었다가 깨어나도 선비님께는 시집을 안 갈 거네요! 왜 그런지 아세요? 소녀는 선비님이 싫어요!"

이 정도로 확실히 이야기했으면 뭔가 다른 반응을 보여야 정상인데 박린은 그럴 기미가 조금도 없었다. 연연은 한마디 더 해줄까 하다가 입만 아플 것 같아서 팽 돌아섰다.

"앙탈이 심하시구려, 낭자."

"뭐요?"

연연이 돌아섰지만 박린은 연연을 보고 있지 않았다.

"어험. 할아버지, 할아버지께선 과즉물탄개를 아시오? 논어 학이편에 나오는데 참 좋은 말씀이지요."

“……”

밀영은 조선 놈을 보았다.

잘생겼지만, 또 어딘지 모르게 고리타분한 느낌을 지닌 얼굴에 광인(狂人) 같은 구석은 없다. 하지만 이런 상황에서 저런 괴이한 소리를 지껄여 대는 걸 보면 광인이 분명했다.

혼란해진 밀영은 단도직입적으로 말했다.

“모욕은 필요없으니 당장 죽여라, 이놈아!”

“허허, 모욕은 할아버지께서 소생에게 주고 계시오.”

“……!”

“선비는 주이불비(周而不比)하고 소인(小人)은 비이부주(比以不周)라 했소이다. 즉, 선비는 두루 통해서 편협하지 않은데 소인배는 편협해서 통하지 않는다는 말씀이지요. 소생은 할아버지를 선비로 생각해서 한번 깊은 이야기를 나눠볼까 생각했는데, 할아버지께서 소생을 소인배 취급하시니… 이거 무쟈게 서운하외다.”

정말 괴이한 놈이다. 코흘리개들도 다 아는 논어에 교묘하게 상황을 대입시켜서 그럴듯한 핑계를 만들어내다니.

“말이 필요없다, 이놈! 당장 죽여다오!”

“허, 이런! 선비는 탄탕탕(坦蕩蕩)이요, 소인(小人)은 장척척(長戚戚)이라고 했소이다. 선비 마음은 평탄하고 너그러우며 소인배 마음은 항상 근심에 차 있다… 뭐, 이런 말씀이지요. 소생이 가만히 생각해 보니까 할아버지께서 소인배셨소이다그려. 그렇다면 진작 말씀을 하셨어야 할 게 아니오?”

“……!”

“소생이 할아버지께 필야정명호(必也正名乎)를 좀 해야겠소이다. 반

드시 명분을 잡겠다는 말씀이지요. 한마디로 가르침을 좀 내려야겠다
는 말씀이외다. 괜히 엄살을 부리시면 아니 되오이다. 이제부터 불원
천(不怨天)하시고 불우선(不尤先)하시오!"

다음 순간 하늘을 원망하지 말고 선비도 원망하지 말라는 말대로 밀
영에게 펼쳐진 세상은 지옥이었다. 박린은 밀영이 꼼짝 못하게 혈을
꼼꼼히 점한 뒤 화노에게 집어 던졌다.

휘릭!

화노는 밀영을 받자마자 냅다 분근착골(分筋搾骨)을 퍼부었다.

"이놈, 이 나쁜 놈!"

뼈가 으스러지는 듯하고 혈관에 세침(細針)을 뿌려놓은 듯한 고통이
밀영을 얽어맸다. 그래도 밀영은 참았다. 그러나 다음에 퍼부어진 산
쇄혼시(散碎魂屍)에는 방법이 없었다.

"으… 으."

산쇄혼시는 분근착골보다 몇십 배 더한 고통으로 밀영을 내리 눌러
서 마침내 고집을 꺾었다.

밀영이 널브러지자 화노가 제의했다.

"같이 늙어가는 처지에 서로 이렇게 괴롭히는 짓은 삼가해야 되지
않겠어? 이 미남도사님께선 말이지, 자네에게 큰 욕심 없어요. 그러니
까 자네도 이 미남도사님께 뭘 기대하지 말라고. 알겠지?"

다시 한 번 퍼부어진 산쇄혼시에 밀영은 거의 기절 직전까지 갔다.
기절이라도 해서 고통을 잊을 수 있으면 좋겠지만, 화노는 보통 능구렁
이가 아니었다. 딱 기절하기 직전에 산쇄혼시를 멈추었다.

"다, 다 말할 테니 이제 제발 그만 해주시오!"

"헹! 뭘 말한다는 게야?"

“화, 황궁 말이오.”

“아까도 말했지? 이 미남도사님께 뭘 기대하지 말라고. 캇캇캇! 그나저나 많이 아픈가 봐? 하긴 정말 엄청난 산쇄혼시이지. 산 사람 배를 쩍 벌려놓고 내장이며 심장을 마구 뒤적거리는 것 같으니까.”

“사, 살려주시오! 아니면 차라리 죽여주시오, 제발!”

“캇캇캇… 으음.”

한 번 더 산쇄혼시가 퍼부어졌다.

“으… 으…….”

밀영은 이 곤륜색마란 늙은이 역시 광인이 분명하다고 생각했다. 팔괴니까 성격이 오죽 괴팍하랴만, 이건 괴팍 정도를 한참이나 벗어난 행위였다. 밀영은 상대가 두 손 두 발을 다 든 상황에서도 계속해서 고문을 떠안기는 화노의 정신 상태를 의심한 것이다.

“대, 대체 내게 뭘 바라시는 게요!”

“바라는 게 아무것도 없다네.”

“그러면 왜 이런 고문을 떠안긴단 말이오! 이게 사람이 할 짓이라고 생각하시오? 얼른 죽여주시오!”

“도사가 사람을 죽여? 큰일날 소리 하지 말게. 어림없지. 아, 저 위에 있는 인간에게 얼마나 욕을 먹으려고. 난 절대 저 인간에게 욕을 먹지 않기로 했지. 왜냐하면 말이지, 이 나도 머리가 있걸랑?”

또 퍼부어진 산쇄혼시에 밀영은 몸을 한 자나 띄우면서 괴로워했다. 그리고 어서 제발 조선 놈이 내려와서 무엇인가 물어주길 바랐다. 그러나 조선 놈은 땅에 내려와서도 여전히 딴청이었다.

“어험, 막내 형님께선 의외로 손속이 악랄하시구려?”

“캇캇캇. 뭐, 이 정도야 약소한 편이지.”

"소생도 조심해야 되겠소이다. 곤륜색마라더니 색마가 아니라 혈마가 아니시오? 곤륜혈마!"

"곤륜혈마라? 흠, 아주 그럴듯한 명호이지만 이 막내 형님은 사양하려네. 자네도 한번 생각해 보게. 곤륜혈마라 하면 왠지 섬뜩한 분위기가 느껴지지 않는가? 곤륜색마에서 느껴지는 낭만이 없다. 뭐, 이런 말씀이지."

"그렇기는 하외다. 낭만은 모르겠지만, 아무튼 점잖지 못해 보이는 건 곤륜색마가 훨씬 더 하니까. 어험!"

"에잉! 인간이 그러면 못쓴다. 아니, 이 형님이 다 잡은 고기를 중간에서 낚아챈 그 심보는 뭔가? 아무튼 뭐, 살려주고 싶어서 그랬겠지만, 아무리 그래도 그렇지! 그게 어디 선비가 할 짓인가?"

밀영은 여기서 단정했다. 조선 놈과 곤륜색마는 정말 광인이 틀림없다고. 광인이 아니면 이런 고문 중에 말도 안 되는 말을 주고받으면서 저렇게 희희낙락할 수 없기에.

"제발 죽여줘라, 이 미친놈들아!"

밀영이 소리치자 박린은 연연을 보았다.

"낭자?"

"……?"

"소생은 이 할아버지께 아무 볼일이 없소. 하지만 낭자께선 입장이 다르지 않소? 뭐, 여쭤볼 말이 있으시면 어려워하지 말고 한번 여쭤보시오."

연연은 박린의 넘겨짚음에 놀랐지만 내색하지 않았다.

"소생은 형님과 멀찍이 떨어져서 지켜보겠소이다. 선비는 여인네가 지닌 과거지사에 관심을 두면 안 되는 법이오. 어험!"

어슬렁어슬렁.

연연은 박린과 화노가 멀어지자 밀영을 보았다.

광불이 그토록 노력했어도 잡지 못한 꼬리에게 연연은 정말 물어볼 말이 있었다.

"이보세요, 노야."

밀영은 망사에 가려진 연연과 눈을 마주쳤다.

밀영은 저토록 작고 가냘프며 아름다운 존재가 자신이 척살하려던 대상임을 알고 잠시 아파했다.

다음 순간 밀영은 옥영신공을 쥐어짜서 연연에게 대항했지만, 보여지는 모든 것이 기이한 연녹빛으로 물들었다.

연녹빛에 물든 세상은 까닭없이 슬펐고 아련했고 여렸다.

밀영은 자신이 만약 산쇄혼시에 당하지 않은 상태라면, 이 기이한 연녹빛을 타고 천진난만했던 동심(童心)으로 돌아갔을 것임을 직감했다. 바로 이런 능력, 사람 감정을 마음대로 조절할 수 있는 능력 때문에 연연은 척살돼야 마땅하고, 연경을 밟으면 안 되는 것이다. 더불어 연경을 밟으면 안 되는 이유가 한 가지 더 있었다.

밀영은 그 한 가지 이유를 호칭으로 대신했다.

"고, 공주마마."

"……!"

밀영이 입을 뗀 순간, 연연은 입술을 깨물었다.

진청자 일행에게서 자신이 엄청난 신분이라는 걸 들었지만, 이렇게 다른 사람을 통해서 구체적으로 듣기는 처음이었기에.

사실 연연은 진청자가 한 말을 이때까지 실감할 수 없었다.

모래바람만 몰아치는 변방 영하에서 염소를 몰던 자신이 아니었나?

그래서 그저 물살에 떠밀려 오듯 진청자 일행에 얹혀서 삼 년을 방랑했다.

방랑도 엄밀히 따지면 신분을 찾기 위한 게 아니었다.

어머니만 살아 계셨더라면 무슨 일이 있어도 영하에 남았지 방랑을 택하진 않았다. 그러나 어머니께서 안 계신 영하의 자연과 풍습은 열일곱 살 철부지 염소몰이 소녀에겐 가혹했다.

"말씀해 보세요, 할아버지. 당신이 누구기에 소녀를 죽이려 하셨나요?"

산쇄혼시에 당한 데다가 기이한 연녹빛 세상에 파묻힌 밀영은 모든 것을 체념한 상태라서 대답은 금방 나왔다.

"소, 소신은 내, 내궁에서 파견된 환관이옵니다!"

'환관!'

연연은 달싹거리는 밀영의 입만을 바라보았다.

"마마께선… 선황제 홍치께서 낳으신 옥린이시옵니다. 그래서 척살돼야 하옵니다. 척살이 아니라도 황도 연경에 들어가시면 절대 아니 되옵니다. 연경에는, 연경에는……."

"왜 척살돼야 하나요?"

"그 이유는… 마마께서도 잘 알고 계시옵니다. 그러니 어서 저들에게 말씀하셔서 소신을… 죽이라고 명하시옵소서. 더 이상 고통을 견딜 재간이 없나이다."

간신히 대꾸한 밀영은 고개를 꺾었다.

고통 때문이 아니었다. 그동안 연연에게 지녔던 죄책감과 비밀을 발설했다는 중압감에 고개를 들고 연연을 바라볼 수 없었기 때문이다. 연연이 깨물었던 입술을 풀고 일어나자 박린과 화노가 다가왔다.

어슬렁어슬렁.

"아니, 낭자. 왜 우시는 게요?"

"그러게? 소저, 저 나쁜 늙은이가 우리 예쁜 소저께 욕을 했소이까? 에잉! 그렇다면 이렇게 가만히 있으면 안 되지. 당장 저 늙은이가 지닌 더러운 주둥이를 아작 내버릴 테니까 소저께선 그만 고정을 하시오!"

"그만두세요, 노야!"

연연은 밀영에게 다가가는 화노를 불러 세웠다. 화노도 그럴 맘은 없었는지 잽싸게 돌아왔다.

"소저는 얼굴만 예쁘신 게 아니라 맘도 참 비단결같이 고우시우, 자기를 울린 나쁜 놈을 이렇게까지 걱정하시는 걸 보면. 이 미남도사님께서 한 삼십 년만 젊었어도 딱인데. 헤헴! 이래서 늙으면 서럽다는 게야. 당최 마음뿐이지 누가 알아주질 않거든. 에잉!"

화노는 알아주지 않는 자가 바로 박린이라는 것처럼 신경질을 부렸다.

"자네가 어떻게 좀 해봐! 우리 예쁜 소저께서 울고 계시잖아? 아이고, 저 보석 같은 눈물 좀 봐. 유별한 사이가 아니라며? 젊은 게 속에 구렁이만 가득 들어서 뭐 하나 제대로 해주는 게 없어요."

"어험! 이거야, 원."

연연은 몸을 돌렸다.

자신이 이렇게 몸을 돌리는 건 박린에게 매우 못할 짓임을 연연은 잘 알고 있었다. 그러잖아도 착각을 잘하는 박린에게 이렇게 몸을 돌린 게 어떻게 비춰졌을지 뻔했다. 아니나다를까, 뒤로 다가온 박린이 대뜸 볼멘소리부터 늘어놓았다.

"정말 낭자께선 앙탈이 보통은 넘소."

“……!”

“사실 소생은 저 할아버지가 낭자를 핍박하시는 걸 보지 못했소. 그래도 그렇지, 이렇게 대놓고 몸을 돌리심은 소생을 너무 핍박하시는 처사요. 어험험!”

다른 때 같으면 이런 경우 기가 막혀서 무슨 말이라도 톡 쏴붙여 줬을 연연이었지만 지금은 아니었다.

“당신 때문에 우는 게 아니네요.”

“음?”

“연연은 당신 때문에 울지 않아요.”

연연은 밀영의 말속에 든 의미에 복받쳐 입술을 깨물었던 것이다. 밀영이 한 말속에는 척박한 변방까지 쫓겨나서 살아야 했던 어머니가 들어 있었다.

염소를 몰고 황량한 모래바람 속을 헤매야 했던 어머니께서 지녔을 그리움과 고통, 더불어 지난 삼 년 동안 떠돌아야 했고 얼마나 더 떠돌아야 끝날지 모르는 방랑도 들어 있었다.

연연은 그게 슬퍼서 울었다.

연연은 박린을 보았다.

그리고 언제 울었나 싶게 싱긋, 웃었다.

“선비님.”

“말씀을 해보시오.”

“소녀를 원래 있던 자리로 보내주시지 않을래요?”

“…….”

박린은 침묵을 지키다가 흔쾌히 고개를 끄덕였다.

“반드시 그리하겠소이다, 낭자.”

“고마워요.”

“아니외다. 사내라면 조강지처의 부탁을 들어줘야 하는 게요. 그것
도 못 들어주면 선비가 아니지요.”

2

연연은 다른 사람 같았다.

초원과 어울리지 않는 화려한 옷도 그랬지만, 성격 또한 아예 달라
졌기 때문이다. 이 이해할 수 없는 사태 앞에서 곽파는 과장을 떨지 않
을 수 없었다.

“이 녀석!”

허공을 뚫고 갑자기 나타난 박린 역시 전에 그 이루 말할 수 없이 추
레했던 거지 박린이 아니었다.

“우리 아가씨께 무슨 수작을 부린 게냐!”

“저, 저, 그게……..”

박린이 우물쭈물하는 사이 박린과 같이 나타난 촌스러운 쑥색 장포
가 되물었다.

“수작이라니요?”

화노는 징그러운 흉터를 지닌 이 노파가 과연 누구인지 알았다. 주
름살에 덮인 얼굴이 평범하게 보여도 이 노파는 전대 아미 장문인이자
무림이신녀, 천하제일미 곽부시(郭芙施)가 분명했다.

“파파께선 말씀이 참 지나치시외다.”

“뭐?”

“피 끓는 청춘 남녀가 같이 있었소이다. 그러면 무관하지 않은 사이

가 되는 건 당연한 색사가 아뇨?"

"뭐라? 누가 네놈에게 물었더냐?"

"이런, 염병!"

화노는 길길이 뛸 수밖에 없었다.

"이보쇼! 같이 늙어가는 처지에 새파란 애들 앞에서 서로 존중하는 모범은 못 보일망정, 대체 '네놈'이 뭐외까? 이 미남도사가 당신 친구라도 된단 말요! 그게 어디서 배워 처먹은 말본새외까? 얼굴에 흉터만 있으면 다요? 그런다고 이 미남도사가 겁먹을 것 같소?"

"뭐?"

"한번 홀랑 벗고 붙어봅시다!"

곽파는 멍해졌다. 이 갑작스럽게 벌어진 사태에 박린도 어리둥절했고 진청자와 광불도 어리둥절했다. 사람들이 자신만 쳐다보자 정작 당황한 건 화노였다.

"케헴!"

이 자리는 삼정팔괴십마 위에 있는 삼신이 두 명이나 있는 자리, 까딱했다가는 그대로 사망이다. 화노는 얼른 연연을 끌어들였다.

"이보우, 소저. 어서 아까 옷집에서 이 미남도사가 사준 옷을 꺼내보시구랴. 사람이 뭐 그럴 수도 있는 거지, 그걸 가지고 인상을 벅벅 쓰면 뭐가 달라지나? 아무튼 이 미남도사가 참을 테니 파파께서도 없던 일로 하시구랴. 캇캇캇!"

연연도 어색하던 참이었다. 박린에게 납치됐다가 돌아온 게 벌써 두 번. 지난번도 그랬지만, 이번은 정말 어색했다. 옷까지 사 입고 돌아왔으니 곽파가 놀라는 게 당연했다.

"맞아요, 파파. 고정하고 제 말씀 좀 들어보세요. 저분들께서는 나

뿐 분들이 아니세요. 연연을 데려다가 옷도 사주고, 이런 반지며 귀고리까지 사주셨어요. 뿐만 아니라 파파께서 입으실 예쁜 속곳도 사주셨는걸요?"

"아가씨."

"보실래요?"

보퉁이를 푼 연연이 하나씩 장신구와 속곳을 들어 보이자 곽파는 눈물을 흘리면서 연연을 끌어안았다.

"아가씨, 왜 이러시옵니까?"

척애를 안고 평생을 혼자 살아온 곽파에게 연연은 친딸 이상이었다. 연연이라고 왜 예쁜 옷이며 반지, 귀고리 같은 장신구를 가지고 싶지 않겠는가. 여자 나이 스무 살이면 한창 멋을 부리면서 이성에 호기심을 느끼는 나이. 방랑 일색이어서 고생을 너무 시켰고, 그런 이유로 겨우 이따위 속 보이는 친절에 연연이 마음을 주어버린 건 아닐까 하는 자책으로 곽파는 마음이 아팠다.

곽파는 이런 싸구려 옷과 장신구 따위로 연연을 희롱한 나쁜 놈, 박린에게 분노를 돌렸다.

"당장 이놈의 다리몽둥이를 분질러 버리겠나이다!"

곽파는 또 당황했다.

자신이 연연을 붙들고 눈물을 흘리는 사이, 박린과 촌스러운 쑥색 장포가 사라져 버렸기 때문이다. 진청자가 말했다.

"벌써 갔네, 망구."

"뭐 했어, 녀석을 붙잡지 않고!"

"으음."

진청자는 천하태평이었다. 그건 광불도 마찬가지. 광불은 허공에 눈을 준 채 아예 이쪽은 쳐다보지도 않는다.

진청자도 탄식했다.

"망구, 검로(劍路)와 산천은 그대로이되 사람이 달라졌다네. 그게 어디 검로나 산천만을 나무란다고 되는 일인가."

그래도 곽파는 박린에게 이를 악물었다.

"두고 보아라, 이놈!"

제아무리 천변귀수의 제자라 해도 곽파는 박린을 그냥 두지 않을 생각이었다. 아직 세상 물정을 몰라 순박하기만 한 연연을 감히 납치해서 속 보이는 뻔한 짓을 일삼다니!

곽파는 연연을 위해서라면 벽력선자나 천변귀수에게 어떤 욕을 먹어도 다 감수할 수 있다고 생각했다.

그러나 연연은 아닌 모양이었다.

곽파에게 다가온 연연이 손에 든 걸 내밀었다.

"파파, 그분은 금방 다시 오실 거예요. 이렇게 설사자를 두고 가셨잖아요?"

과연 그렇다는 듯 설사자가 머리를 끄덕였다.

왈!

"곤륜색마가 녀석과 함께 있을 줄이야……. 나무관세음보살."

곽파가 진정하자 광불이 탄식했다. 진청자는 일이 그렇게 될 줄 알았다는 듯 침묵했지만, 곽파는 묻지 않을 수 없었다.

"곤륜색마? 그럼 아까 그 늙은이가?"

"맞아."

"뭐?"

"곤륜에서도 어쩌지 못한다는 미치광이 화노가 바로 그 추레한 늙은이지. 듣기론 곤륜 장문과 사형제 사이라는데, 뒤끝이 상당히 지저분해서 곤륜에서도 골머리를 앓는다는 게야."

"이를테면?"

"워낙 무공이 고강한 데다 성격이 제멋대로라지. 그래 파문을 하고 싶어도 후환이 두려워 그러질 못한다는 게야. 한번은 신성한 도관에 여인네를 끌고 들어와 괴이한 짓을 벌였다지 뭔가. 그것도 며칠씩이나. 보다 못한 제자들이 냅다 장문인에게 달려갔다지, 아마."

"……."

"장문인이 화노를 매우 꾸짖었겠지? 아, 그랬더니 화노가 대뜸 달려들어서 장문인을 바닥에 메다꽂아 버렸다네. 그리고 손을 탁탁 털면서 이렇게 말했다지?"

"행(行)하지 않는 색(色)은 색이 아니다!"

"무공이 고강한 것만 믿고 설치는 망종이구먼. 어느 문파나 그런 망종은 하나씩 있는 법이지. 안 그러냐?"

소림에서 그런 망종은 바로 광불이라는 듯 곽파가 문자 눈살을 찌푸렸던 광불이 대꾸했다.

"망구도 이제 많이 늙었네. 이 부처님보다 단순하니까 말이지."

"음?"

"그렇게 단순한 게 아니야, 망구."

이때까지 침묵으로 일관했던 진청자가 끼어들었다.

"맞아."

"뭐?"

"화노가 그런 말을 한 건 그럴 만한 이유가 있네. 소주혈사 때 화노
는 천변귀수 편에서 강북상련과 싸웠어. 왜 그랬는지 이유는 분명치
않아. 아마 우연히 지나가던 길에 강북상련 패거리와 시비가 일었고,
그게 이상한 방향으로 연결된 것 같네. 아무튼 그때 화노는 혼자 싸웠
지."

"혼자라?"

"그래. 그게 문제가 된 게야. 곤륜에서 침묵을 지킨 게지. 망구도 한
번 생각해 봐. 아미파 장로가 명확치 않은 이유로 시비에 말려들어 쫓
기고 있다면 가만히 있었겠어?"

"끄음, 그런 사연이 있었어?"

"당시 곤륜은 자파 장로인 화노가 강북상련과 일전을 벌이면서 쫓기
는 걸 뻔히 알면서도 나서지 않았지. 물론 그 상대가 강북상련만이었
다면 당장 나섰을 게야. 하지만 뒤에 황궁이 웅크려 있다는 걸 눈치 채
곤 나 몰라라 해버렸지."

나 몰라라에 대해서만큼은 곽파도 할 말이 없었다. 당시 천변귀수가
동참을 호소하는 전서를 보냈음에도 언니에 대한 질투 때문에 침묵을
지켰으니까.

당시는 잘 몰랐지만, 지금에 있어서는 그게 얼마나 편협하고 옹졸한
생각이었는지를 뼈저리게 느끼고 있기에 더욱.

"끄음."

곽파가 고개를 숙이자 이번엔 광불이 나섰다.

"이봐, 망구."

"……."

"당시 화노는 유일하게 그 친구 편을 든 존재야. 지금 천변귀수는

자신이 움직일 상황이 아니니까 화노를 녀석에게 붙인 게지."

"그렇다면?"

"그래, 천변귀수는 다시 그 전쟁을 시작하기로 마음먹은 게 틀림없어. 대상은 뻔하지. 황궁에 도사린 구렁이 유근과 당시 비겁하게 침묵을 지켰던 우리! 아마 그런 생각은 자네 언니인 벽력선자도 마찬가지일 게야."

"이제 와서 왜?"

"몰라서 물어? 당시보다 상황이 더 나빠졌잖아. 그때 우리가 천변귀수 말을 들었더라면 이 정도까지 나라가 엉망이 되지는 않았어. 뒤늦게 정신을 차린 우리가 방랑을 삼 년씩이나 하는 일도 없었을 테고. 오늘날 우리가 방랑하는 이유가 뭔가?"

"……."

"단지 아가씨를 원래 자리로 돌려보내기 위해? 그것만이 아니지. 아가씨께서 원래 자리로 돌아가시는 길만이 선황제께서 꿈꿔오신 세상을 계승하는 일이기 때문에 이렇게 방랑을 하는 게야."

"끄음."

곽파는 전에 없이 진지해진 광불을 새삼스럽게 쳐다보았다.

"갑자기 땡초가 멋있어 보이네."

"역시 이 부처님은 잘생겼지?"

곽파는 웃지 않았다.

광불이 그렇게 단순하지 않다는 사실을 알기 때문이었다.

광불은 걸쭉한 농담으로 개구쟁이처럼 세상을 단순하게 살아온 게 아니었다. 깊은 후회와 번민 속에서 자신을 방임하고 살았다.

"화상이 철들었구먼."

"헹! 철은 대장장이가 들지 왜 화상이 드냐?"

곽파는 진청자를 보았다. 진청자의 얼굴은 어두웠다. 곽파는 진청자가 깊게 드리운 그늘이 과연 무엇을 의미하는지 알고 있었다.

구태여 물어봐야 알 수 있을까.

인생이란 길 위에서 의기 투합했던 세 친구가 각자 다른 선택을 할 수밖에 없었던 순간, 그래서 본의 아니게 원수가 되고 만 순간, 그 음험하고 가혹했던 순간을 회고하는 게 분명한 걸.

곽파는 당시 자신과 같은 이유에서 진청자와 광불이 천변귀수와 결별을 선택한 걸 알고 있었다.

'정이란 게 과연 무엇이기에 이토록 사람을 잡고 놓아주지 않는가? 청춘을 온통 불살랐으면 됐지, 다 삭아버린 지금까지 멱살을 붙잡고 엉엉 매달리는 은애가 과연 무엇이란 말인가.'

곽파는 연연을 봤다.

연연은 저쪽에서 설사자와 까르륵거리고 있었다. 연연은 햇빛에 얼비친 나뭇잎 같았다. 그렇게 푸르고 싱싱한 시절을 연연은 건너고 있는 중이었다.

'흥! 두고 보라지, 이 녀석!'

곽파는 다시 한 번 입술을 깨물었다.

'아가씨한테만큼은 이런 아픔을 겪으시게 할 수 없어! 흠없이 곱게 자란 명문집 자제만이 아가씨를 행복하게 해줄 수 있어!'

연연은 곽파가 지금 어떤 생각을 하는지도 모르고 설사자에게만 온 신경을 쏟는 중이었다.

"야, 설서방. 너, 지금 꼴 부리는 거지?"

까오?

"그럼 왜 내가 입혀준 옷을 찢었니?"

연연은 아까 사괴와 보슬을 뜯어서 설사자에게 입혔는데, 그걸 설사자가 분해시켜 버린 걸 따지는 것이다. 거기에 대해서 설사자라고 할 말이 없는 건 아니었다.

왈왈!

"좋아요, 설서방님. 답답해서 그랬다면 어쩔 수 없지. 하지만 말이야, 막내 숙모의 성의를 그리 무시하는 게 아니라고. 난 마음에 안 들어서 버린 줄 알았지 뭐야."

연연은 자신에게 주어진 능력인 연녹빛 세상으로 설사자 마음을 읽어냈다. 그러면서 이상하다고 생각했다.

'왜 선비님 마음은 안 읽어졌지?'

그렇게 안 읽어지는 사람은 박린만이 아니었다.

촌스러운 도사님도 그랬고 진청자와 광불, 곽파도 그랬다.

아무리 눈을 부릅떠도 안개가 풀어진 것처럼 불분명하게 보였다. 사실 그건 연연이 무공에 대해서 어느 정도 안다면 하나도 안 궁금할 일이었다.

박린은 수막을 펼침과 동시에 호신강기가 발동돼서 시선을 차단하는 경우이고, 화노나 곽파, 광불과 진청자 역시 오랜 수련에서 생성된 기가 자연스럽게 마음을 가리는 경지였다.

어쨌든 연연은 자신이 아직 모자라거나, 그들이 마음을 보이고 싶지 않아서라고 생각했다.

"설서방, 네 작은주인님 성격은 어떠니? 아주 못됐지?"

연연은 묻고 나서 자신이 왜 물었는지를 알 수 없었다.

더욱 납득할 수 없는 건 머리 속이 온통 박린 생각으로 가득 채워져 있다는 것이다. 박린은 자신이 싫어하는 걸 다 갖춘 작자다. 능글맞고, 착각을 밥 먹듯 하며, 상대방은 고려치 않는 성격.

말로는 선비라지만 행동은 분명 건달. 어슬렁거리는 걸음걸이마저도 마음에 안 든다.

'그런데 왜?'

납치해서 사술로 몸을 더듬고 목욕하는 걸 훔쳐봐서 그럴까? 그렇다면 혐오하는 감정이 들어야 하는데 이건 그런 혐오와는 또 다른 감정이었다. 왜 이렇게 가슴이 뛰는지 연연은 알 수 없었다.

어쨌든 설사자가 고민 끝에 대답했다.

왈왈왈!

순간 연연은 고개를 돌렸다.

"어?"

소란스럽게 달려온 사람들 때문이었다. 그 사람들은 매우 우스꽝스러웠다. 촌스러운 외모는 그렇다 쳐도 각양각색으로 옷을 입었는데 하나같이 농구(農具)를 들었거나 메고 있다.

농구도 옷처럼 각양각색이었다. 쇠스랑과 호미, 쇠도리깨는 기본에 절굿공이처럼 생긴 엉성한 철퇴까지.

그들과 진청자와 광불, 곽파는 안면이 있는 모양이었다.

피식, 웃은 진청자가 이렇게 물었기 때문이다.

"또 왔구먼?"

진청자는 쭉 뻗은 관도 앞쪽을 가리켰다.

"녀석은 벌써 날랐지. 부지런히 쫓아가야 될 게야."

"아이, 씨불! 이 개식끼가 이거 사람을 약 올리는 것도 아니고 말이야!"

진청자의 손가락을 보며 소리를 지른 괴상한 자가 나머지 다섯 명에게 팔을 휘두른다.

"가자, 아우들아!"

그들이 뿌연 먼지를 남기고 헐레벌떡 사라졌다. 다음에 달려온 자는 약간 비열하게 생긴 청년이었다. 허리춤에 육도를 두 개씩이나 매단 걸로 봐서 그 청년은 어디 객잔 숙수가 분명했다.

"음?"

연연은 깜짝 놀랐다.

청년이 갑자기 육도를 꺼내 들고 진청자에게 으르렁거린 것이다.

"본관은 대도독부 부위 요양휘다!"

"……?"

연연은 또 놀랐다. 보통 이런 경우엔 곽파나 광불이 나서 건방진 청년을 꾸짖었을 텐데, 곽파도 광불도 피식피식 웃으며 진청자만 바라봤기 때문이다.

이상하기는 진청자도 마찬가지였다. 평온하게 웃으면서 다시 손을 쳐든 것이다.

"관원 나으리께서 한발 늦으셨소. 예전에 날라 버렸소이다. 아마 경공이 아니고서는 따라잡기가 매우 힘이 드실 거외다. 어흠!"

육도를 든 자칭 관원이 사라졌다. 다음엔 엉성하게 생긴 몽고족 셋이 허겁지겁 달려왔다. 이번에도 진청자는 늦었다는 말과 함께 손을 쳐들었다.

"으응?"

다음에 들이닥친 자는 엉뚱하게도 당나귀를 탄 색목인이었다. 그는 장대한 덩치와 전혀 안 어울리게 비루먹은 당나귀를 타고 있어 당나귀가 매우 힘들어하는 기색이 연연했다.

그가 먼저 유창한 한어로 물었다.

"헥헥! 지, 지나갔소?"

"그렇다네. 어서 가보게나."

말이 그를 싣고 비실거리며 사라지자 이번엔 허공을 쭉 찢고 중늙은 이가 나타났다.

스윽.

수염이 삐딱한 중늙은이는 색목인이 사라진 곳을 한참이나 쳐다보고 나타날 때처럼 감쪽같이 사라졌다.

'도대체 무슨 일이야?'

연연이 곽파에게 물으려는 찰나에 또 나타난 건 허름한 우마였다. 미친 듯이 휘둘러지는 채찍을 맞으며 물소가 우마를 끌고 휙, 지나간 다. 순간 우마가 끌고 온 먼지가 사방을 뿌옇게 만들었다.

달달달.

먼지 속에서 진청자가 말했다.

"녀석도, 참! 별 괴상한 놈들에게까지 쫓기는구먼."

순간 연연은 진청자가 말한 '녀석'을 직감했다.

'박린?'

3

나름대로 잘 나간 인생을 살아왔고, 앞으로도 그런 인생을 살아갈 수 있으리라 굳게 믿어 의심치 않던 자가 있다. 그런 자가 한순간 운명 이 파놓은 진창에 빠졌을 때 느끼는 감정이란… 절망이다.

반면 별 볼일 없는 인생을 살아왔고, 앞으로도 그런 인생이 펼쳐질 것이라고 굳게 믿어 의심치 않았던 자가 진창에 빠지면, 최소한 잘 나가던 자가 느낀 절망보다는 강도가 엷다.

전자는 대도독부 부위 요양휘 경우이고, 후자는 당연히 얼치기 도적 왕씨 육 형제 경우였다.

"두고 봐라, 이놈!"

처음에는 그저 마차를 분해한 죄를 묻고 전통과 전대를 찾을 생각이었다. 그런데 어찌 된 일인지, 점점 생각지도 못했던 괴이한 상황에 빠져서 이루 말할 수 없이 고생만 실컷 했다.

그랬으면 최소한 전통만이라도 챙겼어야 되는데 여전히 맨주먹인 상태에 요양휘는 크게 절망하지 않을 수 없었다.

"대명에서 전도가 제일 유망한 관원이 아니었나? 근데 조선 놈 따위에게 놀림을 받아 이런 한심한 지경에 처하다니……. 이건 인생이 걸려 있는 수치가 분명하다!"

생각에 집중한 요양휘는 자신이 왕씨 육 형제를 앞선 것도 몰랐다. 왕씨 육 형제도 자신들을 바람처럼 휙, 스쳐 간 무엇이 바로 요양휘인 줄은 꿈에도 몰랐다.

"커흠!"

왕특은 요양휘와는 다르게 희망에 부풀어 있었다.

조선 놈을 쫓는 일은 이제 흉악한 동생들을 속이기 위한 핑계에 불과했다. 산적질 할 때는 잘 몰랐는데, 막상 다른 세계를 경험해 보니 이건 장난이 아니었다. 사나이로 태어난 이상 요동 같은 촌구석에서 구만리 같은 인생을 망칠 수 없다고 생각한 것이다.

"아까 저 뒤에 있던 노파와 늙은이들 잘 봤지? 얼마나 허무해 보이느냐 이거지. 인생을 허무하게 살면 평생 그 모양 그 꼴로 살다가 죽는 거다."

허부적허부적.

왕특은 부지런히 발을 놀렸다.

"거지라기엔 뭣했지만, 돈이 아예 없어 보이는 몰골들이더구나. 어지간하면 한번 털려고 생각했는데 전혀 아니잖아? 그런데도 그 차림을 좀 봐. 중이 해골을 왜 걸고 다니느냐고."

"그야 성격이 이상하니까 그런가 보지 뭐."

취소사 왕이가 땀을 닦으면서 대꾸한다.

왕특도 땀을 훔쳤다. 관도 좌우에 심어진 나무는 잎이 다 진 상태라 이런 늦가을 햇살을 그대로 통과해 내리 쪼인다. 그래서 한낮인 데다 건기가 펼쳐진 초원은 여름 못지않게 더웠다.

"그러니까, 임마! 인생은 짧고 굵게 살아야 돼."

산채를 정리하기로 한 왕특으로서는 아주 의미심장한 말이었지만, 동생들은 이해하지 못했다. 특히 얍삽한 왕오는 행로가 산채와 점점 멀어지는 것에 대해 매우 큰 불만을 가지고 있었다.

"쳇! 인생이 짧고 굵으면 뭐 하우? 형은 산채가 궁금하지도 않수? 사실 우리가 빼앗긴 돈은 얼마 안 된다고. 한 일 년만 열심히 생활하면 그 정도 돈이야 다시 모을 수 있는 게 아뇨?"

"그래서?"

왕특은 걸음을 멈추고 왕오를 노려보았다.

"이제부터 왕씨를 안 할란다… 뭐, 이런 소리냐? 전에도 왕씨가 아니거나 겁나는 놈은 빠지라고 이야기했잖어, 이 개식꺄! 그땐 제일 먼저 찬성해 놓고 왜 이제 와서 잡소리야, 엉?"

“나, 난 뭐…….”

“주둥이 닥쳐, 이 개식꺄! 누구 때문에 형제들이 이 고생인 줄 알면 그런 소린 못한다, 이 의리없는 식꺄!”

“끄음.”

왕오가 제자리로 들어가자 이번엔 막내 왕육이 나섰다. 왕육은 매우 분노한 표정이었다가 왕특이 인상을 쓰자 기가 죽어 얼른 말을 둘러댔다.

“형, 주, 중화 때가 됐는데… 일단 밥이나 먹자고.”

“너도 마찬가지야, 이 개식꺄!”

“……!”

“덩치만 크지 뭐 하나 제대로 하는 게 없어요! 오죽하면 거지 놈에게 다 당하냐? 앞으로 모든 식사는 왕오와 네가 맡아, 알겠냐?”

왕육은 입을 삐죽 내밀었다. 그러나 그뿐, 얼른 취사 도구를 내려놓고 불을 피울 수밖에 없었다.

“아이, 씨팔! 더럽게 맵네.”

왕육이 피운 연기가 멀리 보이는 지점에서 한물간 도둑 장작빈도 간만에 무한투를 풀고 휴식 중이었다.

황량한 초원만 아스라이 펼쳐진 가시덤불에 비하면 이곳은 참 살 만했다. 장작빈은 여기서 얼마 안 가면 만령하(滿寧河)란 강이 나오면서 며칠 동안 습지가 이어진다는 것을 알고 있었다.

“에헴! 습지에서 따라잡지 못하면 꽤 힘들어지는데.”

습지를 지나면 바로 성경(盛京). 요동 주도(主都)인 성경은 봉황성보다 백배는 커서 얼굴이 널리 알려진 자신이 움직이기가 그리 용이치 않다. 더구나 성경은 그 환관 놈이 신경을 집중한 곳이다. 몇 달 전에도 성경에 몰래 들어갔다가 하마터면 잡힐 뻔했다.

"그런데 이거 꼭 누구한테 엮였다는 생각이 든단 말씀이야? 하긴 노마물들이 눈을 벌겋게 뜨고 쫓아오니까 엮인 건 엮인 거지만, 조선 놈에게도 엮였다는 생각이 드는걸?"

쩝쩝쩝.

육포를 씹어 먹으면서 이런 저런 생각에 빠진 장작빈에게 누군가 다가왔다. 더 정확히 말하면 아주 늙고 비루먹은 당나귀를 탄 색목인. 그 색목인 덩치가 얼마나 우람하던지 어찌 된 게 당나귀보다 더 커 보였다. 그러면서도 색목인은 당나귀보다 더 많이 땀을 흘리고 있었다.

"헥헥! 어지간하면 그 육포 좀 같이 나눠 먹읍시다."

"뭐?"

장작빈은 기가 막혔다.

한어를 잘하는 색목인이야 소주나 항주에서도 숱하게 봤다.

정작 기가 막힌 건 새벽에 객잔에서 봤어도 벌건 초면이나 마찬가지라는 사실인데 당나귀에서 내리지도 않고 뻣뻣하게 육포를 요구하는 저 태도. 가만히 보니까 나이도 얼마 안 처먹은 것 같은데 상당히 시건방진 요구가 아닐 수 없었다.

"쩝쩝쩝! 나도 어지간하면 나눠 먹고 싶은데 말이지, 난 코쟁이를 매우 싫어하거든? 그러니 쩝쩝쩝! 좋게 말할 때 다른 데 가서 알아보셔, 응?"

장작빈이 거절하자 색목인, 야소는 어이없다는 눈으로 중늙은이를 주시했다. 수염이 삐뚤어진 중늙은이는 생김대로 참 인색한 위인이었다. 육포가 충분치 않다면 또 모를까 단지 코쟁이가 싫어서 안 나눠 먹겠다니… 그러면서 약을 올리듯 소리나게 처먹는 저 고약한 심보는 또 뭔가?

"쩝쩝쩝쩝! 아이, 정말 고소하다!"

야소는 아까 이 중늙은이를 천사라고 생각했던 마음이 커다란 오산이었음을 깨달았다. 그래서 비록 이 자리에 럼주는 없지만, 불타는 홍해 같은 초원이 있고 낭만이 있다고 생각했다.

야소는 당나귀에서 내렸다.

"이보쇼."

"왜?"

"길에서 만난 것도 인연이 아니오?"

"쩝쩝쩝, 악연일 수도 있지."

"아무튼 어지간하면 같이 한 이빨씩 하면서 하나님께서 이룩하실 거룩한 나라와 그 나라의 착한 백성들에 대해서 이야기 좀 나눕시다, 예?"

"아, 일없다니까."

"왜요?"

"난 말이지, 쩝쩝! 누가 밥 먹을 때 추레하게 침을 흘리면서 쳐다보는 걸 제일 싫어한다고. 그러니까 아무 생각 말고 그냥 저 비루 처먹은 당나귀나 타고 사라지셔, 응? 아이, 정말 맛있다. 쩝쩝쩝!"

중늙은이는 보란 듯 육포를 쪽쪽 찢어서 입에 넣고 오물거린다. 순간 야소는 분노가 치밀었지만, 참았다. 봉황성 어림에서 당나귀를 훔칠 때 조짐이 심상치 않았던 것이다.

엉성한 몽고족이 성 모퉁이를 돌아서 안 보인 순간, 야소는 당나귀를 향해서 낭만을 실천했고 거기까지는 매우 흡족했다.

　그런데 막상 당나귀를 잡고 보니까 이건 너무 늙고 비루먹어서 아무래도 집을 나온 당나귀 같았다.

　과연 그렇다면 낭만과는 매우 거리가 멀지 않은가.

　수상해 보이기는 이 중늙은이도 마찬가지였다. 생긴 건 꼭 들쥐처럼 생겼지만 결코 만만해 보이는 상대가 아니었다. 낭만은 고사하고 천국으로 직행하는 수가 있었다.

　야소는 기도했다.

　"오우, 주여, 여기 나누기를 주저하는 몰상식한 형제가 있나이다. 이 땅 모든 만물이 다 주님의 소유가 아니오니까? 그런데 마치 제것처럼 생각하고 돼지처럼 욕심을 부리는 이 어리석은 백성을 용서하여 주시옵소서."

　"쩝쩝… 엥?"

　"대저 마귀는 이렇게 나누기를 주저하는 돼지를 좋아하는 법이오니, 이 성스러운 전도자가 심히 괴로운 지경에 처했나이다. 세상이 갈수록 각박해지고 고통에 신음하는 이유는 다 이런 몰상식한 돼지들이 아무 것도 아닌 걸 욕심을 부려서이옵니다."

　"이, 이봐, 코쟁이."

　"끄음, 왜요?"

　"자네 지금 누구한테 몰상식한 돼지라고 하는 겐가? 설마 날보고 그러는 건 아니겠지?"

　야소는 다시 기도했다.

　"주여, 저렇게 뻔뻔스러운 철판을 깐 돼지도 세상엔 참 많사옵니다. 그래서 이 마음 약한 전도자를 분노로 인도하오니 주님께서 불벼락을 당장 내려주시옵소서. 할렐루야, 아멘!"

야소는 다짜고짜 톨레도검을 빼 들었다.

쨍!

"당장 육포를 넘겨, 이 늙은 돼지야!"

"헉!"

장작빈이 볼 때 갑자기 이상한 주문을 외우다가 칼을 빼 든 이 색목인은 정상이 아니었다. 그렇게 정상이 아닌 것은 칼도 마찬가지. 겨우 새끼손가락 두 개를 합쳐 놓은 것 같은 넓이를 가졌으면서도 길이는 엄청나게 길다.

그게 번쩍 하더니 목줄에 닿았다.

조짐이 이상했으면 얼른 무한투를 펼쳤으면 됐는데, 색목인 놈이 뭐라고 열심히 중얼거리는 데 신경을 쓰다가 그만 당했다.

게다가 얼마나 놀랐는지 씹던 육포가 꿀꺽 넘어가다가 목에 걸린 상황, 이런 상황에서는 내공도 끌어올리지 못한다.

"캑캑! 아, 알았네. 거 생긴 대로 성질 한번 더럽구먼."

괴이한 칼은 통째로 육포를 내밀었어도 치워지지 않았다.

"물도 내놔!"

'이런, 염병!'

천하제일도둑이 노상에서 이런 건달 같은 놈에게 다 털리다니.

장작빈은 물을 내주는 수밖에 없었다.

물을 받고 나서도 색목인은 자리를 뜨지 않았다. 뻔뻔하게 그 자리에서 육포를 처먹고 물을 마셔댄다.

그렇다면 이번에는 자신 차례였다.

꿀꺽.

장작빈은 간신히 목에 걸린 육포를 넘기고 내공을 최대한 끌어올려

무한투를 펼쳤다.

스윽.

순간 괴이하게 생긴 칼이 다시 목줄로 다가왔다. 깜짝 놀란 장작빈은 얼른 무한투를 풀어버렸다.

"이봐, 코쟁이! 자네 무공을 익혔어?"

톨레도검을 거두고 당나귀에게 물을 주고 난 야소가 대답했다.

"검술을 말씀하시는 것이라면 다섯 살 때부터 익혔소."

"자네 지금 몇 살인데?"

"명나라 나이로 치면 스물다섯."

"그런데 내가 보였어?"

"보이지 않았소. 하지만 느낌으로 알았지요. 아마 멀리 떨어져 계셨다면 느끼지 못했겠지요."

"그래?"

장작빈은 또 물어봤다.

"자네 이름이?"

"제라르 드 리데포르트 4세."

"뭐? 제… 라드라… 포르타?"

"명나라에선 야소라고 부르더이다. 그러니 쉽게 그냥 야소라고 부르슈. 봉황군 장약기 장군 막료(幕僚)였소. 그런데 너무 답답해서 세상 구경도 할 겸 뛰쳐나왔소."

"헴, 그랬어?"

장작빈은 빙빙 돌면서 야소를 유심히 살폈다. 괴이한 무공에다가 봉황군에서 벼슬까지 했다면 이용할 가치가 무궁무진한 놈이었다. 장작빈은 덥석 당나귀를 잡았다.

"울칼칼칼! 이거 아주 잘 만났구먼. 그러잖아도 심심하던 참인데 말이지. 이제부터 날 형님이라고 부르게!"

"형… 님이요?"

"당연하지, 이 사람아! 본래 중원은 온갖 사기꾼과 도둑놈들이 들끓는다고. 그래서 자네처럼 지리를 잘 모르는 색목인은 아주 위험해요."

"……."

"그러나 지금부터 마음을 푹 놓게나. 자네가 아직 날 잘 모르는 모양인데, 자넨 정말 복받은 게야. 이 형님이 세상 구경을 단단히 시켜줌세. 물론 돈도 많이 벌게 해주지!"

"……?"

야소가 어리둥절해하는 사이, 잽싸게 당나귀에 올라탄 장작빈은 야소에게 또 물었다.

"이보게, 아우님. 봉황성에서 벼슬을 했다면 물론 관인(官印)을 가지고 있겠지?"

"그렇소이다만?"

"울칼칼칼! 그럼 됐네. 이제부터 자네에게 새로운 세상이 열리는 게야. 그전에 일단 이 형님에게 망신을 단단히 준 조선 놈부터 처리하기로 하세. 자네 실력이면 조선 놈은 한 방에 개구리처럼 쪽 뻗을 게야!"

어울리지 않는 동행(同行)은 또 만들어지고 있었다.

그들은 바로 엉성한 몽고족으로 위장한 왕란자두 일행과 역시 엉성한 노파로 위장한 십호를 포함한 혈사교 살수들.

앞에서 당나귀를 탄 늙은이와 색목인이 출발하자 왕란자두는 뒤를 봤다. 그리고 당장 이맛살을 찌푸렸다.

"원, 저렇게 무식하게 짐승을 매질하다니… 생각보다 못돼 처먹은 노파가 아닌가."

여기까지도 들리는 채찍 소리로만 본다면 성격이 못돼도 보통 못된 노파가 아니었다. 주제에 그래도 멋을 부리느라 촌스러운 사괴와에 꽃을 몇 송이나 달고 연지까지 벌겋게 처바른 노파가 점점 가까이 온다. 왕란자두는 그 노파가 살수 십호라는 걸 알 리 없었다.

"저것들을 까버립시다, 군사."

그러잖아도 도끼를 쓸 기회만 노리던 개구사치가 눈을 번쩍거리면서 제의했다. 이유는 단지 물소가 불쌍하단 것 말고는 없었다.

"물소는 우리 씨족에게 참 많은 걸 베푸오이다. 젖과 고기, 기름을 주지요. 뿐이오? 하다못해 뼈까지도 주는 아주 귀한 짐승이외다. 믿지 못하시겠다면 이걸 보시오!"

핑계 김에 개구사치가 척 빼 든 도끼는 자루를 물소 정강이뼈로 만든 것이었다.

"그런 짐승을 저렇게 학대한다면 반드시 천벌을 받는 거외다. 그런데 오늘은 장백천산 신령님들께서 잠시 출타를 하신 모양이오. 해서 대신 이 개구사치가 저 늙은이에게 천벌을 내리겠소이다!"

개구사치가 한철을 거칠게 두드려서 만든 도끼 날로 대번 시퍼렇게 햇빛을 접는다. 가율무지라고 가만히 있을 수 없었다. 그래도 가율무지는 개구사치에 비해서 솔직했다.

"그럽시다, 군사! 항상 말을 타다가 걸어다니려니까 이거 미치겠소이다. 다리가 지금 내 다리가 아니란 말이오. 그러니 저 노파가 모는 우마라도 어떻게 탈취해서 좀 편하게 갑시다. 손은 내가 먼저 쓸 테니

군사께서는 멀찌감치 비켜서 계시구려!"

"어허, 무슨 소리!"

"왜요?"

"도끼는 내가 먼저 꺼냈다고, 이거 왜 이래!"

"그게 무슨 상관이오. 형님께선 도끼를 날릴 수 없잖소?"

"내가 날아가서 쪼개 버리면 돼!"

"흥! 그 덩치로 잘도 날겠소. 굴러가자나 마시구려."

"뭐?"

둘이 티격태격하자 한심해진 왕란자두가 발끈했다.

"그만두시오, 장군들! 도대체 언제까지 이렇게 몸으로 때우는 무식한 전법만 고집할 것이외까!"

"끄음."

"흐험!"

"여기는 초원이 아니라 관도올시다. 염로처럼 후미진 곳이 아니라 많은 사람들이 지나다니는 대로란 말이오. 이런 대로에서, 그것도 백주 대낮에 도끼로 사람 머리를 까겠다는 배짱은 도대체 어디서들 나온 것이외까!"

"나, 난 뭐… 그저 물소가 너무 안돼 보여서."

"조용히 하시오, 장군!"

왕란자두는 목소리를 바짝 낮췄다.

"이런 경우를 대비해서 병법(兵法)이 생겼고, 작전(作戰)이 생긴 것이며, 전략(戰略)이 생긴 게요. 이를테면 이득은 보되 표시는 내지 말자, 이런 말이외다!"

"하오시면?"

"두 장군들께선 이 왕란 군사가 하는 걸 잘 보시오. 크험!"

왕란자두는 막 달려오는 우마를 가로막았다.

"워, 워!"

우마가 서자 얼른 물소에게 달려간 왕란자두는 물소에게 귓속말을 중얼거렸다. 귓속말이 채 끝나기도 전에 괴이한 사태가 벌어졌다. 물소가 한 발이나 높이 뛰어오르면서 과연 그렇다는 듯 크게 울었기 때문이다.

음머어, 음머어!

이 괴이한 광경에 개구사치는 가율무지를 봤다.

가율무지도 왕란자두가 물소와 이야기를 주고받은 게 이상해서 개구사치를 봤다.

"역시! 우리 군사는 비범한 인물이었어!"

"천신께서 우리 씨족에게 내리신 보물이지!"

깜짝 놀라기는 노파로 위장한 십호가 더했다.

객잔에서 이 엉성한 몽고족들을 한 번 봤지만, 그저 지나가다가 우연히 싸움에 휘말렸을 것이라 생각해서 무심히 넘겼는데, 그게 아닌 것 같았기 때문이다.

'혹시 이 우마의 주인이 아닐까?'

그렇다면 이거 참 재수없이 걸리질 않았는가.

마음이 켕긴 십호는 엉성한 몽고족 늙은이가 물소와 이야기를 끝내고 마부석으로 오자 얼른 비도를 움켜잡았다.

그런데 그것도 아닌 모양이었다.

"이보시오, 파파!"

"……?"

"말 못하는 짐승이지만 그리 가혹하게 때리시면 괜한 고집을 부리는 법이오. 이 물소가 그럽디다, 파파가 너무 심하게 때리시는 바람에 일부러 늦게 가고 있었다고 말이오. 사실 가죽이 두꺼워서 별로 아프지도 않았다는데."

"끄… 끄음!"

십호는 그저 고개만 끄덕거릴 수밖에 없었다. 생각 같아선 남이야 어떻게 행동하든 무슨 상관이냐고 소리치고 싶었지만, 그러면 만사가 다 끝장. 노파로 위장해서 목소리를 낼 수 없는 상황이었다. 그렇다면 백주 대낮에 비도를 날려 늙은이를 죽여야 했다.

막상 그렇게 생각하면 늙은이는 별문제가 안 되는데, 저 앞에서 이쪽을 보며 연신 감탄을 연발하는 산돼지와 두더지가 문제였다.

'제길! 객잔에서 봤을 때 보통 놈들이 아니었거든?'

별수없어진 십호는 머리가 괴이하게 생긴 늙은이 말을 계속 들을 수밖에 없었다.

"파파, 물소를 잘 부리려면 우선 물소에 대해서 알아야 하오. 좋은 물소는 몸 길이가 약 열다섯 뼘에 높이가 약 열 뼘, 몸무게는 이천 근쯤 나가면서 털빛은 검소이다. 뿔은 반달처럼 부드럽게 휘어져서 위로 높이 치솟아야 하는데, 그 크기는 한 열 뼘 정도면 적당하오."

"……."

"물소는 물을 좋아해서 강이나 습지를 어슬렁거리면서 풀 먹기를 즐기지요. 더우면 진흙에 들어가서 뒹굴기도 하오이다. 이들도 머리 안 좋은 인간들이 다 그렇듯 고집이 엄청나서 지금처럼 애를 먹이는 경우가 많소이다. 자, 그럼 저 말 안 듣는 물소를 어찌할 것이냐? 방법은 딱 하나요!"

늙은이가 자신을 가리킨다.

"바로 나 같은 좋은 마부에게 맡겨야 하오이다. 그렇지 않다면 얼마 못 가서 파파께선 필시 낭패를 당할 게요. 어디까지 가시는지 모르겠지만, 아무튼 우리 가는 데까지는 서로 도우면서 갑시다. 뭐 하고 있으시오? 얼른 자리를 좀 내주시구려."

십호가 우물쭈물하는 사이에 낼름 올라탄 늙은이는 마부석을 비집고 자리를 만들었다. 그러자 얼른 달려온 산돼지와 두더지가 넙죽 올라탄다.

"파파께서는 참으로 미인이시외다."

"……?"

"두툼하신 입술이며 바짝 치켜 올라간 눈매를 보니까 젊으셨을 때는 사내들깨나 홀렸겠소이다?"

산돼지가 말했다. 외면한 상태로 말하는 걸로 봐선 진심이 손톱만큼도 들어 있지 않은 헛소리. 옆에 앉은 두더지도 얼른 거들었다.

"정말 미인… 흐험!"

"……?"

"아무튼 마음씨만큼은 정말 곱소이다. 우린 파파께서 이렇게 좋은 분인지도 모르고 하마터면 피를 볼 뻔했소. 파파께서는 명도 매우 긴 편에… 으? 아, 예예!"

늙은이를 본 두더지가 흠칫 놀라서 입을 꼭 다물었다.

"……."

참 괴이한 분위기가 아닐 수 없다. 십호는 땀을 흘리고 있었지만, 늙은이 왕란자두와 개구사치, 가율무지는 희희낙락이었다.

"아, 파파. 깜빡 잊고 말씀을 안 드렸소이다!"

"……?"

"물소가 아까 그럽디다, 자기는 고삐를 다른 사람이 쥐면 더 참지를 못한다고. 그러니 파파께서 계속 몰아주서야 하겠소이다. 흐퀘퀘!"

"그래요? 그것참 좋은 일이오. 물소도 일부종사(一夫從事)가 당연한 게지요. 흐험!"

"맞네. 컴컴. 일부종사라… 참 뜻이 깊은 말이지. '일'을 '부'릴 때는 '종'처럼 부리되 '사' 특하지 말아라. 뭐, 이런 뜻이 아닌가? 역시 옛날 말씀은 하나도 그른 게 없단 말이야."

"……."

십호는 왜 자신들이 또 이런 괴이한 일에 휘말렸는지를 알 수 없었다. 어쨌든 우마는 만령하를 향해 달렸다.

두두두—

4

휘이이—

바람이 쓸고 지나가는 낮은 구릉이 나타났다.

구릉이 나타나기 전부터 물소리가 들리기 시작하더니 구릉을 올라서자 바로 강이 펼쳐진다.

"만령하라네. 강을 건너면 곧바로 습지가 펼쳐지지."

박린은 화노가 말해 준 강, 만령하를 꼼꼼히 살폈다.

누런 물 넘실거리는 양안을 타고, 물가가 다 그렇듯 죽 이어진 버드나무며 덤불이 끝없이 펼쳐진다. 그 한 켠에 주등을 날리는 객잔이 있고 앞에 나루가 있다.

"어험."

만 년을 거침없이 흘러가는 이 장대한 물결을 보고도 맹숭맹숭하면 선비가 아니다.

"형님께선 문득 술 생각이 나시는가 보구려?"

"음? 캇캇캇! 하여튼 이 인간이 눈치는 귀신이라니까? 아, 이런 데서 시원한 술 한잔 들이키면서 늙다리 퇴기와 색사를 논하면 얼마나 좋은가? 인생은 말이지, 그리 아득바득 살 필요 없어요. 그저 저 강물처럼 색사를 흥얼거리면서 그럭저럭 떠밀려서 사는 게야."

"강물이 색사를 흥얼거리오? 소생은 그저 출렁출렁하는 것 같은데? 아무래도 소생과는 다른 귀를 가지셨나 보오이다."

"그러니까 색사라는 게야."

"예?"

"출렁출렁이 색사(色詞)가 아니면 뭔가? 여인네 젖이 어찌 흔들리나?"

"어험."

"여인네 배가 어찌 흔들리나? 누운 여인네 배가 왜 흔들린다고 생각하나?"

"……!"

"순진한 척하지 마, 이 사람아. 자네가 조선에서 어떻게 행동을 하고 다녔는지 내 다 알고 있으니까. 험험. 아무튼 그래서 이 막내 형님은 강물 소리를 색사라 하는 게야. 뭐, 틀렸나?"

대답도 듣지 않고 화노가 객잔으로 내려갔다. 하여튼 말로 무공 대결을 펼친다면 천하무적일 것 같은 늙은이. 무슨 도사가 저 모양이람?

도사라면 최소한 언행에 있어서 타의 모범이 돼야 한다.

"빨리 안 오고 뭐 해!"

"……."

"인간이 그러면 못쓰지. 돈 쓸 때만 되면 머뭇거리거든."

"아, 예, 가외다!"

객잔은 고양이 허리처럼 돌아간 구릉 한가운데 자리를 잡아 제법 아득해 보였다. 흔한 갈대로 지붕을 엮고 외벽은 수숫대를 세워서 진흙을 이겨 넣었는데, 제법 규모가 대단했다.

열 몇 개나 되는 평상에 있던 적지 않은 손님들이 일제히 이쪽을 쳐다본다.

"어험!"

객잔은 주방 좌우로 죽 이어진 객청이 무려 삼십 보쯤 되고, 싸리나무를 엮어서 칸을 막아놓은 저쪽은 아마 살림집인 것 같았다. 점소이도 여럿, 술상을 나르는 여인네들도 서넛이었다.

"으?"

여인네들은 화노의 말대로 퇴기들인 모양이었다. 하나같이 박색인데 지분을 엄청 발라 주름살을 감추고 연지를 두껍게 바른 게, 꼭 생간을 씹어 먹은 것처럼 보인다.

화노는 여기도 자주 들락거린 게 틀림없었다, 무섭게 팔을 쫙 벌리고 저리 큰소리치는 걸 보면.

"야, 이년들아!"

"엄머?"

"오라버니께서 오셨는데 한 년도 안 쳐다보다니! 정말 섭섭하구나!"

"엄머, 이게 누구야?"

퇴기 하나가 뒤를 돌아보면서 놀라자 다른 퇴기들도 함박웃음으로 화노를 맞았다.

"귀여운 오라버니께서 오셨네?"

"이게 얼마만이유."

"아잉! 얼마나 보고 싶었는지 몰라."

퇴기들이 반색하자 우쭐해진 화노가 성큼성큼 마당을 걸어가서 구석진 평상에 앉았다. 그게 얼마나 당당해 보이던지, 박린은 잠깐 화노가 이 객잔의 주인이 아닐까 하는 의심을 품었다.

흠, 그렇다면 외상을 해서 옷집에서 빠져나간 돈을 얼마간이라도 만회할 수 있는데… 하지만 아니었다.

"이년들아! 엉덩이만 살살 흔들지 말고 주인 있으면 당장 나오라고 해! 이거야 원!"

주인은 사십 대 장한이었는데 덩치도 엄청났지만 인상이 아주 고약했다. 주인은 화노를 보자마자 인사도 없이 인상을 확 찌푸리고 냅다 달려가서 주판(珠板)과 장부(帳簿)를 챙겨서 다시 왔다.

"에… 장부를 보면 아시겠지만 저으 계산은 매우 정확해서 조금으 착오나 약간으 빈틈도 없시다. 이제부터 우리으 계산부터 하고 지난번으 실수도 있으니까 선금으 이행을 촉구하는 바외다!"

"……?"

박린은 어안이 벙벙해졌다.

말로 미루어보면 화노는 여기에 상당한 외상이 있는 모양이다. 주인은 장부를 펴놓고 열심히 주판을 두드려 새 장부를 작성했다.

"나으 객잔에서 다섯 밤을 잤으니까 유오(留五), 당연히 나으 꽃들과 즐겼으니 화오(花五), 나으 술을 구십 량이나 마셨으니까 주구십(酒九

十)… 나으 식사가 스물여덟 끼니까 식이십팔(食二十八). 그래서 합(合)이 동전 이백삼십팔 문이외다!"

'허!'

박린은 이 엄청난 액수에 놀랐지만 화노는 천하태평이었다. 주인이 넘겨준 장부를 꼼꼼히 살핀 화노가 이의를 제기했다.

"이백삼십 문인데 왜 이백삼십팔 문인가?"

"나으 계산은 매우 정확하외다."

"여기 보면 분명히 합이 이백삼십 문이라고 써 있는데?"

"이백삼십팔 문이 맞소이다!"

"왜?"

"나머지 팔 문은 이자외다!"

"뭐?"

"나으 객잔은 아시다시피 흙 파서 장사를 하는 게 아니외다. 도사님께서 주무시고 드신 모든 행위가 나으 입장에선 다 돈이외다. 그걸 그때그때 받지 못하면 나으 장사는 남는 장사가 아니라 퍼주는 장사외다!"

"끄음!"

"막말로 도사님께서 그냥 날랐다면 말짱 꽝이란 말씀이외다. 그걸 보충하기 위해 약간으 이자를 계산했으니 그걸 불만 삼으면 이런 신용 거래는 나으 입장에서는 성립되지 않시다. 쉽게 썰을 풀면 외상하는 주제가 이것저것 따지면 안 된다, 이런 나으 주장이외다!"

"안 도망가고 이렇게 왔지 않은가."

"나도 당시 암말 않고 외상을 줬시다. 나으 동생들을 불러 목을 따 버릴 수도 있었고, 관군(官軍)을 불러 집어 처넣을 수도 있었시다. 어쨌

든 지금 나으 입장에선 이자 팔 문을 위해서라면 목숨을 걸 수도 있시
다!"

"끄음!"

화노는 아주 난처한 기색으로 또 제의했다.

"이봐, 장사하는 사람이 그리 빡빡하면 못쓰는 게야. 그러니까 딱 절
반인 사 문만 깎아줘. 이백삼십사 문만 받아, 응?"

"절대 안 되오. 나으 입장에선 이자 팔 문을 위해서라면 목숨을 얼
마든지 걸 각오외다!"

"아, 그걸 누가 몰라!"

"아시는 분이라면 좋게 말할 때 한 푼도 에누리없이 주쇼!"

"이거야, 원!"

겨우 사 문을 깎아달라고 사정하는 화노도 대단했지만, 살벌하게 버
티는 주인도 화노 못지않게 대단했다. 무려 한 식경 동안 계속된 실랑
이 끝에 화노가 손을 들었다.

"좋아! 다 줌세! 에이, 더럽고 치사해서!"

화노는 주인에게 이쪽을 가리켰다.

"돈은 저 인간이 줄 거니까 잘 계산해서 받게."

"형님!"

"잉?"

"지금 무슨 말씀을 하시는 게요? 소생이 왜 돈을 내야 한다는 말씀
이시오?"

"사람도, 참! 자넬 마중 나온 길에 쓴 돈일세. 그러니까 내가 낼
이유가 없지. 사람이 그까짓 돈 몇 푼에 쪼잔하기는. 그럼 이 형님
이 저 살벌한 주인에게 매를 맞거나 관부로 끌려가 곤장을 맞으면

좋겠나?”

“끄음.”

말끝마다 두고 보자, 를 연발하더니 결국 이런 식으로 화노는 박린에게 복수한 것이다. 박린이 억울해하거나 말거나 살벌한 주인이 솥뚜껑만한 손을 내밀고 으르렁거렸다.

“나으 성질을 건들지 말고 좋은 말로 할 때 빨랑 주쇼. 나으 동생들이나 나으 관부는 나으 성격처럼 인내심이 없시다!”

사실 억울하지만, 그렇다고 선비가 이런 일을 꼼꼼하게 따지는 것도 그렇게 보기 좋은 모습은 아니었다. 무릇 선비란 재화를 탐하면 안 된다. 박린은 빤히 주인장을 바라보았다.

“어험, 주인장도 아시다시피 소생이 손도 안 대본 것들에 대한 돈이외다. 에누리가 없다면 땡전 한 푼도 못 주겠소이다!”

“뭐야?”

주인이 고약하게 생긴 얼굴을 더 고약하게 찡그리고 팔을 걷어붙였다. 조금 과장해서 말하면 어린아이 몸통처럼 굵고 털이 숭숭한 팔뚝, 그런 팔뚝에 아주 가늘게 그려진 문신이 대단히 심오한 뜻을 품고 있다.

—일심(一心)!

“나으 신용 거래를 한번 무시해 보겠다는 건가? 아니면 나으 인간성을 시험해 보겠다는 건가? 나으 밥 처먹고 나으 집에서 나으 기녀와 했으면 당연히 그만한 대가를 치러야 하는 게 정상이 아닌가?”

위협이 씨가 안 먹히자 주인은 저고리까지 벗어 던졌다. 그러자 역

시 털이 부숭부숭한 가슴이 드러나면서 젖꼭지 아래 손톱만한 글귀가
보인다. 역시 매우 의미심장하다.

—애(愛)!

"어험, 보아하니 주인장도 글깨나 읽으신 분 같은데 너무 이문을 따
지면 도리가 아니외다. 논어 위영공(衛靈公)편에 보면 소인(小人)은 궁
사람의(窮斯濫矣)라고 했소이다. 소인배는 곤궁해지면 마구 행동을 한
다는 말씀이지요."
"뭐야?"
기가 막힌 얼굴로 눈을 끔벅거린 주인이 이번엔 바지를 벗어 던졌
다. 순간 여인네 것이 분명한 팥자주색 끈 속곳이 드러났다. 점점 괴이
해지는 광경에 화노가 박린을 툭 쳤다.
"어지간하면 주게나."
"예?"
"저 치가 저 이상한 속곳까지 벗어 던지면 우린 볼장 다 본 게야."
"……?"
"저 치 별명이 뭔지 아나? 구저인(求諸人)이라네. 한마디로 남을 벗
겨 먹는다는 뜻이지. 아무튼 저 치가 저 속곳을 벗어서 하늘로 던지
면… 그걸 본 이 근방 건달 패거리들이 몰려들어."
"그게 뭐가 겁나오리까?"
"에잉! 젊은 놈들만 몰려들면 오죽이나 좋겠나. 일백두 살 먹은 늙
은이부터 시작해 일곱 살 먹은 코흘리개까지 목숨을 거니까 문제지.
그 숫자가 물경 일백이 넘을 게야."

“……!”

“한마디로 이 근방에선 대책이 없는 작자야.”

“하필이면……?”

“왜 여길 와서 이런 수모를 겪느냐고? 건너편 객잔은 더해. 저 치 마누라가 운영하는데… 거기는 외상이 더 걸렸거든? 한 일천오백 문 정도 될 게야.”

“끄음.”

별수없어진 박린은 애라하에서 딴 전대를 풀었다. 종아리에서 전대를 꺼내자 막 속곳까지 벗으려고 엉덩이를 씰룩이던 주인이 얼른 다가왔다.

“여기 있소이다, 주인장.”

좌르르릉—

돈을 꼼꼼히 세어본 주인이 또 으르렁거렸다.

“왜 나으 돈이 이백삼십팔 문이 아니고 이백삼십칠 문인가?”

“어험, 그것밖에 없소이다!”

“뭐야?”

“정 억울하면 신용 거래 합시다. 거기 장부에 써놓으시오. 조선 선비 박린 일 문 외상! 이라고 말이오. 그리고 간단하게 요깃거리 좀 주시오. 먼 길을 왔더니 이거 무쟈게 출출하외다.”

돈을 쥐고 한참이나 고민한 주인이 주섬주섬 옷을 주워 입으면서 물었다.

“밥값은 뭘로 계산할 건가?”

“몸으로 때우겠소.”

“일 문에 오백 대씩 맞아보겠다 이 말인가?”

“……!”

박린은 어이없어하다가 마당을 가리켰다.

“저 장작을 다 패주겠소이다!”

이번에는 주인이 어이없어했다.

겨울 땔감으로 장백천산 인근에서 실어온 낙엽송이다.

그게 한 개도 아니고 열세 개. 아름드리 굵기를 가진 그것들은 한 사람이 열흘은 걸려야 다 쪼갤 수 있는 분량.

“으음!”

주인은 부지런히 주판을 퉁겼다.

톡톡. 톡톡톡.

생긴 것과 달리 꼼꼼한 주인 구복(具福)은 녀석이 열흘 동안 먹고 마시고 자는 비용과 오늘 밥값을 계산했고, 열흘 동안 일꾼 한 사람을 써서 저 낙엽송을 패는 비용을 계산했다.

“흐?”

계산해 보나마나 저 녀석이 열흘 동안 장작을 패주면 열흘치 임금이 자기한테 이문으로 떨어진다. 즉, 일꾼을 얻어도 어차피 열흘 동안 먹여주고 재워주면서 임금까지 얹어줘야 된다. 그런데 저 녀석은 그런 임금을 안 얹어줘도 된다는 계산이 나온다.

“좋아! 나으 객잔이 손해를 약간 보는 것 같지만, 당신으 신용을 믿고 한번 맡겨보지.”

“좋은 술과 좋은 음식이나 주시오. 어험!”

돌아선 주인에게 화노가 한마디를 더 했다.

“상판 괜찮고 나이 좀 덜 먹은 애도 둘 보내라고.”

“……!”

시큰둥하게 화노를 본 구복이 물었다.

"그래, 언제부터 나으 일을 시작할 생각인가?"

"지금부터 시작해서 한 식경 내에 끝내주겠소. 이런, 못 믿는다는 눈빛이구려. 소생은 이래 뵈도 한번 하면 한다는 성격이지요. 자, 막내 형님! 소생 좀 도와주시구려."

"뭐? 도와줘?"

화노의 눈이 휘둥그레지자 박린은 마당으로 내려섰다. 이내 펼쳐진 수막이 주위를 샅샅이 훑으면서 사방을 잿빛으로 물들였다.

휘리링—

박린은 우선 강부터 훑었다.

강 양안에서 하얗게 헝클어지는 건 바람, 검은 비단을 깔아놓은 것처럼 구불거리는 건 강물, 그 위에서 필암어 떼처럼 반짝이는 건 물결. 오징어처럼 뜬 백지(白紙)는 나룻배, 객잔 이쪽에서 함박눈처럼 날리는 건 햇빛, 그 햇빛을 묻힌 사람들이 평상에서 떠든다. 문제는 낙엽송 위에 엎드린 채 움직이지 않는 흰 덩어리!

상부로 공기가 조금씩 드나드는 걸 보면 분명히 사람이다. 그런데 얼마나 은신을 잘했는지 수막 속에서도 잘 느껴지지 않는다.

'고수!'

박린은 화노에게 소리쳤다.

"막내 형님! 장작 패기에는 무쟈게 좋은 날씨외다! 바람도 선선하고 햇빛도 얼마나 좋소이까? 어서 이리 내려오셔서 밥값을 좀 하시구려!"

"에잉! 저 인간이 꼭 늙은이를 부려먹으려고 한단 말이야."

화노가 평상을 내려선 순간, 객잔 모든 사람의 시선이 화노에게 쏠렸다. 낙엽송에 엎드린 그림자도 잠깐 화노를 보는 것 같았다. 박린은 이런 기회를 놓치지 않았다.

　장난처럼 쳐든 왼손에서 편전이 폭발했다.

　파앙!

제4화 성실(誠實)

모범을 보이다

현란한 구름 문양을 토해내면서 요광은정도가 편전을 따라 흘렀다. 자유롭고 거침없는 동작, 섬광보다 빠른 과격함이 흰 덩어리를 휘어 감는다.

피웃!

순간 편전에 직격된 흰 덩어리가 태풍에 말린 낙엽처럼 뒤로 날았다. 흰 덩어리는 편전이 낸 충격을 역이용해서 요광은정도를 피해낸 것이다.

휘릭—

박린은 재차 도약해 한 점으로 금방 멀어진 흰 덩어리를 쫓았다. 흰 덩어리는 박린이 바짝 따라붙자 바로 강으로 낙하했다.

뚝, 부러지듯 급작스런 낙하!

거푸 공중제비를 돈 박린도 낙하했다.

쑤악!

순간 강물을 찍고 튕겨진 흰 덩어리가 쌍장을 위로 쳐냈다.

펑! 펑! 펑!

다음 순간 흰 덩어리 어깨를 타고 솟구친 하얀 물줄기가 쌍장과 뒤섞이면서 거대한 회오리를 일으켰다.

휘르르—

흰 덩어리가 밀어 올린 거대한 물기둥은 수룡(水龍)처럼 거칠게 요동치면서 박린을 가로막았다. 박린은 천지를 집어삼킬 듯 밀려온 물기둥이 과연 얼마만한 무게와 속도를 지녔는지 금방 파악했다. 그저 공력에 말려 올라온 물기둥이 아니었다.

물방울 하나하나에 응축된 힘이 상상을 초월한다는 것쯤이야 열기를 못 이긴 나머지 물방울이 기화돼서 날아가는 것을 보면 안다. 흰 덩어리는 이런 수공(水功)에 능한 자였다.

"제법 쓸 만하구먼!"

박린은 날아가던 자세 그대로 몸을 뒤집어서 낙하했다.

슝—

박린은 이내 강물을 찍고 튕겨 오르면서 흰 덩어리와 똑같은 동작으로 요광은정도를 쳐들었다.

척!

다음 순간 어깨를 타고 솟구친 하얀 물줄기가 요광은정도를 휘어 감으면서 거대한 봉황으로 변했다. 박린은 망설이지 않고 물기둥을 향해 요광은정도를 뿌렸다.

"가라!"

끼아아!

요광은정도에서 쏘아진 봉황이 물기둥과 충돌했다. 순간 천지를 울리는 굉음이 일었다.

쾨쾨쾅!

흰 덩어리, 사천당문(四川唐門) 장로 당립(唐粒)은 당문에서 독보적인 존재였다. 당문은 암기와 독술로 유명한 가문. 그러나 당립은 암기와 독술에 의지하지 않고 가문에서 비전으로 전해진 한줄기 수공(水功)에 평생을 매달렸다.

사람들은 쉬운 암기와 독술을 마다하고 어려운 수공에 매달린 그를 비웃었지만, 당립은 나름대로 믿는 바가 있었다.

폭류천수공(暴流天水功)!

기원은 정확치 않으나 극성까지 익히면 암기와 독술은 아무것도 아니었기 때문이다. 어쨌든 당립은 자신이 폭류천수공에 매달린 걸 이때까지 한 번도 후회해 보지 않았다.

적어도 지금 이 순간, 자신이 혼신을 다해서 펼쳐 낸 두 줄기 물기둥인 수주압정(水株壓頂)이, 이 수주압정과 같은 원리로 만들어진 봉황에게 먹혀 버리기 전까지는.

"역시 보통 놈이 아니었단 말인가!"

놈을 기습했다가 망신만 당하고 돌아온 제자가 한 말을 반신반의해서 확인차 직접 나와 본 길. 삼정에 오른 당문주(唐門主) 암천야행(暗天夜行) 당휘(唐輝)조차도 여간해서는 기척을 가늠치 못한다는 천형둔(遷形遁)을 단번에 알아채고 이렇게 선제공격까지 가해오는 놈이라니.

"흐흐! 하지만 네놈은 젊다!"

당립은 눈송이처럼 분분히 날리는 물보라 속에서 이죽거렸다.

이죽거림이 끝나자마자 낙하한 당립은 물을 한 번 찍고 다시 허공에서 몸을 뒤집었다. 새파란 놈이 삼정도 어쩌지 못한다는 수주압정을 쳐낸 재주야 가상하지만 감상은 금물. 소주혈사 때 천변귀수와 원수를 맺은 이상, 놈은 반드시 척살해야 될 대상이었다.

당립은 물을 찍는 순간, 움켜잡았던 물을 놈에게 뿌렸다.

다음 순간 동그랗게 말린 물방울 수천 개가 허공을 가득 메우면서 놈에게로 떨어져 내렸다.

"폭류탄신(暴流彈迅)!"

박린은 사방 이십 장을 가득 메우며 소나기처럼 떨어지는 영롱한 물방울이 사실은 지독한 독을 담은 쇠 구슬이라고 생각했다.

박린은 병풍을 쳐 올렸다. 촤악, 소리와 동시에 병풍이 펼쳐진 순간 박린은 이미 병풍에 올라탄 상태였다.

"평범한 병풍처럼 보이지만, 병풍이 아니란다. 바로 요광수신리성금(窰光脩神理星琴)! 팔황봉미향라결(八荒鳳尾香羅決)만을 위한 현금(弦琴)인 게야."

팔황봉미향라결과 감응한 요광수신리성금이 날면서 뒤집어졌다. 다음 순간 요광수신리성금에서 뿜어진 은빛 광채가 박린을 둥그렇게 휘어 감았다. 은빛 광채, 사실은 팔황봉미향라결에서 발생된 호신강기에 휩싸인 박린은 요광수신리성금을 찼다.

팍!

가벼운 발구름에 반응한 요광수신리성금은 무려 삼십 장을 날아올라서 뒤집혔다.

박린은 다시 요광은정도를 뽑아 들었다.

카릉!

순간 광수신리성금과 감응한 요광은정도가 현란한 구름 무늬 속에서 엄청난 크기를 가진 금빛 봉황을 만들어냈다.

"좋아! 한번 해보겠다 이거지?"

상대는 참 독특하고 고강했다. 기이한 수공이 문제가 아니었다.

수공에 숨어서 아직까지도 모습을 드러내지 않는 재주가 문제. 흰 덩어리는 수공과 감응해 버린 둔법(遁法)이 얼마나 정교한지 수막으로도 찾아내지 못할 정도였다. 그래서 정확하게 어디를 가격해야 할지 난감했다. 박린은 일단 요광은정도가 만들어낸 금빛 봉황을 물방울이 휘도는 중심으로 날렸다.

끼아아―

봉황이 물방울을 흡수하면서 허공에 길을 한 줄 만들었다.

양쪽에 가득 뿌려진 물방울 때문에 이렇게 보이는 것이겠지만, 금분(金粉)이 찬란하게 빛을 뒤집는 화려한 길이었다.

물방울이 그 길을 잡아먹기 전에 행동을 취해야 했다.

"간다!"

박린은 요광수신리성금을 툭 차서 물방울의 중심으로 날아들어 갔다. 순간 물방울이 회오리치는 중심 저쪽에서 희끗한 무언가가 회오리 방향과 정반대로 움직였다. 박린은 그걸 향해 요광은정도를 밀어 넣었다. 다음 순간 죽 늘어난 요광은정도가 그걸 헤집었다.

"봉황점정(鳳凰點睛)!"

파앗!

당립은 어깨를 치고 지나간 은빛 섬광에 놀라지 않았다.

천변귀수 제자라면 최소한 이 정도는 되어야 한다고 생각했기 때문이다. 어깨를 쥔 당립은 몸을 회전시켰다. 그러자 베어진 어깨에서 솟아오른 핏줄기가 붉은 실처럼 몸을 돌아서 허공에 흩어졌다.

"노부에겐 피도 물이나 다름없지!"

당립은 어깨를 쥐었던 손을 앞으로 뿌렸다.

순간 손금을 타고 손가락을 미끄러진 핏방울이 막 날아들어 오는 봉황을 향해 튕겨졌다. 당립은 다시 한 번 휘돌아서 피를 뽑아냈고, 그 핏방울은 이내 강철처럼 단단한 구체로 변해 앞선 핏방울들을 뒤따랐다.

징!

피를 먹은 요광은정도가 울었다.

이 울음으로 박린은 상대 위치를 파악했다. 상대는 회오리 중심에 있는 게 아니었다. 중심에서 약간 비껴난 좌측, 지금 봉황을 관통하고 밀려오는 핏방울 뒤에 있었다. 박린은 웃었다.

"핏방울까지 암기로 사용해서 되겠나?"

순간 핏방울에 관통당한 거대한 봉황이 희미해지면서 한 점 금빛 광채로 줄어들었다. 박린은 당황하지 않고 팔황봉미향라도법 제이초 봉황참천(鳳凰斬千)을 펼쳤다.

봉황참천은 환술에 가까운 도법이었다.

말 그대로 일천 마리 봉황을 생성시켜서 상대를 공격하는 도법.

스윽.

천천히 내밀어진 요광은정도가 이제 막 스러지기 직전인 금빛 광채를 툭 건드렸다.

다음 순간 요광은정도와 감응한 금빛 광채가 폭발했다.

펑!

그건 폭발이 아니었다.

손바닥만한 금빛 봉황 일천 마리가 확 흐트러지는 광경이었다. 그 바람에 단단한 구체로 날아오던 핏방울들이 스러졌다.

허공을 커다랗게 선회하는 요광은정도를 따라 일천 마리 봉황도 천천히 허공을 휘돌았다. 그런 광경은 대단히 아름답고 몽환적인 풍경을 만들었다.

"선비는 제 피를 암기로 사용하는 자를 절대 상종 안 하지."

멈칫 선 봉황 일천 마리가 금빛 화살로 변한 건 순간이었다.

그 화살 천 개가 격한 선회를 한 바퀴 마친 순간, 슬쩍 모습을 드러낸 늙은이를 향해 일제히 날아갔다. 바로 팔황봉미향라도법 제삼초 봉황만시(鳳凰萬矢)였다.

콰르릉!

당립은 이를 악물었다.

"이런, 제길!"

사실 당립은 봉황이 생성됐을 때 발을 뺄 궁리를 했다.

상대는 수주압정에도 당하지 않고, 그보다 한 수 위인 폭류탄신(暴流彈迅)에도 당하지 않았다.

폭류탄신은 자신이 오십 년을 고심해서 창안한 절초다.

그래서 삼정도 당해내기 힘들다고 내심 자부했는데, 아니었다.

"젊은 놈치고 재주가 많구먼. 내 그걸 알았으니 오늘 일전은 손해가 아니다!"

당립은 손을 비틀어 막 날아든 금빛 화살 한 대를 잡았다.

화살에 실린 속도를 이용해 뒤로 날아가는 속셈이었다. 그러나 당립은 몰랐다. 그게 바로 마병, 천 개로 갈라진 요광은정도라는 걸!

사악—

다음 순간 손을 미끄러진 요광은정도가 가슴으로 쇄도했다. 깜짝 놀란 당립은 잽싸게 몸을 비틀었지만, 퍼부어진 칼날 천 개를 막기에는 역부족이었다.

"큭!"

산산이 분해될 줄 알았던 당립은 눈을 크게 떴다.

헤아릴 수 없이 많았던 금빛 화살들이 꺼진 것처럼 사라졌기 때문이다. 대신 병풍에 올라앉은 녀석이 빙그레 웃었다.

"으으……."

당립은 꼼짝을 할 수 없었다. 녀석에게서 건너온 기이한 기운이 자신을 결박하고 있었기 때문이다.

"귀공?"

"으윽."

"일전에 소생이 말씀을 드렸을 텐데 귀공께선 못 들으신 모양이구려. 마지막으로 한 번 더 경고하겠소이다."

"……."

"오면서 보니까 풍광 좋은 곳이 꽤나 많더이다. 그러니 좋게 말씀을 드릴 때, 그리고 이렇게 시간이 있을 때 그냥 은거하시오. 소생이 일단 연경을 밟은 다음에는 이따위 시시한 경고는 하지 않을 작정이오. 그때는 바로 핏물이 벌겋게 흐르는 황천이 귀공 눈앞에 펼쳐질 테니 말이오."

"……!"

"그때 돼서 울고불고 해봐야 아무 소용이 없소이다. 어쨌든 태어난 생명, 가늘고 길게라도 살아봐야 되지 않겠소? 그게 싫다면 이후 언제든지 말씀하시오. 요광은정도는 피를 즐기니까 말이오.”

박린은 팔황봉미향라결을 풀었다.

스륵.

자그마한 체구에 갈의를 입은 늙은이가 낙하했다.

나풀거리는 갈의로 봐서 늙은이는 정신을 놔버린 게 틀림없었다. 그런 늙은이를 한 바퀴 돌아 병풍, 요광수신리성금에서 뛰어내린 박린은 공중제비 두 번에 땅을 밟았다.

사뿐.

이내 따라온 요광수신리성금이 스르륵, 접혀 등에 걸렸다.

아까 떨어진 늙은이 몸이 강물과 충돌했다.

풍덩!

박린은 늙은이를 돌아보지 않았다.

“형님, 이제 다 끝났소이다! 하하하!”

맹한 표정으로 강둑에 앉아 있는 화노에게 한 소리였다.

그런데 이상했다. 다른 때 같으면 한마디가 아니라 수십 마디쯤 맞받아쳤을 화노가 여전히 맹한 표정으로 조용했다.

이상한 건 화노만이 아니었다.

천지가 뒤집혀질 만큼 엄청난 굉음과 기이한 광경이 벌어졌는데도 객잔 사람들은 그걸 전혀 모르는 것 같았다.

박린은 웃었다.

‘혼멸진(混滅陣)!’

화노는 혼멸진을 펼쳐 객잔과 싸움이 벌어진 공간을 따로 분리시켜 놓고 있었다. 삼방사향(三方四向), 금천하삼분(今天下三分)에 세웠던 갈대를 쑥 뽑아내 혼멸진을 푼 화노는 땀을 먼저 닦았다. 그리고 길길이 날뛰기 시작했다.

"이런, 대책없는 위인 같으니라고! 당문 장로 수령대군(水靈大君) 당림과 공중에서 맞붙다니! 까딱 잘못했으면 사방 이십 장이 초토화될 뻔했잖아, 엉? 도대체 뭘 믿고 까부는 게야!"

"어험."

"이 형님께서 혼멸진으로 차단했으니까 망정이지, 하마터면 객잔 전체가 날아갈 뻔했어! 인간이 정말 이러면 안 된다, 응? 이런 일에 늙은이를 혹사시키면 나중에 큰 죄를 받는 게야!"

"그래서 도와달라고 부탁을 드린 게 아니오?"

"그건 장작 패는 일이었잖아!"

"아참! 장작도 있었네?"

능청스런 박린의 대꾸에 화노가 양손을 펼치고 고개를 흔들었다, 도대체가 말로는 상대가 안 된다는 표정. 그래도 화노는 기분이 아주 좋은 모양이었다. 한동안이나 피식거리면서 혼자 웃던 화노가 박린을 한 바퀴 돌면서 흘끔거렸다.

"이야, 꼭 십 년 만에 팔황봉미항라도법을 봤어. 그땐 땅에서 펼쳐진 걸 봤는데 오늘은 공중에서 펼쳐진 모습을 본 게야. 오늘 본 장관은 죽어서도 잊지 못할 게야!"

2

외상꾼 노도사와 멀끔한 조선 놈이 장작을 패주니 어쩌니 하면서 수선을 필 때까지만 해도 구복의 일진은 제법 괜찮았다.

그래서 잘 차린 음식 한 상에 퇴기들까지 둘이나 대령했다.

놈들은 얼마나 굶었는지 허겁지겁 찌꺼기 하나 남기지 않고 음식을 다 비웠고, 추가로 술을 열다섯 량이나 시켜 처먹었다.

물론 퇴기들을 떡 주무르듯이 주무르면서.

그 다음이 문제였다.

배가 부른 데다가 술까지 취해서 잠깐 눈 좀 부쳤다가 장작을 팬다고 해서 그러마, 하고 객청을 내줬더니 영 소식이 없었다. 이상한 느낌이 들어 놈들이 들어간 객청을 열어봤더니… 놈들은 흔적도 없었다. 그나마 흔적만 없었다면 지금 일진까지 논하는 상황은 벌어지지도 않았다.

객청은 문과 반대쪽 벽이 아예 없어진 상태였다.

놈들은 벽을 통째로 헐어버리고 도주한 게 틀림없었다.

구복은 한달음에 나루로 나왔다.

구복은 멀어지는 배를 향해 주먹질부터 했다.

"에라이, 나쁜 사기꾼 놈들아!"

구복은 당장 놈들을 때려죽이고 싶었지만, 그럴 수 없었다. 이미 배가 강 한가운데에 가 있는 것이다.

"어리석은 놈들, 이 구복으 돈을 떼어먹으면 어찌 된다는 걸 똑똑히 보여주마!"

구복은 동경을 꺼냈다.

동경은 건너편 객잔이나 사공과 신호를 주고받기 위한 것이다. 인근 사람들은 다 알듯이 건너편 나루와 붙어 있는 객잔 주인 웅녀(熊女)는 자신의 마누라다.

"하! 웃겨."

놈들이 탄 저 뱃사공 삼가(杉哥) 역시 구복의 졸개다. 한마디로 만령하 이쪽 초객(初客)나루와 건너편 이지(移祉)나루를 지배하는 제왕은 바로 자신, 구복인 것이다.

구복은 강물 저 끝에서 장엄하게 사그라지는 태양을 보고 동경을 몇 번 뒤집었다.

반짝반짝!

우선 건너편 객잔 웅녀에게 보내는 신호였다. 동경이 몇 번 더 뒤집히자, 아스라이 먼 저쪽 객잔에서도 똑같은 반응이 왔다.

반짝반짝!

구복은 웅녀와 미리 약속한 신호대로 동경을 거푸 뒤집었다.

―여기서… 나으 돈을… 떼어먹은… 사기꾼… 놈들이… 당신으… 나루로… 가니까… 동생들을… 전부… 집합시켜서…….

구복이 할 말을 다 하자 저쪽에서도 신호가 건너왔다.

―접수했다… 이… 칠칠치… 못한… 인간아…….

"끄음!"

불쾌해진 구복은 다시 동경을 뒤집었다. 이번엔 사기꾼 놈들을 태운 뱃사공 삼가에게 보내는 신호였다.

반짝반짝!

삼가도 얼른 신호를 보내왔다.

반짝반짝!

구복은 웅녀와 대화했던 것처럼 거푸 동경을 뒤집었다.

—적당한… 곳에서… 해결을 봐라. 그놈들은… 인생에… 아무… 보탬도… 안 되는… 사기꾼… 놈들이다!

삼가가 알았다는 신호를 보내자 구복은 객잔으로 돌아왔다.

아주 잠깐 시간이 흘렀지만, 객잔엔 손님들이 더 늘어나 있었다. 구복은 얼른 주방에 들어가 앞치마를 둘렀다. 객잔에 큰 피해를 끼치고 멀쩡하게 도망친 사기꾼 놈들 때문에 일이 손에 안 잡혔지만, 그래도 일을 해야 했다. 돈을 아끼느라 숙수를 얼마 전에 내쫓아서 직접 숙수를 해야 했기 때문에.

지글지글지글.

생긴 게 영 아니라서 음식 맛까지 그러리라 생각했다면 정말 큰 오산이다. 객잔 주인 구복은 정성을 다해 음식을 만들었고 바로 칭찬을 받았다.

"야, 이 개식갸! 국물 좀 더 가져와!"

구복은 어이없었다.

여섯 놈 모두 촌스럽게 생긴 외모에 역시 촌스러운 옷, 촌스러운 무기를 들었다. 그것까지는 뭐, 자신이 상관할 일이 아니었다. 남이야 밤송이로 이빨을 청소하든 말든. 그런데 대뜸 욕부터 날리는 이 무식한 행위는 뭔가?

"뭘 봐? 어쭈? 이 철두광사 왕특과 한번 해보겠다는 거야!"

"으으……."

구복은 저고리를 벗어 땅에 패대기쳤다. 그러잖아도 사기꾼 놈들 때문에 기분이 별로였는데 잘 걸렸다 싶었다. 구복은 아예 바지까지 벗어 던졌다.

"이런 싸가지없는 새리들! 앞치마나 두르고 있으니까 눈에 뵈는 게 없나! 감히 나으 객잔에서 나으 얼굴에 먹칠을 해?"

끈으로 된 속곳까지 막 벗어 던지기 직전, 구복은 갑자기 하늘이 깜깜해졌다.

빡!

소리에 간신히 정신을 차려보니까… 어랍쇼?

자신이 객잔 마당에 큰대 자로 누워 있었다. 구복은 다시 깜깜해졌다. 육도가 목에 대져 있었다. 육도 주인이 말했다.

"형씨, 벌건 대낮에 관원을 치고도 무사할 줄 알았나?"

"……?"

전혀 관원 같지 않게 생긴 비열한 얼굴이었다.

그제야 구복은 자신이 철두광사란 자가 행사한 박치기에 여기까지 날아왔으며, 날아오면서 막 객잔을 들어서던 이 비열한 얼굴을 툭 건드렸다는 걸 알았다.

"흠, 일심(一心)과 애(愛)라?"

비열한 얼굴이 문신을 읽었다. 문신은 구복이 객잔을 열 때 제발 정신을 차리라고 마누라인 웅녀가 새겨준 것. 그런 글자가 비열한 목소리로 읽혀지자 구복은 심한 수치심을 느꼈다.

육도를 치운 비열한 얼굴이 말했다.

"여긴 내 관할이 아니지만 한번 해석을 부탁해도 되겠나?"

"나으 이, 일심은 말 그대로 이심(二心)이 아니란 소리요. 여기 애(愛)자는 나으 마누라인 웅녀를 항상 생각해 달라. 뭐, 이런 뜻이외다."

구복은 고분고분하게 대답했다.

스스로 관원이라고 밝혀서 그런지 몰라도, 다시 보니까 비열한 얼굴은 정말 관원 같았다. 육도를 휘두르는 동작에 절도가 배어 있고 목소리엔 많이 배운 티가 넘친다.

"그랬구먼. 그럼 또 한 가지를 물어봐야겠네."

"예, 예, 나으리."

"형씨가 '나으' 라는 말을 버릇처럼 쓰는 것 같은데 그게 '나의' 를 그렇게 쓰는 게지? 이유가 뭔가? '나의' 라고 써야 할 말을 '나으' 라고 쓰는 이유 말일세."

"그, 그저 멋있게 들리라고……."

"흠! 그랬구먼. 그러면 마지막으로 한 가지만 더 묻겠네."

"……?"

"벌건 대낮에 관원을 치고도 무사한 자가 있을까?"

지글지글지글.

솥에서 튄 기름이 뜨거웠지만 이건 아무것도 아니었다.

자칭 관원이라는 놈은 아예 객잔을 홀랑 벗겨 먹기로 작심한 것 같았다. 일부러 친 것도 아니고 어찌하다가 걸린 것에 불과한데 어마어마한 음식을 요구했던 것이다.

"대뜸 박치기를 한 놈 때문에 문제가 생겼지."

자칭 관원만 아니라면 아우들을 집합시켜 흉악한 놈들을 해치웠을 텐데 그것도 할 수 없는 상태였다. 배식구로 가만히 지켜보니까 관원 놈은 흉악한 놈들과 잘 아는 사이 같았다.

"이게 누구들인가? 여기서 또 만났구먼, 얼치기 도적 놈들!"

"어라? 자칭 관원 놈께서 여긴 웬일?"

"이 몸이야 연경엘 가는 길이지. 그나저나 아주 신수들이 훤해졌네? 촌스러운 건 여전하지만."

"누가 할 소리! 육도를 두 개씩이나 매달고 다니는 대도독부 전령도 있었나? 거 육도 보기 아주 좋으이."

'으음.'

이해할 수 없는 말을 주고받던 관원과 흉악한 놈들이 갑자기 객잔 입구를 주시했다. 구복도 얼른 고개를 돌려 입구를 바라보았다. 그리고 오늘은 확실히 일진이 나쁜 날이라고 단정했다.

좀도둑처럼 생겨 먹은 중늙은이가 비쩍 마른 당나귀를 타고 들어섰기 때문이다. 그 옆에는 그저 보기만 해도 주눅이 들 만큼 엄청난 덩치를 지닌 색목인도 있었다.

"오늘은 각별히 몸조심해야지."

그때까지만 해도 구복은 몰랐다, 잠시 후 객잔이 어떤 상태로 변해 버릴 것인지를.

위험에 직면해 있기는 박린과 화노가 더했다.

바로 뱃사공 삼가 때문이었다. 삼가는 인근에서 만령노귀(滿靈老鬼)라 불리는 흉악한 늙은이로, 쭉 찢어진 눈이나 얼굴을 두 바퀴씩이나 감은 흉터로만 보면 누구라도 오줌을 먼저 지릴 만한 생김까지 갖춘 끔찍한 수적(水賊)이었다.

에헤라, 어기야디야.

백날 노질해도 배는 등가죽과 이웃이라. 여인네 배에 올라타면 현기증

부터 일어나는구나. 어기야디야차!

시름을 잊고 살면 주름이나 생기질 말아야지. 훨훨 날아가는 붕새처럼 가볍게 노를 저어도 삐걱대는 소리만 배를 끌어안는구나. 에헤라, 어기야디야.

어기야디야, 어기야디야.

삼가는 흉악스러움을 감추고 노를 저었다.

곁눈질로 가만히 보니까 녀석들은 돈이 좀 있어 보였다.

'흠! 촌스러운 쑥색 장포의 인상이 마음에 안 들지만… 언제는 이만령노귀께서 상판 보고 돼지를 잡았나?'

마음에 안 들기는 조선 놈도 마찬가지였다.

의관은 잘 차려입었는데 삐까뻔쩍한 의관과는 정반대로 허름한 병풍을 메고 있었기 때문이다. 더구나 손에 들린 막대가 영 개운치 않아 보인다. 거친 저마포로 감싼 그건 무기가 분명했다. 조선 조공 행렬에 끼인 무관(武官)들이 꼭 저만한 길이에 저렇게 휘어진 장도를 지니고 다니는 걸 똑똑히 봤으니까.

'장도(長刀)?

"어험! 거 노랫소리가 참 구성지시구려."

에헤라, 어기야디야, 어기야디야.

강에 사는 사공은 참 착하기도 하지. 고집스러운 게 물 말고 세상에 뭐가 있을까.

어기여차, 어기여차.

여인네 배는 힘이 달려 못 타더라도 손님 배를 태운다네.

에헤라, 어기야디야, 어기야디야.

"어험! 노인장이 생긴 것과 아주 딴판이구려."

박린은 정말 흉악하게 생긴 뱃사공에게 감탄했다. 강 중심에서 노를 멈춘 뱃사공이 고기 밥을 주었기 때문이다. 기장 알갱이가 뿌려지자 누런 물을 거칠게 뒤집으면서 잉어들이 펄떡거렸다.

풍덩풍덩!

팔뚝만한 잉어들이 배를 뒤집을 때마다 저녁 햇살이 튕겨진다.

"형님, 참으로 아름답고 한가한 풍경이 아니오?"

"뭐, 별로일세. 강을 밑천으로 밥 먹는 자가 저 정도 인정머리도 없다면 그게 어디 사람인가, 짐승이지. 헴헴!"

벌렁 누워 하늘을 바라보던 화노가 눈을 찡그렸다.

"내일은 아마 엄청 더울 게야. 저녁 노을이 이렇게 붉은 것을 보면 말이지. 꼭 핏물을 뿌려놓은 것 같지 않나?"

박린도 하늘을 보았다.

정말 핏물을 뿌려놓은 것처럼 노을이 붉다. 그렇지만 선비는 항상 격조가 넘치는 언어를 구사해야 한다. 그래서 핏물과 같은 살벌한 언어는 당최 어울리지 않는다. 물론 도사도 마찬가지다. 그런 의미로 본다면 핏물 같은 몰상식한 언어를 구사하는 화노는 도사가 아니다.

"뿌려놓은 게 아니고 엎질러진 것 같소이다."

"뭐?"

"뿌려놓았다면 점점이 떨어져 보여야 할 게 아니오? 그런데 소생이 보기에는 전혀 그렇지 않소이다. 엎질러진 것처럼 보인다 이 말씀이외다."

"뭐가?"

“어험!”

박린은 엄숙하게 좌정하고서 바로 대답했다.

“혈수(血水)가 말이외다.”

“혈수?”

멍한 눈으로 한참이나 이쪽을 쳐다본 화노가 벌떡 일어났다.

눈살을 찌푸리고 이상하다는 듯 계속 쳐다보던 화노는 이내 입술을 허물었다.

“캇캇캇! 인간이 정말 그러면 못쓴다. 방금 이 막내 형님을 속으로 욕했지? 무식한 언어를 구사하는 위인이라고 말이야. 그래서 저 인간이 과연 도사인지를 의심했지?”

“확신을 가졌소이다.”

“잉?”

“형님께선 확실한 도사이시오.”

“그렇지? 사실 말이 나왔으니까 하는 말인데, 세상에 이 형님처럼 고상한 도사는 없다고. 말로는 전대 무당 장문 진청자의 외모가 아주 괜찮다던데, 이 형님을 따라오려면 아직 멀었지.”

“……?”

“에, 이 형님으로 말할 것 같으면 자네도 알다시피… 으? 아니, 왜 그런 눈으로 보나? 이 형님 말씀을 정면으로 부정하면서 우롱하는 눈빛이 아닌가. 자네가 볼 때 확실한 도사라며?”

“어험, 훔칠 도(盜)를 써서 도사(盜士)란 말씀이외다.”

“뭐?”

“사실 객잔에서 도망칠 필요가 무에 있었소? 그냥 장작을 패주면 되는 걸 말이오. 원, 세상에 벽을 통째로 허물고 냅다 도주하다니…….

형님 때문에 소생은 선비 체면 다 구겼소이다."

화노가 또 인상을 썼다.

"이봐, 선비! 벽 뚫은 장본인이 누군데? 선비는 죽어도 장작은 안 팬다며?"

"그래 막내 형님께 장작을 맡긴 게 아니오?"

"누가 그걸 맡는다고 그랬어?"

"어험!"

"도망치자니까 자네가 뭐랬어? 마침 돈도 없는데 잘됐다고 했잖아? 그리고 벽도 마찬가지야. 자네가 먼저 뚫고 나왔어! 이거 왜 이래? 남들이 들으면 이 형님께서 아주 잘못한 줄 알겠구먼?"

"그 모든 게 형님께서 외상을 진 덕분이오."

"어디 외상을 지고 싶어서 졌나? 자네를 만나기 위해서 진 게야. 막말로 자네가 진 거나 마찬가지라는 이야기야."

거기에 대해선 박린도 할 말이 없었다. 하지만 그렇다고 가만히 있으면 선비가 아니다. 선비는 어떤 경우에도 명분을 잃으면 안 되니까.

"그렇다면 그냥 밥이나 술만 자실 것이지, 왜 퇴기들까지 부르신 게요? 그것도 다섯 밤씩이나. 그래 막대한 차질이 생겼소이다. 대체 이 돈을 어찌 메워야 할지 모르겠소."

"이런! 그럼 봉황성에서 공짜로 하루 저녁 잔 것은 뭔가? 이 형님이 열심히 일한 대가가 아니었으면 국물도 없었어요. 어쨌든 잘 먹고 잘 잤지 않은가 말이야!"

역시 만만치 않은 반격이다. 박린은 재반격을 곰곰이 생각해 보다가 그냥 시나 한 수 읊조리기로 했다.

하루 해가 지는 장엄한 노을을 무시하고 까짓 돈 몇 푼 때문에 아옹다웅을 거듭하면… 죄받을지도 모른다.

선비는 최소한 화노와 달라야 하는 것이다.

"어험, 초초사가우후사(草草辭家憂後事)이니 지지거국문전도(遲遲去
國問前途)라. 망진령상회두립(望秦嶺上廻頭立)하니 무한추풍취백수(無
限秋風吹白鬚)하도다!"

3

박린이 갑자기 시를 읊자 화노는 다시 누워서 곰곰이 시를 생각해
봤다.

'내키지 않는 걸음 막막한 길이여, 산마루에 올라서서 고향 하늘을
바라보니 쌀쌀한 가을 바람이 불어와 흰 수염을 날리는구나. 이게 도
대체 무슨 뜻이지? 당시(唐詩)이고 백거이(白居易)가 쓴 시가 아닌가?'

뭐, 어쨌든 욕은 아닌 것 같다. 그렇다고 욕이 아닌 것도 아니었다.
해석하기에 따라 '내키지 않는 걸음' 에다가 '막막함' 까지 더한 '길'
이 문제. 왜 길이 내키지 않고 막막할까?

화노는 벌떡 일어났다.

"자네 지금 이 형님이 길잡이인 걸 탓하는 게지?"

"소생은 단지 시를 읊었을 뿐이외다. 형님께선 제발 좀 소생 시심을
흐리지 마시오. 선비는 시에 살고 시로 죽는 거외다."

"헛소리 집어치우고, 이 형님이 마음에 안 들면 언제든지 말하라고!
나도 이 짓이 좋아서 하는 게 아냐. 자네도 알다시피 천지가 다 내 집
이고 내 여인네들이 아닌가!"

"……?"

"그런 이 형님이 본의 아니게 진 외상 몇 푼 때문에 이런 엄청난 수모를 받으면서까지 공덕을 쌓을 필요가 없지. 돈이 뭔가? 자네 사부를 통해 자네와 맺은 인연보다 더 소중한가? 이 형님은 이제부터는 자네에게 한 끼도 신세를 안 질 게야."

"……."

"한마디로 굶겠다는 말씀이지. 그러니 자네도 이 형님께 모범을 보이게나. 자네도 굶는 게 당연하다는 말씀이지. 자, 우리 열심히 굶어보자고! 그나저나 돈은 이제 얼마나 남았나?"

"……."

"다름이 아니라 저쪽 객잔에도 외상값이 꽤 되거든? 그걸 갚으면서 마지막으로 떡 벌어진 식사를 즐기고 싶어서 말이지. 그러려면 돈이 꽤 많아야 할 텐데……. 헴헴!"

박린은 이 순간 절대 화노를 원망하지 않았다. 선비다운 너그러운 마음으로 화노를 생각한 게 아니었다. 저런 이상한 늙은이를 길잡이로 붙여준 스승님, 천변귀수를 원망한 것이다.

'망할!'

뱃사공 삼가는 강 복판에 이르러서도 좀처럼 기회를 잡지 못했다. 문제는 노을을 배경으로 선 조선 놈이 아니었다. 바로 촌스러운 쑥색 장포 때문이다. 두 놈이 주고받은 말로 미루어보면 촌스러운 쑥색 장포는 노망난 게 분명했다.

'저놈이 누운 자리에 귀두도(鬼頭刀)가 숨겨져 있는데……. 험.'

하필이면 거기 벌렁 누워서 꼼짝도 안 하니 어떻게 손을 쓸 수가 없었다. 그렇지만 삼가는 치밀하고도 노련한 수적. 이런 경우를 대비해 청룡언월도(靑龍偃月刀) 한 자루를 더 준비했다. 그 청룡언월도가 지금 속을 썩이는 중이어서 덮칠 수 없었던 것이다.

'이래서 항상 준비를 게을리 하지 말자고 천지신명께 맹세했거늘!'

지금 삼가 속을 썩이는 청룡언월도는 바로 노였다.

아니, 노가 아니고 겉에 나무를 씌워 노로 위장한 청룡언월도 자체가 문제였다. 건기가 한창이라 물 좋은 손님들이 얼마 없었고, 사실 생김부터 무시무시한 귀두도만 사용해도 됐기 때문에 무거운 청룡언월도를 등한시했다.

그랬더니 녹이 잔뜩 슬어서 도대체 나무와 분리되지 않는다.

'뭐니 뭐니 해도 무기는 살벌함이 생명!'

오랜 경험에서 우러난 지혜를 빌면 이런 경우에는 무기가 얼마나 살벌해 보이느냐에 따라 고단함이 좌우된다.

즉, 귀두도처럼 무시무시하게 생겨 처먹은 칼을 척 들이대면 구구하게 콩 내놔라, 감 내놔라 하지 않고도 단번에 해결되는 일이란 말이다.

그런데 이 청룡언월도는 그런 살벌함과는 거리가 멀다.

녹이 쓴 데다 나무까지 잔뜩 엉겨붙어서 당최 이게 무기인지도 모를 정도다. 이런 이상한 걸 척 들이대면 코흘리개들도 왜 녹물이 뚝뚝 떨어지는 걸 들이댔는지 매우 의아하게 생각할 게 분명했다.

그리되면 한마디로 수적 체면이 깎인다.

삼가는 우선 배를 저으면서 다시 기회를 보려고 생각했다. 고기 밥을 주는 척하면서 여태 버텨왔지만, 더 버티다간 의심을 살 게 분명했다.

"에헤라디야, 어기여차! 어기여차! 어기여차!"

삼가는 내키지 않는 손으로 천천히 노질을 시작했다.

한참을 젓자 과연 열심히 노를 젓는 사공에게는 수신(水神)께서도 무심하지 않으신 것 같았다. 삼가는 저 멀리서 이리로 다가오는 배를 보고 속으로 쾌재를 불렀다.

'사랑스런 내 아우들이 아닌가!'

허름한 어선(漁船)으로 위장을 했지만, 삼가 자신이 이끄는 수적단인 만령수채(滿靈水寨)에서 나온 배가 분명했다.

돛대에 꽂힌 깃발에 선명히 수놓아진 만(滿) 자를 본다면.

삼가는 얼른 노질을 멈추고 조선 놈과 노망 든 늙은이를 바라보았다. 두 놈은 여전히 의미가 불분명한 헛소리를 주고받으면서 희희낙락이었다. 노망난 늙은이에게 꼬박꼬박 말대답하는 것을 보면 젊은 놈도 약간 맛이 간 것처럼 보인다.

삼가는 엉성한 청룡언월도를 쑥 뽑아서 바닥에 팽개쳤다.

"에잇!"

콰당탕!

소리에 깜짝 놀란 두 놈이 녹물에 휩싸인 청룡언월도를 한 번씩 바라보고 이쪽을 본다. 삼가는 두 놈과 눈을 마주치자 마침내 본색을 드러냈다.

"어이, 형씨들!"

"으?"

"잉?"

"난 허리가 좀 아프거든? 그러니 이제부터 너희가 노를 저어, 이 씨부랄 놈들아!"

4

인생을 살면서 황당한 경우를 당할 때가 종종 있다.

이런 경우를 우려해 경계를 삼으신 말씀이 논어 위영공편에 나온다. 인무원려(人無遠慮)는 필유근우(必有近憂)이니라!

"선비가 먼 앞날을 걱정하지 않으면 가까운 시일 내 반드시 근심이 생긴다는 말씀이지."

박린은 고기에게 밥을 주던 인심 좋은 뱃사공이 갑자기 수적으로 돌변한 상황에도 놀라지 않은 척했다.

모름지기 선비란 과도한 놀람이나 경탄을 삼가야 되는 법.

차라리 우유부단하다는 평을 들을망정 경망스럽다는 평을 들어선 안 된다. 왜냐하면 선비는 또 환부지인야(患不知人也)해야 하기 때문이다.

즉, 내가 남을 알지 못함을 먼저 탓해야지, 남을 탓하면 안 된다는 말씀! 그러나 이 배에는 뱃사공 말고도 선비 아닌 자가 딱 하나 더 탄 상태였다.

"이봐, 뱃사공."

"뭐냐?"

"자네 뭘 잘못 잡수신 모양인데, 어지간하면 그냥 본업에 충실하는 게 어때? 나야 무슨 욕을 먹어도 상관없지만, 아마 저기 젊은 친구는 그렇게 생각하지 않을걸?"

"어험!"

"생기긴 저렇게 멀끔하게 생겼어도 보기보다 속이 엄청 좁아요. 그러니까 괜히 힘 빼지 말고 맡은 일이나 열심히 하라고. 내가 저 친구에게 뱃삯 몇 푼 더 얹어주라고 이야기해 볼 테니까 말이지."

"허! 이놈들이 감히!"

삼가는 어이가 없어졌다.

이런 경우에 다른 놈들 같으면 오줌을 지리면서 제발 살려달라고 애걸부터 하는 게 정상인데, 조선 놈은 도포 자락을 멋스럽게 날리면서 노을에 눈을 준 상태 그대로이고, 노망 난 쑥색 장포는 아예 바닥에서 일어나지도 않는다.

한마디로 뭔 개가 짖었느냐는 식이 아닌가.

'위협이 씨가 안 먹혔나?'

경험에 의하면 이런 황당한 일은 두 가지 경우에 생긴다. 첫째는 놈들이 바보천치여서 자신들에게 닥친 엄청난 공포와 위험을 인식하지 못한 경우. 둘째는 그와는 반대로 놈들이 뭔가 단단히 믿는 구석이 있는 경우다.

전자는 그리 문제될 게 없는데 후자라면 정말 큰 문제가 아닐 수 없었다. 그렇지만 삼가는 별문제 아니라고 생각했다.

제아무리 날고 기는 재주를 지녔어도 여기는 강 한복판이 아니냐. 평생을 물질로 살아온 인생만이 승리를 장담할 수 있는 곳이란 말이다.

그래도 노련한 삼가는 함부로 손을 쓰는 우를 범하지 않았다. 아직 수하들이 도착하려면 시간이 필요했던 것이다. 삼가는 놈들에게 몇 마디 더 수작을 붙여보기로 했다.

"당장 옷을 벗어, 이 씨부랄 놈들아!"

우당탕쿵탕!

황당한 일이 객잔에서도 벌어지고 있었다.

원수나 마찬가지였던 대도독부 부위 요양휘와 얼치기 도적 왕씨 육 형제가 한편이 돼서 한물간 도둑 장작빈과 야소를 몰아붙이고 있기 때문이다.

"코쟁이 너 이놈! 자—알 걸렸다. 봉황군에서 우리 형제를 엄청 핍박했으렷다? 이 왕특이 언젠가 이런 날이 올 줄 알았지!"

"감히 관원에게 박치기를 하고도 무사할 줄 알았느냐! 이 요양휘가 황상께서 내려주신 지엄함으로 당장 네 목을 따주겠다!"

"어?"

야소는 별로 할 말이 없었지만, 장작빈은 그렇지 않았다.

"오냐! 새벽 객잔에서는 노부가 많이 참았지. 하지만 지금은 못 참겠다. 어서 당장 훔쳐 간 말똥 다 내놓고 의복이며 이불, 식량을 원상복구해 놓거라, 이 치사한 놈들아!"

우당탕!

발초곤에 휘감긴 평상이 날아다니고, 쇠도리깨에 찍힌 접시가 부서졌다. 쇠스랑이 그런 평상과 접시를 끌어안고 냅다 한 바퀴를 돈다. 그 사이에서 만두를 닮은 괴이한 매화와 톨레도검이 서로 뒤엉켜 시퍼런 불똥을 피워 올렸다.

쩡쩡쩡!

사람들은 모두 강둑으로 도망가서 싸움이 벌어진 객잔을 주시했다.

'아이 씨!'

객잔 주방에 숨은 구복만 벌거벗은 상태로 안절부절못할 뿐이다. 이 엄청난 싸움은 일곱 대 둘, 애초부터 숫자에서 상대가 안 됐다. 그러나 그런 수적 우위는 금방 깨졌다. 곧 이어 들이닥친 왕란자두 일행이 장작빈과 야소에게 합세한 것이다.

"으하하! 마침내 '털가슴파' 놈들이 한자리에 모였소이다! 당장 도 끼로 머리를 까버립시다!"

크게 웃은 왕란자두가 취소사 왕이 코를 힘껏 가격하자 바로 개구사 치가 빼 든 도끼가 허공을 날았다. 가율무지가 꺼낸 소부 다섯 자루도 쇠도리깨 왕사를 향해서 날아갔다.

'도대체 뭐야?'

노파로 변장한 살수 십호는 이 괴이한 싸움이 왜 일어났는지를 이해 할 수 없었다. 그런 십호를 향해 누가 잘못 던진 호미가 날아왔다. 워 낙 혼전 중이고, 더구나 측면에서 날아온 호미였으므로 깊은 생각에 잠 긴 십호는 미처 그걸 알아채지 못했다.

파라라락… 퍽!

순간 우마가 쭉 빠개지면서 살수들이 튕겨졌다.

"해치워라!"

"기습이다!"

살수들까지 가세하자 싸움은 즉각 삼파전으로 확대됐다.

요양휘와 왕씨 육 형제가 한편, 장작빈과 야소, 왕란자두 일행이 한 편, 십호를 비롯한 살수들이 한편을 먹었던 것이다.

싸움 반경도 거침없이 확대됐다.

처음엔 마당과 평상을 의지한 싸움이었는데, 이제는 객청과 지붕을 가리지 않고 무기와 사람이 펄펄 날아다니는 상황이었다.

쩡쩡! 휘르르— 깡! 퍽퍽!

이런 엄청난 상황 속에서도 구복은 일진 탓만을 하고 있었다.

"나으 오늘은 정말 몸조심해야 돼!"

삼가는 나쁜 일진 탓만을 하고 있지 않았다.

사실 막강한 금력과 마누라인 웅녀만 아니었으면 구복 같은 좁쌀이 이 근방을 지배하는 건달패 두목이 될 리 없었다.

어디 그 휘황찬란한 끈 속곳을 좀 보라지.

놈은 도대체 창피란 게 뭔지도 모르는 멍청이.

속곳을 벗어 던지면 제가 무서워서 인근 건달패들이 바로 달려오는 줄 안다. 하지만 그건 착각, 진짜 무서운 사람은 좁쌀 구복이 아니라 구복의 마누라인 웅녀가 무서운 것이다.

웅녀는 인근 백 리 안에서 당할 자가 없는 용력을 지닌 여장부. 그런 여인네가 어쩌다 구복 같은 좁쌀과 연을 맺었는지 참 불가사의하지만… 지금은 그런 걸 따질 한가한 상황이 아니었다.

"너희가 이 어르신을 잘 모르는 모양인데, 그렇다면 내 소상히 가르쳐 주마. 이 어르신으로 말할 것 같으면, 일찍이 만령하를 지배하시는 수신께 점지를 받고……."

삼가는 벌써 수천 번도 더 뇌까려서 아예 무심해져 버린 목소리로 천천히 자신을 소개했다. 귀두도라도 척 빼 든 상태에서 말하면 더 으스스하게 들릴 게 틀림없었다.

그러나 지금은 맨손. 그게 못내 아쉽지만 별수없는 노릇 아닌가. 의기소침해진 삼가는 귀두도를 빼 든 수하들이 어서 오기만을 기원했다.

그런데 이번에도 반응이 영 시원치 않았다.

한 수적이 지닌 인생사를 과장과 미화, 날조로 잘 버무려서 으스스하게 이야기하면, 보통 사람들은 공포에 질려 엉엉 우는데 이놈들은 전혀 안 그랬다.

“아, 그러셨어?”

“……!”

“이야길 들어보니 자네도 고생깨나 했구먼. 흉측한 자네 얼굴을 보는 순간에 그랬을 거라고는 대충 짐작했네. 그래 아까 이 미남도사님께서 몇 푼 더 얹어주겠다고 말씀하신 게야.”

“……!”

“자, 이야길 다 했으면 이제 노나 잘 저으라고. 세상은 열심히 일하는 자만이 웃돈을 챙길 수 있는 게야. 특히 자네처럼 얼굴이 영 안 생긴 자들은 더 열심히 땀을 흘려야 한다고. 케헴!”

“으… 으.”

삼가는 심정이 정말 미치고 환장할 지경까지 이르렀다. 더군다나 새파란 조선 놈까지 거들고 나서는 데야 더 할 말이 없어졌다.

“어험, 간만에 옳은 말씀을 하셨구려, 막내 형님.”

“이 형님은 항상 옳은 말씀만 가려서 하지. 설마 자네처럼 중언부언을 일삼겠나? 언제나 삼두일구(三頭一口)가 아니면 당최 상대를 안 해. 세 번 머리를 굴린 연후에 딱 한 번만 주둥이를 놀린다… 이 얼마나 좋은 말씀인가?”

“소생은 삼두일구가 아니라 삼사일언(三思一言)으로 알고 있소이다만? 말을 한마디 하려면 반드시 세 번을 생각해라. 뭐, 이런 말씀이 아니오?”

“어? 그런가? 거참, 이상하이. 삼두일구가 조선으로 건너가서 아주 못쓰게 변했다고 들었네만, 설마 그렇게까지 괴이하게 변했을 줄이야! 헴헴, 삼사일언이라… 좌우단간 참 좋은 말씀이야.”

“이거야, 원.”

"으? 뭐야, 그 이상한 눈빛은? 자네 지금 이 형님이 매우 무식하다고 생각하는 게지? 인간이 정말 그러면 못쓴다. 배움이란 건 말이지, 똑같은 걸 배워도 어찌 적용을 하느냐에 따라 느낌이 사뭇 다를 수 있다고. 예를 들어 없을 무(無) 자가 말이지……."

"으… 으."

삼가는 자신은 안중에도 없이 갑론을박을 벌이는 두 놈의 목을 쥐어뜯고 싶었다. 이런 살벌한 상황에서 '없을 무' 자가 어떻게 쓰이고 어찌 해석되는지 왜 중요한가?

어쨌든 삼가는 이해할 수 없었기에 더욱 긴 시간이 흘렀다.

그런 지루하고 분통 터지는 시간이 흘러서 마침내 수하들이 탄 배가 가까이 왔다. 배를 쳐다본 삼가는 의아해했다.

생판 모르는 자들이 타고 있었기 때문이다.

자신도 모르는 새에 수채에서 신입을 받았나 보다고 생각한 삼가는 얼른 손부터 내밀었다.

"야, 이리로 귀두도 한 자루만 던져라!"

대답은 금방 날아왔다.

"네가 와서 가져가, 이 씨팔 놈아!"

5

박린은 방금 쌍욕이 건너온 배를 보았다.

배에는 모두 세 사람이 타고 있었는데, 세 사람 모두 차림이나 얼굴이 아주 괴이했다. 장작처럼 바짝 말랐으면서도 키가 팔 척이나 되는 자는 등에 거대한 금부(金斧)를 두 자루나 짊어졌고, 그 옆에 서 있는

자 역시 키가 팔 척 가까이 되는데 등에 단창(短槍)을 다섯 자루나 꽂았
다. 가운데 선 자는 키가 오 척도 안 되는 단구에 얼마나 비대한지 머
리와 가슴이 붙어 있다. 그러면서도 서생인지 옆구리엔 서책을 끼고
머리엔 조악한 금관(金冠)까지 썼다.

금관은 뱃사공에게 시비를 걸었다.

"어이, 만령노귀. 이 어르신이 잠시 대처에서 활동하는 사이에 많이
컸구나, 앙?"

"누, 누구쇼?"

흠칫 놀란 뱃사공이 눈을 가늘게 뜨더니 이내 얼굴을 굳혔다. 그러
더니 얼른 물로 뛰어들었다.

풍덩!

한참 지나서 저쪽 물 위로 떠오른 뱃사공은 이쪽을 힐끔 한 번 바라
보고는 부지런히 손을 놀려서 아래로 떠내려갔다.

"음?"

박린은 뱃사공이 물로 뛰어들기 전에 잠깐 보였던 당혹과 공포를 놓
치지 않았다. 이때까지 느긋했던 화노 역시 천천히 일어나서 금관과
마주 보는 자세로 섰다.

금관이 먼저 화노에게 인사를 건넸다.

"아이고! 이게 누구시더라?"

"이런, 젠장."

"팔괘 곤륜색마 어른이 아니신가?"

말로 미루어본다면 금관은 화노와 매우 친숙하게 잘 아는 사이 같았
다. 화노도 금관을 그렇게 생각하는 게 틀림없었다.

"엥? 어울리지 않는 관까지 쓰고 어떤 놈이 까부나 했더니 지살(紙

殺)이 아닌가? 자네 여긴 웬일이야? 자네 머리론 장강수로채(長江水路寨) 일만 해도 엄청 버거울 텐데 말이지."

가시 돋친 대꾸였지만, 금관은 태연했다.

"자네가 여기를 다 오는데 나라고 못 올 이유가 없어요. 사실은 이곳이 바로 내 고향이라서 말이야. 여기서 한 이십여 리를 내려가면 수과촌(水顆村)이라고 있거든? 거기가 바로 내 고향이지."

"그렇다면 금의환향(錦衣還鄉)이로세?"

"아무렴. 그래 이렇게 금관을 썼네."

"금관치고는 매우 초라하고 조잡해 보이는걸? 자넨 요란한 걸 즐기는 성격인데 말이지. 장강에서 썩은 물이나 마시면서 나잇살이나 처먹더니 이제 정신 차렸나?"

순간 금관 좌우에 있는 자들이 꿈틀 움직였다. 그러나 금관은 빙그레 웃었다. 씩씩대는 금부와 단창을 제지시킨 금관이 슬쩍 이쪽을 보고 이내 화노를 보았다.

"예나 지금이나 자네는 참 주둥이가 날카롭네. 사실은 고향도 들르고 다른 일도 볼 겸 해서 왔지."

"그랬어?"

"이보게, 곤륜색마. 충고 하나 할까? 그저 정을 나눠온 친구로서 말이네."

"이 미남도사님께선 자네 같은 도적 놈을 친구로 둔 기억이 없는데? 좌우단간 충고라니 한번 들어봄세. 이 몸은 자네처럼 속 좁은 밴댕이가 아니거든."

금관이 푸스스, 웃었다.

"친구, 자넨 십 년 전 소주에서 그렇게 망신을 당하고도 아직 정신을 못 차렸나?"

"계속해 보게."

"앞날이 창창한 젊은것들과 달리 우리 늙은이들은 각별히 몸조심을 해야 돼. 왜냐하면 죽을 날이 가까우니까 말이지. 한마디로 엄한 일에 휩쓸리면 말년에 개망신을 톡톡히 당하고 객사할 수도 있다는 말이네."

"캇캇캇! 걱정해 줘서 고맙네."

화노가 주먹을 쥐었다.

박린은 다음에 화노에게서 나올 말을 짐작했다. 화노는 짐작대로 천천히 말을 씹어뱉었다.

"장강지살(長江紙殺)! 이거 너무 고마운 충고라서 눈물이 다 나오려고 하는구먼. 그런데 어떡하지? 이 미남도사님이 천하를 주유하면서 참 많은 소리를 들었네만, 오늘 자네 말처럼 개 같은 소리는 또 처음 들었네."

"개… 같은 소리?"

장강지살이란 금관도 화노와 동일하게 말을 씹어뱉었다.

"세상엔 관을 봐야 눈물을 흘리는 치들이 있지. 난 자네가 관을 보지 않고도 올바른 선택하기를 간절히 바라네. 이미 십 년이나 세월이 지난 일. 다시 시작해 봐야 아무 소용이 없어요. 지금은 그때보다 사정이 더욱 안 좋아."

"허, 그런가? 이제 봤더니 자넨 귀가 매우 어두운 모양이네. 개소리는 듣기 싫다고 금방 자네에게 주의를 준 것 같은데? 십 년 전에도 자네가 마음에 안 들었지만, 오늘은 더 마음에 안 드네그려."

"저런 고집불통 같으니."

　마침내 인상을 잔뜩 찡그린 장강지살이 이쪽을 보면서 푸스스, 웃었다. 상대가 웃음을 보이는데 그냥 밋밋하게 대응한다면 선비의 도리가 아니라 박린도 크게 웃어 보였다.

“하하하!”

“조용히 해라, 이 천변귀수 떨거지야!”

　박린은 웃음을 그쳤다. 이런, 웃는 얼굴에 대뜸 쌍욕을 끼얹는 무식한 자가 있나.

“이보시오, 귀공.”

“뭐냐, 이 자식아!”

“소생이 옆에서 가만히 말씀을 들어보니 귀공께선 참으로 선비답소이다. 친구를 걱정하는 마음이 무쟈게 찐하게 와 닿았소. 하지만 유감스럽게도 그 방향이 상당히 어긋난 것 같소이다.”

“닥쳐라, 세상 무서운 것 모르는 핏덩어리!”

　선비가 억지 웃음까지 보이면서 정중하게 이야기를 했는데, 쌍욕도 모자라서 저런 무식한 반응을 보인다면… 다시 선비 도리를 생각해야 한다. 선비는 어떤 경우에도 먼저 화를 내선 안 되기 때문에.

“하하! 이거 정말 웃기는구려.”

“뭐?”

“어디서 굴러먹다 온 개뼈다귀인지 모르오만, 말씀이 너무 지나치시네요. 어험!”

“하!”

“소생은 박린이외다. 대대로 선비인 집안에서 태어났지요. 무슨 무슨 떨거지니 핏덩어리니 하는 한심한 존재가 아니란 말씀이외다. 그래 귀공처럼 함부로 주둥이를 놀리면 회초리를 한 오백 대쯤 맞을지도 모른다… 뭐, 이런 말씀이지요. 하하하!"

"이놈!"

장강지살이 다시 푸스스 웃었다.

"박린이라고? 역시 핏덩어리치고는 참 광오한 놈이로구나. 감히 나 장강지살에게 격장을 지르다니! 마치 네 사부 천변귀수를 보고 있는 것 같은 착각이 다 들 만큼!"

"눈치 한번 빠르셔서 좋겠구려?"

"하지만 오늘은 봐주지."

"그렇다면 그만 배를 치워주시오. 소생도 늙은 개와는 주먹을 안 섞기로 작심한지 오래외다. 뭐, 귀공께서 정 한번 붙고 싶다면 별수없지만 말씀이오."

"케케케! 오냐, 오늘은 여기서 그만 하자. 나도 사실은 먼 길을 왔고 고향에선 피를 보고 싶지 않다. 하지만 두고 보아라, 앞으로 펼쳐질 습지 오백 리가 과연 네놈에게 어떤 의미로 기억될지!"

"하하! 걱정도 팔자시오. 그런 졸렬한 엄포에 소생이 겁을 무쟈게 집어먹을 것 같소? 두고 보자는 개새끼치고 무서운 개새끼는 소생이 아직 못 봤소이다그려."

결국 다시 한참을 더 씩씩거린 장강지살이 물러갔다. 물러가기 직전 금부와 단창이 씨익, 웃어 보였지만 박린은 개의치 않았다.

화노가 장강지살이 탄 배를 가리키며 한숨을 내쉬었다.

"피유— 저거 아주 고약한 놈이야."

"소생이 보기에도 그렇게 생겼습디다. 형님만 고약하게 생기셨나 보다 했는데. 험험. 그게 아니었소이다?"

"이런 상황에서 그런 농담이 나오냐? 저거 십마 중 하나야. 장강수로이십팔채를 거머쥐고 흔드는 고약한 늙은이라고! 옆에 멀대처럼 서 있는 놈들은 장강이귀(長江二鬼)! 머리에 든 건 없지만 무공만큼은 십마와 견주어도 밀리지 않는 놈들이야."

"아, 그렇소이까?"

"어서 대책을 세워야 해!"

그러나 박린은 천하태평이었다.

"형님, 진인사대천명이라 했소이다. 소생이 죄를 안 지었는데 설마 하늘께서 소생을 핍박하시기야 하겠소이까?"

"뭐?"

"그저 순리대로 풀어 나가면 되는 일이지요. 아, 소생을 흠모하는 무리가 하나둘이 아니지 않소이까? 소생이 다음 객잔에서는 그들을 만나 볼 것이외다. 어험!"

기가 막힌 화노가 물었다.

"도대체 그런 잡배들로 뭘 하려는 건가? 지금은 그런 잡배들과 한가하게 숨바꼭질이나 즐기면서 노닥거릴 때가 아니야. 전쟁이라고! 알아듣겠나? 그것도 명나라 전체와 싸우는 전쟁!"

"어험!"

"한번 생각해 봐. 자넨 이 나라 황제와 황궁, 환관들을 상대하는 게야. 따라서 이 나라에 속한 모든 무림방파와 백만이 넘는 병사들을 상대하는 거라고. 알아들어?"

여전히 박린은 태평했다.

"소생은 이제 숨바꼭질을 그만두고 저들을 만날 생각이오. 두고 보시구려. 반드시 저들 협조를 얻어낼 모양이니까."

"아니, 그런 잡배들로 뭘 할 거냐고!"

“당연히 뜻있는 일을 해야지요. 어험!”

“허…….”

화노는 아무 소리 못했다. 분명히, 확실히 장엄한 저녁 노을에 얼비쳐서 그렇게 보이겠지만, 노을을 머금은 박린은 평소와 다르게 보였다. 핏물처럼 붉게 흘러가는 강물에 눈을 묻은 박린이 말했다.

“언젠가 스승님께서 말씀하셨지요, 세상을 향해 칼을 뽑으면 안 된다고. 세상은 세상대로 그냥 흘러가게 놔두는 것이라고. 소생은 그 말씀을 안 듣기로 작정했소이다. 그래 이 땅을 밟은 것이오.”

제5화 합심(合心)
뭉치다

연연은 폐허로 변해 버린 객잔을 보고 막막해졌다.

중간에 육포를 먹긴 했지만, 몹시 배가 고팠던 것이다. 그래서 부랴부랴 길을 재촉해 객잔에 도착하고 보니 이건 객잔이 아니라 전쟁터였다. 부스러진 평상, 깨어진 접시, 지붕이 뻥 뚫린 객청은 무너지기 일보 직전. 그렇게 엉망인데도 한가하게 앉아서 술을 마시는 치들이 있었다. 그들을 본 진청자가 씁쓸하게 웃었다.

"결국 녀석을 놓치고 다들 한바탕씩 했구먼."

연연은 진청자가 한 말을 전부 이해하지 못했다. '녀석'은 분명 박린을 가리키는 것일 테고, '결국 놓쳤다'는 말은 박린이 잡히지 않고 무사히 빠져나갔다는 말이라 그저 안도했을 뿐.

자세히 보니 아까 길에서 만났던 괴이한 작자들이 다 모여 있었다.

'촌스러운 무기를 들었던 여섯, 육도를 들었던 자칭 대도독부 관원, 허공을 찢고 갑자기 나타났던 중늙은이, 당나귀를 탔던 색목인…….'

더불어서 엉성한 몽고족 셋에 야행복을 입은 무리까지.

전혀 안 어울리는 이들이 전혀 안 어울리는 난장판에 모여서 흐드러진 술판을 한참 벌이고 있다.

"노야, 여기서 도대체 무슨 일이 일어났는지 아세요?"

진청자는 알 듯 모를 듯한 미소만 지을 뿐 대답이 없었다.

연연은 성질 급한 광불을 보았지만, 광불도 모호한 표정으로 머리만 긁고 있었다. 이런 경우 연연은 곽파에게도 물어봐야 했지만, 차마 물어볼 엄두가 나지 않았다. 박린에게 납치됐다가 돌아온 뒤부터 곽파가 아주 엄하게 변했기 때문이다.

상냥하지는 않았어도 정이 깊었던 곽파는 이제 다른 사람 같았다. 자신이 무심코 쓰는 말투며 행동들을 철저히 살피고, 마음에 들지 않으면 당장 불호령을 내렸다.

연연은 곽파가 그렇게 변한 것이 자신 때문임을 잘 알기에 어려워서 먼저 말도 못 붙이는 상황이었다. 곽파는 또다시 불호령을 내렸다.

"아가씨! 무얼 그리 궁금하게 생각하시나이까? 무식한 백성들 사이에서는 이보다 더 험한 일도 왕왕 일어나옵니다. 그런 것을 일일이 궁금하게 생각하시면 아니 되옵니다!"

"…파파, 저는 그저……."

"어허! 매사가 그리 새롭고 궁금하면 아니 되신다고 몇 번이나 더 말씀을 드려야 하옵니까? 알아도 모르는 척 몰라도 모르는 척 넘어가셔야 하옵니다. 이제 아가씨께오선 영하에서 염소를 몰던 그 천진난만한 소녀가 아니옵니다!"

"…예, 파파."

곽파는 고개를 숙이는 연연이 안쓰러워서 속이 저렸지만, 내색은 하지 않았다. 이제부터는 방랑이 아니라 연경으로 돌아가는 길. 가는 도중에 용환을 손에 넣을 것이고, 그리되면 연연은 바로 공주가 되는 것이다. 그래서 방랑할 때처럼 어영부영 하다가는 죽도 밥도 안 된다고 생각했다.

황실 예절이며 내훈들은 잘 모르겠지만, 일반 대갓집에 준하는 예절이며 규범들을 연연에게 가르치기로 마음먹은 것이다.

순전히 그런 부담감 때문에 이렇게 엄해진 건 아니었다.

'천둥벌거숭이 같은 녀석!'

한없이 능글맞고 뻔뻔한 박린 때문에 더 엄해진 것임을 곽파 자신도 알고 진청자와 광불도 안다. 어쩌면 연연도 알고 있을지 모른다. 하지만 곽파는 연연이 안다고 해도 개의치 않았다.

'용린은 용린이 어울리는 법! 건달 같은 녀석과 우리 아가씨는 절대 어울리지 않아! 천변귀수와 언니가 결국 연을 못 맺었듯, 내가 그를 척애하고 말았듯… 결말이 뻔한 게지. 난 그것을 용납할 수 없어, 절대로!'

어떻게 생각하면 아주 이르고 섣부른 판단이었지만, 곽파는 오랜 세월을 살아온 직감으로 연연이 박린을 바라보기 시작했음을 알았다. 바라보기 시작했다는 것은 무얼 의미하는가.

상대를 존재로 인식하는 것이다.

무의미함에서 의미있음으로, 무관심에서 관심으로 변했음을 뜻한다. 더불어 내 마음을 열어서 상대를 받아들일 자세가 되고 나를 상대에게 줄 자세가 되면서 상대와 같이 타오를 수 있기를 원한다.

은애는 그런 미묘하고도 단순한 과정을 거쳐서 온다.

'그게 사람을 아프게도 만들고 기쁘게도 만든다. 뜨겁게도 만들고 차갑게도 만드는 게지. 누구나 한 번쯤은 겪는 일이지만, 나는 아가씨를 행복하게 만들어야 될 기꺼운 의무가 있어. 내가 낳지는 않았어도 아가씨는 이미 내 딸 이상이신걸.'

이렇게 곽파가 연연에 대한 마음을 다잡고 있을 때, 정작 연연은 엉뚱한 생각을 하고 있었다.

'이야~ 노을이 너무 붉다!'

하늘에서 엎질러진 노을이 마침내 하늘 전체를 물들이고 강둑에 걸려 있었다. 저 아래 금빛으로 구불거리며 흐르는 강물에 필암어 떼가 현란한 물 따먹기를 한다. 연연은 이 광대한 자연 앞에서 커다랗게 심호흡을 했다. 그러자 척척한 습기를 머금은 노을이 달려와서 빨갛게 마음을 물들였다.

"설서방."

까오?

"너도 한번 크게 숨을 쉬어봐, 응? 그러면 마음이 개운해질 거야. 저거 봐, 하늘이 온통 불타오르는 것 같아. 그치?"

후아압?

심호흡을 크게 한 번 한 설사자가 뭐 별거 아니라는 듯 고개를 기울였다. 그 모습이 얼마나 귀여운지 연연은 설사자를 번쩍 들어서 입술을 갖다 댔다. 순간 눈썹을 잔뜩 찡그린 설사자가 마지못해서 볼을 내밀었다.

까웅!

"자! 육도 관원, 자네도 한 잔 들라고!"

이파전이었다면 금방 해결을 봤겠지만 삼파전이라서 싸움은 끝이 없었다. 그것은 바로 십호를 비롯한 살수들 때문이다.

왕씨 육 형제 일행과 원한을 주고받은 왕란자두 일행은 살수 패거리에게도 엄청난 원한을 가지고 있었다.

개구사치가 이끄는 좌익이 무너진 것은 이 살수들과 같이 온 인도와 우공 때문이었으니까.

왕특 패거리가 잘못 날린 호미가 십호를 때리자 살수들이 왕특 패거리에게 쇄도했다. 여기까지는 그럭저럭 싸움이 됐다.

그러나 그 꼬리를 개구사치가 물고 늘어져서 소부를 날려댔으니 싸움이 엉망으로 헝클어진 것은 당연했다. 나중에는 누가 적군이고 누가 아군인지도 모르는 막 싸움으로 변했던 것이다.

"일단 오늘은 그만 하도록 하세, 서로 지쳤으니까 말이지."

한물간 도둑 장작빈은 왕특에게도 술을 따라주었다. 산전수전 다 겪은 장작빈도 오늘같이 이상한 난전은 처음이었다.

새벽 댓바람부터 강북상련 패거리와 아무런 이유도 없이 일전을 벌이더니 저녁까지 이 모양이었다.

쪼로록.

장작빈은 모두에게 술을 한 잔씩 따라주었다.

이런 경우 술은 참 요물과 같은 작용을 한다.

이렇게 술이 몇 순배 돌자 서로 간에 이야기가 건너가고 건너왔다. 처음엔 들어도 뭐가 뭔지 모르는 이야기들이 날아다녔다.

그러나 계속 이야기를 주고받다 보니까 의외로 쉽게 결론이 난다. 그래서 모두가 제일 연장자인 장작빈을 주시했다.

"에헴!"

장작빈은 이 엄청난 혼란과 불운이 일어난 이유를 간단 명료하게 정리해서 설명해야 했다.

"아무튼 일이 이렇게까지 벌어지게 된 것은 딱 한 놈 때문이네. 그놈이 과연 누구인지 알지? 바로 조선 놈이야!"

"맞소이다!"

얼치기 도적 왕씨 육 형제도, 대도독부 부위 요양휘도 고개를 끄덕였다. 십호를 비롯한 살수들이야 더 할 말이 없는 상태. 문제는 야소와 왕란자두 일행이었는데, 야소는 낭만이라면 아무래도 좋았다. 왕란자두 일행도 '털가슴파'가 그렇게 행동한 이유가 다 그놈 때문이었다고 주장하는 데야 어쩔 수 없었다.

"자! 이제 결론이 났으니까 놈을 까부실 작전이나 세워봅시다!"

왕란자두가 제의하자 너도나도 호응했다. 순간 이런 경우에만 얍삽해지는 왕오가 제일 먼저 일어나서 입을 열었다.

"에… 이 왕오가 볼 때, 놈은 보통 놈이 아니외다. 미꾸라지처럼 매끄럽고 여우처럼 약으면서도, 우리가 어떻게 행동할지를 훤히 꾀고 있는 놈이란 말씀이지요. 놈은 엉성한 차림답지 않게 성격이 매우 치밀하면서도 뭔가 작정을 하면 반드시 크게 사고를 치고야 마는 놈이오. 과감하면서도 능글맞고, 능글맞으면서도 과감하면서, 느긋하면서도 어수룩하고……."

"야, 이 개식꺄! 다들 아는 소리는 그만 하고 결론만 말해!"

왕특이 한마디 하자 왕오가 머리를 긁으면서 앉았다.

"뭐, 난 그저 계획을 잘 세워야 한다는……."

"그걸 누가 몰라? 너, 오늘 한번 죽어볼래!"

당장 술잔이 날아왔고 왕오는 그걸 피했다. 왕오를 스친 술잔이 저쪽 벽에 부딪쳐서 쨍그랑! 박살났다.

"이크! 나무관세음보살……."

장작빈은 그제야 이 객잔에 자신들 말고도 사람이 더 있다는 걸 깨달았다. 사실은 아까부터 알고 있었는데 이야기에 열중한 나머지 잠깐 젖혀놓았던 사람들. 그들은 바로 오는 길에서 만났던 허름한 노파와 괴승, 역시 허름한 도사와 작고 가냘픈 처자.

"이리들 오시오."

장작빈은 자신들이 객잔을 엉망으로 만든 죄가 있어 그들 네 명에게 합석을 제의했다.

"허허, 이거 매우 송구스럽게 됐소이다. 다 그럴 만한 사정이 있어서 이렇게 되었으니까 너그러이 이해해 주시구려. 사실 우린 선량한 사람들인데… 치사하고 야비한 놈 하나 때문에 이렇게 흥분을 했소이다."

"뭐, 살다 보면 그럴 수도 있지요."

진청자와 광불, 곽파도 목표가 이들과 같았기 때문에 흔쾌히 합석을 허락했다. 다시 술이 몇 순배 돌고 나서 치사하고 야비한 조선 놈을 잡기 위한 계획이 차근차근 오갔다.

잡으려는 목적은 다들 다르지만, 일단 여기 모인 사람들 모두가 한마음으로 힘을 합쳐야 놈을 잡을 수 있다는 데에는 이견이 없었다. 이런 저런 의논 끝에 장작빈이 중지를 모아 결론을 내렸다.

"일단 강을 건너가 건너편 객잔을 급습하기로 하지. 마침 해도 떨어졌으니까 놈은 반드시 건너편 객잔에 묵었을 게야. 자, 그러면 객잔에 도착한 다음에 세부적인 계획을 다시 점검하자고!"

"좋소이다!"

막 노을이 사그라들면서 천지에 보랏빛 어스름이 내리기 시작하는
시각이었다. 연연은 한 덩어리가 된 사람들이 멀어지자 얼른 저쪽 강
둑으로 뛰어가서 건너편을 바라보았다. 아스라이 먼 저쪽 객잔에서 저
녁 짓는 연기가 한 줄 오르는 게 보인다. 저 아래 나루에서 사람들이
배를 부르는 모습도 보인다.

"어떡해!"

연연은 발을 동동 굴렀다. 박린이 저들과 무슨 원한을 맺었는지는
잘 모르겠지만, 연연은 박린이 큰 곤경에 처했음을 직감했다. 박린의
무공이 뛰어난 건 안다. 하지만 무슨 수로 잠들 때를 기다렸다가 몰래
덮치는 것까지 막아낼 수 있을 것인가?

한참 동안 고심한 연연은 문득 설사자를 보았다. 망연한 눈으로 건
너편 객잔을 바라보던 설사자도 연연을 봤다.

"이봐요, 설서방."

까오.

"너, 헤엄 칠 줄 알아?"

설사자가 그렇다고 고개를 끄덕거렸다.

"아유, 잘됐다. 그럼 말이지, 이 막내 숙모가 지금부터 하는 말을 잘
기억했다가 네 작은주인님께 전해주세요."

까웅?

"지금부터 말할 거니깐 잘 들어. 알았지? 음, 여기서 사람들이 한패
로 뭉쳐 당신에게 갑니다. 아마, 오늘 밤은 뜬눈으로 새우시는 게 선비
님 신상에 이로울 거예요. 소녀가 왜 이런 전갈을 선비님께 보내느냐
면 말이지요, 선비님과 소녀는 유별하지 않은 사이이기 때문일지도 몰
라요."

까오?

그게 대체 무슨 말이냐고 설사자가 물었지만, 연연은 미처 대답할 수 없었다.

"어서 가, 설서방! 파파께 들키면 혼나!"

왈!

연연의 소매에서 톡, 떨어진 설사자가 수풀에 몸을 감췄다.

연연은 아무 일도 없었던 것처럼 얼굴을 가라앉히고 돌아섰다. 그러나 곽파가 연연의 얼굴에 쓰여진 감정을 읽지 못할 리가 없었다. 대번에 호통이 건너왔다.

"아가씨!"

"예, 파파."

"녀석이 그렇게 걱정되시옵니까?"

"……."

"이번이 마지막이옵니다, 아가씨! 한 번만 더 이런 행동을 하시면 이 늙은이가 나중에 죄를 받는 한이 있어도 아가씨 종아리를 매우 칠 겝니다. 명심하세요!"

"……."

곽파와 함께 돌아선 연연은 흘깃 강물을 보았다.

보랏빛 어스름이 뿌려진 강물에 흰 점 하나가 떠서 건너편으로 가고 있다. 연연은 주먹을 한 번 쥐어 보았다.

'잘해라, 설서방!'

2

웅녀(熊女)는 일백 근짜리 철갑에 역시 무쇠로 주조한 삼십 근짜리 투구를 눌러 썼다. 그리고 일백이십 근짜리 절굿공이를 들었다.

건너편 객잔에서 보낸 신호대로라면 사기꾼이 탄 배가 마침내 나루에 도착하고 있는 것이다.

사기꾼은 이 근방을 주름잡는 천금야저(天金野豬)인 자신을 매우 무시한 몰상식한 작자.

철컹철컹. 철컹.

웅녀는 객잔 입구로 걸어가서 나루를 내려다보았다.

물론 곁에는 점소이이자 자신이 다스리는 건달 패거리인 불뇌(佛腦)를 거느리고. 불뇌는 이제 막 칠십 고비를 넘어선 늙은이인데, 만령선생(滿靈先生)이라는 별호를 지닌 위인이다.

건달이란 직업이나 뱃사공 삼가를 능가하는 외모와 견주어서 전혀 엉뚱한 별호가 지어진 것이지만, 웅녀는 이 만령선생 불뇌를 매우 소중하게 여겼다. 불뇌는 건달답지 않게 경륜과 지모가 남달랐기 때문이다.

웅녀는 여인네답지 않은 목소리로 물었다.

"선생께선 저놈들을 어떻게 생각하세요?"

"카함!"

만령선생 불뇌는 웅녀가 솥뚜껑만한 손으로 가리키는 데를 바라보았다. 촌스러운 쑥색 장포와 멀끔한 조선 녀석이 열심히 노를 저어 막 나루에 닿고 있다. 얼마나 노질이 엉성한지 배가 마구 흔들리는 건 둘째 치고, 배를 제대로 나루에 대지도 못한다.

"글쎄요, 부군(夫君)께 사기를 치고 흉악한 뱃사공 삼가 놈을 물리쳤다? 그리고 여기까지 이를 정도면 얼마간 무공을 지닌 놈들 같은데…

카함! 노질하는 작태를 보면 순 촌놈들 같기도 하외다. 무림인들이라면 이런 경우 장을 쳐내서 배를 모는 법인데."

"역시 그렇지요? 소녀도 저놈들이 최소한 한가락씩 하는 무림인인 줄 알았어요."

웅녀가 사내 같은 목소리와 사내보다 더한 덩치로 '소녀' 어쩌고 하는 게 마음을 매우 불편하게 만들었지만, 불뇌는 일절 내색하지 않았다. 웅녀는 이 근방 백 리를 주름잡는 여제(女帝)!

한번 성질을 내면 자그마한 산 정도는 단 하루 만에 없애 버리는 괴력을 지녔다.

불뇌는 웅녀가 밥값을 떼어먹으려고 행패를 부리던 무림인을 그대로 번쩍 들어서 종잇장처럼 짝짝 찢어버리는 광경을 몇 번이나 봤다. 웅녀는 그렇게 찢어버린 무림인들을 일단 항아리에 담아서 염장(鹽藏)을 했다가 그걸 손님들에게 팔아 밥값을 해결했다.

아무튼 웅녀는 돈에 있어서는 말도 못하게 무자비한 성격.

불뇌는 웅녀가 지닌 시커멓고 맹한 눈동자를 볼 때마다 소름이 으스스 돋는 걸 어쩌지 못했다.

동시에 의문도 듦을 어쩌지 못했다.

'어째서 이런 여장부가 구복 같은 성격 이상한 좁쌀과 부부 연을 맺었는지……'

"카함!"

"선생께서 선생다운 명쾌한 결론을 내려보시지요. 도대체 저놈들 정체가 뭔지요? 염장을 하려면 소금이 좀 모자라요. 젊은 놈은 괜찮은데 늙은 놈은 소금이 꽤 들어가거든요? 맛도 없어요."

채근에 불뇌는 이제 막 나루에 배를 묶고 이리로 오기 시작하는 두 놈을 바라보았다. 둘 다 어슬렁거리는 걸음으로 봐서 무림인 같은 느낌은 없다.

"제가 볼 땐 무림인이 아닌 것 같소이다만?"

"왜요?"

"예?"

"소녀 남편이 무능한 작자인 건 알지만, 주변에 깔아둔 졸개들이 꽤나 실하거든요? 그런데도 사기를 치는 데 성공을 했어요. 뱃사공 삼가도 보통은 넘지요. 그렇다면 저놈들은 뭔가 중대한 목적이 있어서 실력을 감추고 있는 게 아닐까요?"

"이를테면?"

"봉황성을 주름잡고 있는 봉파에서 보낸 놈들이라거나, 아니면 꼬장꼬장한 봉황성주 장약기가 보냈다거나 하는. 소녀가 왜 이런 생각을 하는가 하면 말이지요, 저 촌스러운 쑥색 장포는 안면이 있어요. 얼마 전에 엄청 외상을 걸고 간 늙은이예요. 듣자 하니 저쪽 객잔에서도 적지 않게 외상을 했다고 하더군요."

"카함! 그래요?"

"소녀는 저 늙은이가 수상한 거예요. 저 늙은이가 뭐, 이것저것 열심히 객잔 일을 거들면서 먹었으니까 엄밀히 말하면 외상이 아니지요. 소녀가 엄청 바가지를 씌운 것이거든요? 왜냐하면 저 늙은이가 별의별 짓을 다했기 때문이에요."

"허……."

"그래서 감정을 가진 저 늙은이가 봉황성 관원이나 봉파를 끌어들이지 않았을까 하는 걱정이 드네요."

"카함!"

“소녀는 다 말씀을 드렸으니까 이젠 선생께서 정확하게 판단을 내려
주세요.”

불뇌는 명쾌한 결론을 내렸다.

“저들은 봉파외다!”

“예?”

“대랑, 저 건너편에서 막 출발한 배 두 척을 보시오. 엄청난 인원들
이 타고 있질 않소이까?”

불뇌의 손가락을 따라간 웅녀가 맹한 눈에 이채를 띄었다.

“과연 그러네요. 멀리서 봐도 대단한 기세가 느껴지네요. 그런데 왜
저 두 놈만 먼저 보냈을까요?”

“우리 눈칠 보려고 선발대를 보낸 모양이외다!”

“일리있어요. 역시 선생께서는 명쾌하세요! 가만, 저쪽에서 소녀 남
편이 무슨 신호를 보내오네요?”

반짝반짝!

불뇌는 건너편 객잔에서 반짝거리는 신호를 주목했다.

저쪽에서 좁쌀이 신호를 어찌 보내느냐에 따라 웅녀가 자신을 평가
할 것이기 때문에.

‘잘못하면 오늘 내가 장조림으로 변할지 모르지!’

불뇌는 등골이 으스스해져서 웅녀의 웅얼거림에 바짝 귀를 기울였
다.

―나으… 객잔을… 쑥대밭으로… 만든… 놈들이… 가니까… 당신
이… 알아서… 처치하시구려…… . 나으… 객잔은… 이제… 망했어.

"에잇! 저런 병신 같은 위인!"

제 성격 이상한 남편인 좁쌀에게 욕을 냅다 퍼부은 웅녀가 불뇌에게
는 따뜻한 미소를 지어 보였다.

"역시 선생께선 소녀에게 장자방과 같은 소중한 존재이십니다!"

"카, 카함! 이런 거야 뭐, 누워서 식은 죽 먹기지요."

불뇌가 으쓱거리자 미소를 싹, 지운 웅녀가 명령했다.

"당장 작전을 세우세요, 선생! 놈들을 어떻게 하면 잘 찢어 죽일 수
있는지. 소녀는 일단 애들을 전부 집합시키겠어요. 그리고 소금을 한
서너 가마니 준비할게요!"

웅녀가 먼저 사라지자 불뇌도 인상을 찡그리다가 얼른 객잔으로 향
했다. 불뇌는 서둘러야 했다.

봉파 선발대라고 규정당한 놈들이 막 나루를 벗어나서 객잔으로 올
라오고 있었다.

"그러니까 말이지, 여기서 외상을 진 건 어디까지나 이 형님 탓이 아
니라고. 이를테면 말이지, 바가지를 쓴 게야. 진짜라니까?"

박린은 변명에 열중인 화노에게 더 이상 묻지 않았다. 어쨌든 외상
은 졌고 반드시 갚아야 했다. 그래서 지금은 저런 변명이 필요한 상황
이 아니고 돈이 필요한 상황이었다.

"막내 형님."

"으? 왜 그러시나, 잘생긴 동생?"

"어험, 마음에도 없는 아부 하지 마시오. 그러신다고 뭐, 뾰족한 수
가 생기지 않소이다. 일천 문이 넘는 외상에는 소생도 대책이 안 선다,
이 말씀이외다!"

"거 성격 참 이상한 인간이네!"

얼굴이 벌게진 화노가 바로 인상을 썼다.

"잘생겨서 잘생겼다는 게지, 왜 그걸 아부로 생각하나? 이 형님께서 겨우 돈 몇 푼에 아부나 일삼는 그런 위인으로밖에는 자네 눈에 비치지 않나?"

"그렇소이다."

"자네 말이야, 친구 제자라서 이 형님께서 여태까지 그냥 보고만 있었더니… 정말 막 나가기로 작정했구먼?"

화노가 또 길길이 뛰기 시작했다. 외상이야기만 쏙 빼놓고 엉뚱한 다리를 붙잡고 늘어지는 것이다. 성질을 부리는 속셈이 너무 뻔해 박린은 아예 대답을 하지 않았다. 박린이 대꾸를 안 하자 뭔가가 매우 불안해진 화노는 더 길길이 날뛸 수밖에 없었다.

"좋다! 그동안 이 형님께서도 많이 참았다고!"

"……?"

"도대체 자네 말이야, 이 형님을 진정 형님이라고 생각하는 겐가? 이 형님께서는 자네 사부와 친구지간이야! 막말로 자네에겐 사부와 동격이란 말씀이지, 이거 왜 이래! 그런 이 형님이 진 외상값을 안 갚아주겠단 말이지? 그래 이 형님께서 겨우 외상 몇 푼 때문에 이 나이에 개망신당하는 꼴을 한번 보고 싶다는 게지?"

"돈이 없는데 소생이 어찌하외까?"

"정말… 돈이 없나?"

"땡전 한 푼도 없소이다."

화노가 걸음을 멈췄다.

"왜 그러시오, 형님?"

"케헴! 나 이제부터 자네 형님 안 하려네. 그러니까 자네도 이제부터 날 형님이라고 부르지 말게!"

화노가 갑자기 쑥색 장포를 벗기 시작했다.

박린은 이 노인네가 왜 또 이런 깽판을 부리나 싶으면서도 얼른 말렸다. 결연한 손길에 의해서 장포는 벌써 배까지 내려가 있었다.

"아이고, 형님!"

"인간이 말이야, 그러면 못쓰지. 저와 유별하지 않다는 처자에겐 옷이며 귀고리며 반지까지도 다 사주고 암말 없더니, 형님께서 진 외상값을 갚기 싫어 구라를 쳐? 에이, 더럽고 치사해서 이 장포를 당장 불태워 버리고 말 게야! 이거 놔, 말리지 말라고!"

"형님, 소생이 잘못했소이다."

박린은 화노를 꼭 잡고 사과부터 했다. 겨우 이런 일에 발끈해서 옷을 벗어 던지는 화노가 이해 안 됐지만, 그래서 억울하기 짝이 없지만 더 민망한 꼴을 보기 전에 정리를 해야 했던 것이다. 그런 마음을 화노도 알았는지 얼른 씩씩거림을 멈추었다.

"자네 말이야, 이 형님을 어영부영 아는 모양인데, 앞으로는 절대 그렇게 행동을 하지 말라고. 이 형님께서 다른 것은 몰라도 여인네 냄새와 돈 냄새에는 귀신이니까. 왜냐고? 돈과 여인네는 떨어질래야 떨어질 수가 없는 관계걸랑? 자네 이 형님 별호가 뭔가?"

"어험!"

"자네가 진정으로 사과하는 의미에서 이 형님께서 지니신 위대한 별호를 한번 읊어보게. 그러면 이 형님께서도 자네가 지금 행한 얍삽하고 치사한 행위를 너그러이 용서해 줌세."

참, 뭘 너그러이 용서한다는 것인지… 과연 누가 더 얍삽하고 치사한 것인지… 적반하장도 이만저만한 적반하장이 아니었다. 하지만 박린은 선비답게 처신했다.

"고, 곤륜색마가 아니시오?"

"좋아, 캇캇캇! 캑! 케헴! 사람이란 말이지, 특히 사내란 돈에 그리 연연하면 좀팽이가 되는 게야. 왜냐하면 돈은 일단 쓰라고 있는 것이걸랑? 돈은 내가 아닌 타인을 위해 쓸 때만이 진정한 가치를 발하는 게야."

"……."

"물론 자네도 그리 생각하고 있겠지? 그러니까 아무 소리 말고 외상값을 갚자… 뭐, 이런 말씀이야. 그걸 아까워 벌벌 떨면 천벌을 받는 게야. 자, 우리 크게 생각하자고! 커다란 안목으로 저 앞에 펼쳐진 객잔을 바라보잔 말씀이지. 어때? 뭔가가 띵— 하게 머리 속을 강타하면서 지나가지 않나?"

정말 띵— 하게 머리 속을 강타하고 지나가는 게 있었다.

"과연 지나가오이다."

"됐네, 이 사람아! 그걸 깨달음이라고 하는 게야!"

아니었다. 그건 깨달음이 아니라 고통이었다. 여기서 외상값을 다 갚으면 이제 정말 땡전 한 푼 없는 빈털터리가 된다. 선비는 돈을 탐하면 안 되지만, 품위를 손상시키지 않을 정도로는 지녀야 한다.

"어험!"

박린은 마음을 모질게 먹었다.

돈 한 푼 없는 빈털터리면 거지! 거지가 아무리 '나 선비외다!' 외쳐봐야 공허한 메아리와 비웃음만이 돌아올 뿐.

'이거 내기를 또 해야 되겠는걸?

물론 돈을 마련할 비책이 없으면 애초에 선비를 자처하지도 않았다. 문제는 상대가 걸려들어야 한다는 것. 상대가 과연 있을지 문제였다. 외상값도 안 갚으면서 돈까지 따야 하니까 상당한 거금이 걸리는 내기가 아닌가.

하지만 박린은 크게 걱정하지 않았다.

휘르릉.

수막에 걸린 괴이한 늙은이를 본 것이다. 그 늙은이는 객잔 어귀에 서서 아까부터 이쪽을 바라보고 있는데, 인상이 매우 흉악했다. 하지만 어딘가 모르게 선비다운 냄새도 살살 풍긴다.

박린은 얼른 늙은이에게 한 손을 들었다.

"하하! 남아생불성명신이로(男兒生不成名身已老)라 하더니, 소생이 노인장을 뵈오니 과연 그렇소이다그려. 사나이로 태어나 공명은 못 이루고 몸만 늙으셨다는 말씀이외다."

'으음.'

만령선생 불뇌는 벌건 초면인데도 불구하고 겁대가리없이 먼저 수작을 걸어오는 조선 놈에게 묘한 흥미를 느꼈다.

놈의 차림을 봤을 때 짐작은 했지만, 얼굴을 이렇게 가까이서 보니까 정말 많이 배운 티가 난다. 배움이라면 이 근방 백 리에서 최고인 자신이 아닌가? 그래도 겨우 점소이밖에 못하는 불우한 처지를 놈은 알고 있었다.

역시 제대로 된 배움은 은연중에 겉으로 드러나는 법!

으쓱해진 불뇌는 자신도 모르게 흉측한 입을 쩍 벌리고 얼른 놈에게 화답했다.

"카흠! 그거 두보(杜甫)께서 지으신 시가 아닌가? 아마 다음이 삼년기주황산도(三年饑走荒山道)였지? 노부도 이 시처럼 삼 년을 굶주리면서 산골을 헤매서 그렇다네. 장안경상다소년(長安卿相多少年)이라고 하더니 자네가 바로 그짝일세그려. 서울 재상들은 다 젊은 사람들이라고 하더니… 배움이 아주 깊은 젊은이로세."

놈이 해온 화답 역시 불뇌를 대단히 흡족하게 만들었다.

"부귀응수치신조(富貴應須致身早)라고 하셨소이다. 즉, 부귀와 공명은 일찍 잡아야 한다는 말씀인 게지요. 그래서 소생은 삼가 산중유생구상식(山中儒生舊相識)해서 노인장과 단화숙석상회포(但話宿昔傷懷抱)하려는 것이지요."

"부귀와 공명은 일찌감치 잡아야 하는 걸 산중 유생은 진작부터 알고 있었다? 그래서 노부와 옛이야기를 하면서 마음을 상해한다고? 허! 정말 자네는 노부를 잘 아는 매우 훌륭한 젊은이일세. 그러잖아도 제대로 알아주는 글벗이 없어 노부가 적적했는데, 이것 참 잘되었네그려. 어서 들어가 좋은 술과 함께 이야기를 더 나눠보세."

불뇌는 놈을 함정으로 유인했다.

물론 객잔에 놈에게 줄 좋은 술은 없었다. 웅녀가 준비한 독주(毒酒)만 있을 뿐. 그래도 웅녀 앞에서 이런 칭찬이나 실컷 들은 뒤에 끝장낼 생각이었다. 그러나 불뇌는 그런 계획이 약간 이상해짐을 바로 느껴야 했다. 어슬렁거리며 따라오던 놈이 더 이상 따라오지 않고 문득 섰기 때문에.

"아니, 왜 그러나?"

"어험, 노인장 말씀은 매우 고마우나 소생은 이만 저쪽 나루로 가봐야 겠소이다."

"음? 그게 무슨 말씀이신가?"

"학식이 높은 노인장께서도 잘 아시다시피 이쪽에 계신 분은 바로 소생 막내 형님이신데… 여기저기 깔린 외상이 많아 인간 구실을 못하고 계시는 분이지요. 물론 노인장께서 운영하시는 객잔에도 적지 않은 외상이 있소이다."

불뇌는 대번에 붉어지는 쑥색 장포를 봤다. 순간 쑥색 장포도 이쪽을 봤다. 눈이 마주치자마자 쑥색 장포가 얼른 외면한 상태에서 말을 건네왔다.

"하여튼 이 인간이 그냥 지나가는 법이 없어요. 뭐, 어쨌든 이 인간이 외상값을 대신 갚아줄 테니까 그런 기분 나쁜 눈으로는 보지 마쇼! 이거야, 원. 케험!"

"으음."

불뇌는 다시 조선 놈을 보았다. 이 놈도 눈이 마주치자 얼른 외면하면서 들릴 듯 말 듯 작은 목소리로 뭔가를 지껄인다. 가만히 들어보니까 외상값 갚을 돈은 없고, 그게 정 못마땅하면 동전 일만 문을 걸고 내기를 하자는 제의.

"학문으로 내기를 하는 건데 학식이 매우 높은 노인장께서 정 피하시면 배를 째라고 하는 수밖에는 소생도 어쩔 수 없지요. 하지만 배를 째게 소생 패거리들이 가만히 보고만 있진 않을 게요."

되지도 않는 위협을 마친 놈의 뒤쪽을 보지 않아도 불뇌는 잘 알고 있었다. 놈과 동패가 분명한 놈들이 와자하게 떠들면서 어느새 강 복판쯤에 이른 걸.

"카함! 노부가 호감을 가졌건만 이제 봤더니 아주 버릇없는 젊은이로세? 내기라… 그거 아주 좋지! 그런데 내기를 하려면 문제가 있네.

만약 자네가 내기에서 지면 어찌할 참인가? 땡전 한 푼도 없는 주제라
면서?"

"내기를 할 의향은 있으시오?"

"노부가 먼저 물었네. 동전 일만 문을 어떻게 구할 것이냐고?"

"학문이 소생보다 달리는 노인장께서 비겁하게 피할 생각이시라면
소생 대답이 무슨 소용 있소이까."

"뭐라?"

"아, 노여워하지 마시고 말씀을 먼저 들어보시오. 모르시겠지만, 소
생은 노인장께서 운영하시는 객잔을 접수하려고 왔소이다. 이건 동전
일만 문이 문제가 아니지요. 만약 소생이 내기에서 지면 동패를 거느
리고 당장 이 객잔을 떠나겠소. 뿐만 아니라 돌아가는 즉시 동전 일만
문을 보낼 것이며 다시는 객잔을 건들지 않겠다는 약조를 써주겠소이
다!"

"흐음!"

"이 정도면 제법 괜찮은 조건이 아니오? 물론 노인장께서 호락호락
하지 않으신 분이라는 것쯤은 소생도 잘 아오이다. 소생 패거리에게
그냥 당하시지야 않겠지요. 하지만 노인장께서도 그만한 피를 흘리셔
야 하외다. 우리 패거린 보기보다 정예요. 저쪽 객잔을 이미 접수한 걸
보면 잘 아실 텐데?"

"좋다!"

웅녀가 결정할 사항이었지만, 불뇌는 자신이 결정했다.

칭찬을 잔뜩 하다가 약간 깔보는 듯한 놈 태도에서 자존심도 많이
상했지만, 자신이 가진 학식을 믿은 것이다.

'흠! 져도 상관없다, 어차피 죽여 버릴 놈들이니까! 반드시 이길 테

지만, 그렇게 이긴다면 나 혼자서 놈들을 물리친 게 된다. 그러면 웅녀에게 큰 공을 세우는 것이고, 이 만령선생 소문이 좌악 퍼지겠지. 혹시 아나? 웅녀가 점소이를 면하게 해주는 것과 동시에 덥석 안겨올지. '상당 기간 고민했는데요, 소녀는 역시 좁쌀하고는 안 맞았어요!' 라면서 말이지. 그리되면 그 엄청난 덩치가 좀 부담되지만 팔자가 펴지는 게 아닌가?

"켤켤켤켤… 캑! 카흠!"

불뇌는 너무 기쁜 나머지 웃다가 그만 사레가 들렸다. 얼른 사레를 뱉어낸 불뇌는 몸이 잔뜩 달아 놈을 재촉했다.

"자, 그럼 어서 내기를 하자!"

내기는 생각보다 단순했다.

"소생이 먼저 시를 한 구절씩 읊을 것이오. 노인장께선 그 구절을 그때그때 바르게 풀이하면 되시는 거외다. 까막눈만 아니라면 금방 풀이하실 수 있을 거외다. 어험!"

"이봐, 젊은이."

"왜 그러시오?"

"그게 내기란 말인가?"

"왜, 뭔가 찔리는 데가 있으시오? 그럼 그만둡시다. 소생은 선비요. 애초부터 노인장 같으신 까막눈과는 내기를 할 마음이 없소이다. 그런데도 계속 소생이 우긴다면 선비의 도리가 아니지요. 어험!"

박린은 짐짓 한발을 물려놓고 흉측한 늙은이를 살폈다. 늙은이는 정말 자존심이 상하는지 한참을 씩씩대다 겨우 가라앉히고 점잖게 물어왔다.

"그런 쉬운 내기 말고 좀 어려운 내기는 없나? 이거 노부를 순 무식쟁이로 깔보는 것도 아니고 말이야, 너무 쉬우면 영 이긴 기분이 안 나거든? 한마디로 찜찜하단 말이지."

"이보시오, 노인장."

"왜?"

"의향은 있으신 게요?"

"으으… 좋아. 어디 문제를 내보게나. 카흠!"

드디어 늙은이가 미끼를 단단히 물었다. 박린은 선비가 이런 이상한 술책까지 동원해 돈을 마련해야 한다는 현실이 매우 슬펐다. 하지만 감상은 금물. 따지고 보면 인생사 어디 한 번도 내기가 아닌 순간이 있었던가? 고비는 기다렸다는 듯 닥쳐오고, 그때마다 하는 선택이 바로 내기가 아닌가.

박린은 두보가 지은 시 한 구절을 낭랑하게 읊었다.

"남유용혜재산추(南有龍兮在山湫)."

이에 흉악한 늙은이 불뇌도 잽싸게 해석했다.

"남쪽에 자리한 연못에는 용이 한 마리 살고 있네."

"어험, 고목농종지상규(古木籠從枝相樛)."

"그 곁에 고목은 높이 솟아서 가지가 서로 늘어졌다네."

불뇌는 지금 희희낙락이었다. 세상에 뭐 이렇게 쉬운 걸 어렵다고 내기로 걸었는지 정말 모를 일이다. 자신이 두보를 워낙 좋아한 까닭에 이렇게 일일이 해석을 한다는 것 자체가 정말 무의미하게 느껴질 정도였다.

어쨌든 놈은 계속해서 다음을 읊어 내려갔다.

"목엽황락용정칩(木葉黃落龍正蟄)."

"낙엽이 지면 용은 낙엽 속으로 숨네."

"으음, 복사동래수상유(蝮蛇東來水上遊)."

"동쪽에서 기어온 독사는 물 위를 떠다니네."

박린은 늙은이의 눈이 점점 빛을 발하는 걸 보면서도 태연했다. 정작 안절부절인 사람은 화노였다. 도대체 저 인간이 내기를 하려면 제대로 어렵게 할 것이지 왜 이런 쉬운 걸 붙잡고 매달리는지 이해하지 못한 것이다.

"아행괴차안감출(我行怪此安敢出)."

"카흠!"

불뇌가 징그럽게 웃었다.

"케케… 한 구절을 더 읊게나. 그래야 풀이가 제대로 이루어지지."

"어험, 그렇소? 그렇다면 발검욕참차부휴(拔劍慾斬且復休)."

"내가 가다가 독사를 보고 이게 웬 놈이냐고 칼을 빼서 치려다가 그만두었네."

"정말 잘 풀이하시는구려. 감탄을 금치 못하겠소이다."

박린은 한 손을 쳐들었다.

"자네가 졌다는 말인 게지?"

"아, 아니오. 노인장 학식이 과연 어느 정도인가를 한번 시험해 봤소이다. 이제 연습은 그만 합시다, 지겨우니까."

"뭐라?"

불뇌는 하마터면 손을 쓸 뻔했다.

왠지 너무 쉽다고 생각했는데, 그럼 이때까지 이 자식이 늙은이를 가지고 놀았다는 이야기가 아닌가. 그래도 식자답게 간신히 부화를 찍어 누른 불뇌는 녀석을 똑바로 쳐다보았다.

"노인장께는 단순히 일만 문이 걸린 내기지만, 소생에겐 그 일만 문

에다 객잔까지 걸린 내기외다. 이런 불리한 내기에서 소생이 이 정도
가벼운 시험도 못한다면 도리가 아니지요."

"좋다. 어서 다음을 읊어봐라!"

"노인장께서 걱정하실 문제가 아니외다."

"뭐라?"

"어험, 소생이 뭐, 기분 나쁜 말씀을 드렸소이까? 소생이 시 구절을
읊고 안 읊고는 어디까지나 소생 사정이지, 노인장 사정이 아니라는 걸
분명히 말씀드렸을 뿐이외다. 이걸 똑똑히 기억하셔야 하오이다, 그래
야 다음을 진행할 수 있으니까."

"카흠! 조, 좋아. 어서 다음 구절을 내보시게."

불뇌는 재촉했다. 왜냐하면 자신이 충분히 이길 수 있는 내기라고
확신했기 때문이다. 겨우 두보의 시 풀이로 내기를 건 실력으로 봐서
놈은 불뇌, 자신을 만만히 본 게 틀림없었다.

"어험, 일혼이나처막고[日欣理二處漠苦]!"

'일, 일혼… 이나… 처막고? 이게 도대체 무슨?

불뇌 얼굴이 하얗게 변했다. 그러나 박린은 여전히 낭랑하게 다음을
읊조릴 뿐이었다.

"대번길이나막고[大藩吉二羅幕苦]."

"……?"

"참한심하다흉악노[斬閒心河多凶惡老]!"

"……?!"

박린은 불뇌 앞에 손을 척 내밀었다.

"당장 일만 문을 내놓으쇼!"

"뭐?"

아직도 정신을 못 차리고 저게 과연 무슨 뜻일까, 생각하던 불뇌가 얼굴을 확 일그러뜨렸다. 순간 제법 학식있는 척하면서 건달로 평생을 보낸 늙은이의 기세가 전신에서 피어올랐다. 마침내 저게 아무것도 아니란 걸 깨달은 것이다. 아니, 아무것도 아니라 욕이었다.

"너, 이 자식! 그걸 지금 시 구절이라고 지껄인 거냐!"

불뇌는 미칠 지경이었지만 박린은 아주 당당했다.

"물론 시 구절이 아니외다. 그냥 한자를 조합한 것이지요. 그게 뭐 잘못됐소이까? 참 이상하신 억지를 쓰시네."

"억지라고? 네 이놈! 네놈이 처음에 뭐라고 했느냐! 시를 한 구절씩 읊을 테니까 그걸 풀이하라고 분명히 말했지 않느냐?"

"허! 그건 연습이었다고 아까 분명히 말씀을 드렸지 않았소? 더불어서 시 구절을 읊고 안 읊고는 어디까지나 소생의 사정이지 노인장 사정이 아니라는 말씀도 드렸소이다."

"뭐?"

불뇌는 아까 놈이 한 말을 떠올리며 곰곰이 뒤적여 봤다. 불뇌는 고개를 흔들었다. 놈은 분명히 그런 말을 했다. 그것도 똑똑히 기억하라고 강조까지 해가면서.

불뇌는 앞이 캄캄해졌다.

이건 분명 내기가 아니고 사기! 그것도 늙은이를 실컷 가지고 논 다음에 잠깐 혼란해진 틈을 타서 자행한 천인공노할!

"노부에게 사기를 치다니!"

"거, 말씀이 매우 심하오이다. 졌으면 깨끗하게 물러나지 않으시고 사기라고 덮어씌우다니요!"

박린은 절대 이게 사기라고 생각하지 않았다.

아무리 사소한 내기라도 일단 내기가 걸리면 최선을 다해 내기에 임해야 하는 게 내기에 임한 자가 가질 마땅한 도리.

공자께서도 말씀하셨다. 이약실지자(以約失之者)이면 선의(鮮矣)라고, 모든 일을 단단히 죄고 단속해서 실수하는 일이 드물어야 한다는 말씀. 그런 의미로 본다면 어떤 내기라도 일단 내기인 이상 절대 장난처럼 가볍게 보아선 안 된다.

더구나 이건 한두 푼도 아니고 일만 문씩이나 걸린 내기가 아닌가. 일만 문은 말이 일만 문이지 보통 사람은 평생 구경도 못하는 엄청난 액수. 이런 상황에서 말을 흘려들은 건 흘려들은 그 순간에 이미 졌다는 말이나 다름없었다.

"노인장께서 욕심에 귀가 멀어 소생의 말을 자세히 안 들으신 게 패인(敗因)이오. 그걸 잘 알면서 왜 사기를 쳤다고 말씀하시는 게요?"

"으으… 카함!"

맞는 말이었다.

"좌우지간 이번은 무효니까 다시 하자, 이놈아!"

불뇌는 이번에 다시 한 번을 더 한다면 정말 자신이 있었다.

왜냐하면 자신이 문제를 내고 놈이 맞춰야 하니까. 그래야 공평하다. 화주 한 병이 걸린 장기도 삼세번 둬서 결판을 내는데 하물며 거금 일만 문이 걸린 내기에서야…….

"이봐, 늙은이."

불뇌는 촌스러운 쑥색 장포를 바라보았다.

"자네가 졌어. 졌으면 깔끔하게 졌다고 인정하고 처분이나 기다리지 웬 잡소리가 그렇게 많아?"

"뭐?"

마침내 불뇌는 분노했다.

"오라! 가재는 게 편이라고, 이제 보니 네놈들이 털도 안 뽑고 객잔을 홀랑 처먹으려고 작정했구나! 어디 두고 보자, 이놈들!"

객잔으로 돌아온 불뇌는 일단 징부터 마구 두들겼다.

징징징징—

"야, 모두 집합! 봉파가 쳐들어왔다!"

3

린아.

철사장(鐵砂掌)과 철포삼(鐵布衫), 금종조(金鐘罩)는 외문무공이다. 수련하는 과정을 보면 아주 단순하고 무식하지만 그만치 정직하다는 말도 되지. 여기에 팔황봉미향라심법을 섞으면 돌보다도 더 단단하고 밀가루보다도 더 부드러운 손이 된다.

팔황봉미향라수법은 일단 이런 손을 만드는 수련에서부터 시작된다. 그러니 미리 겁먹지 말거라. 이 스승도 고통스러운 수련 법이라는 걸 알고 있으니까.

*   *   *

만령하 인근 일백 리 안에 들어 있는 모든 건달들과 수적들, 산적들을 거머쥐고 흔드는 천금야저 웅녀가 크게 분노했던 이유는 다름이 아니었다.

"그러니까 내기에서 선생께서 졌다고 했나요? 그래서 외상값을 다

제하고도 일만 문을 더 내놔야 한다. 뭐, 이런 말씀이세요?"

시커먼 철갑과 투구를 쓰고 절굿공이까지 든 여인네는 마치 민란군(民亂軍) 두목 같았다. 여인네도 그랬지만 그 뒤에 정렬해 있는 무리가 더욱 그런 분위기를 풍겼다.

족히 일백 명 가까이 되어 보이는 무리는 모두 창이나 월도, 도끼 같은 무기를 들었는데, 문제는 그런 무기들이 아니었다.

도대체가 남녀노소의 구분이 없었다.

팔십쯤 먹어 보이는 호호백발 노파가 있는가 하면 이제 겨우 대여섯 살쯤 먹은 꼬마도 있다. 우람한 장년이 있는가 하면 꽃 같은 처자도 있고, 그 처자 뒤엔 여드름이 송송 난 소년도 있는 것이다.

"어험!"

수막을 확대시켜 이런 이상한 무리를 익히 짐작했으면서도 막상 직접 대하자 박린은 어이없었다.

화노도 뿌옇게 원망을 해 부치기 시작했다.

"선비가 말이야, 쪼잔하게 돈 몇 푼 떼어먹으려다가 이게 뭔 꼬락서니인가, 응? 이거야, 원. 돈 쓰는 일이라면 무서워서 벌벌 떠는 노랑이와 같이 다니려니 남부끄러워서……. 노랑이뿐이라면 말도 안 해요, 건달 겸 사기꾼이라 이 말씀이지. 에잉!"

"도대체 누가 그렇단 말씀이시오, 형님?"

"이 인간이 정말 몰라서 물어? 자네가 그렇단 말씀이야!"

"아, 그러셨소이까? 소생은 형님께서 자신을 반성하는 줄로만 알았소이다그려."

"케헴! 그저 주둥이만 살아서. 그나저나 자네는 이제 어떡할 텐가? 설마 저들을 상대로 한판 신나게 벌일 생각은 아니겠지? 저들 꼬락서

니를 보아하니 저 엄청난 돼지가 먹여 살리는 것 같은데 말이지.”

철갑에 휩싸인 여인네를 다시 한 번 본 화노가 사정했다.

“이봐, 선비. 어지간하면 우리 외상값을 갚아버리고 얼른 여기를 뜨자고, 응? 여기서부터 성경까지는 습지와 초원이 반복되거든? 중간에 객잔이야 얼마든지 있다고.”

“객잔은 많겠지만 여기만한 객잔이 없지요.”

“음? 그게 무슨 소리야?”

박린은 빙그레 웃었다.

“선비가 학문에 전념치 않고 도당(徒黨)을 짓기에 힘쓰면 도리가 아니나 세가 매우 불리한 지경이니 이젠 어쩔 수 없소이다. 한마디로 우선은 살고 봐야 한다, 이런 말씀이지요.”

“뭐?”

“형님께선 그냥 지켜보기만 하시구려. 이게 인연이라면 하늘도 무심치 않겠지요.”

박린은 휘적휘적 소매를 날리면서 앞으로 걸어나갔다.

“음?”

이런 상황에서도 기죽지 않고 꼿꼿하게 얼굴을 쳐든 태도는 분명 사내였지만, 어슬렁거리는 걸음걸이는 꼭 건달. 그런 괴이한 태도를 의아하게 생각한 웅녀는 막 걸음을 멈춘 사기꾼 박린을 아래위로 훑었다.

‘차림을 봐선 조선에서 건너온 선비?’

웅녀는 절굿공이를 한 번 들었다가 놓았다. 순간 절굿공이에 푹 패인 땅이 쿵, 소리와 동시에 요동쳤고 먼지가 일어났다.

“소녀는 웅녀라고 하지요. 처음 뵙는 분이시네요?”

"처음 뵙겠소이다, 아주머니. 소생은 박린이오."

우아하게 손을 휘둘러서 먼지를 가라앉힌 놈도 자신을 소개했다. 웅녀는 가소롭다는 듯 피식, 웃음부터 던지고 따졌다.

"소녀가 들으니 저쪽 객잔을 이미 접수하셨다지요?"

"어찌하다 보니까 그리되었소, 물론 본의는 아니었지만."

"여기에선 우리 만령선생과 내기를 하셨다지요?"

"그것도 어떻게 하다 보니까 그리되었소, 역시 본의는 아니었지만. 어험!"

"일만 문이 걸린 내기였다지요?"

"그렇소이다. 소생에게 매우 불리했던 내기였지요. 그쪽은 일만 문과 우리 못난 형님께서 여기 걸어놓으신 외상값만 걸었소. 하지만 소생은 일만 문과 여기 객잔을 걸었지요. 물론 저쪽 객잔도 건 것이오이다."

"그래서요?"

"다행히 그쪽 노인장께서 학식이 소생보다 빈약하셔서 소생이 이겼소. 그러니까 아주머니께선 어서 객잔을 비우시는 것과 동시에 일만 문을 내주셔야겠소. 어험!"

피식!

웅녀는 또 웃었다. 고지식하게 꼬박꼬박 대답을 해오는 어수룩함에 자신도 모르게 실소가 나온 것이다.

도대체 만령선생은 어떻게 이런 고지식한 얼치기에게 사기를 다 당했을까? 웅녀는 그게 몹시 궁금해서 하마터면 자신과 다시 내기를 하자고 제안을 할 뻔했다.

그러나 자신은 그런 잡스러운 내기와는 거리가 먼 위인.

“일만 문은 모르겠지만, 왜 객잔을 비우라는 요구까지 하시나요?”

“소생이 접수를 단행해 버릴 것이기 때문이외다. 내기에서 이겼으니까 명분은 충분하지 않소?”

“그러니까 선비님께선 만령선생이 이 객잔 주인이라도 되는 것처럼 말씀을 하시네요?”

“허! 그럼 주인이 아니오?”

“물론이지요. 만령선생께선 이곳에서 점소이를 하고 계시는 분이지요. 이 객점 주인은 바로 소녀예요. 그러니까 내기와 객잔과는 아무 상관이 없어요. 선비님께선 그걸 모르고 내기에 임하셨나요?”

“그 만령선생인가 뭔가 하는 늙은이… 정말 이 객잔 주인이 아니오?”

“그래요!”

“이럴 수가!”

박린은 웅녀에게 다시 물었다.

“정말 그자가 아주머니 남편이 아니란 말씀이시오?”

“미쳤어요? 그런 늙다리를 소녀가 왜…….”

“으음, 그렇다면 소생이 그자에게 사기를 당한 게 틀림없소이다! 소생은 그걸 모르고 좋아했지 뭐요. 어디 두고 보자, 이 여우 같은 늙은이!”

박린은 속으로 쾌재를 불렀다. 일이 이렇게 되면 이제 저 웅녀란 여인네는 화노가 진 외상값을 어떻게 할 것이냐고 물어올 것이다.

‘에이, 칠칠치 못한 늙은이 같으니라고!’

돈이 없으면 그냥 굶으면 되지, 왜 여기저기 외상값을 연줄 걸어놓듯 걸어놔서 청렴한 선비를 괴롭힌단 말인가.

"선비님, 일단 당신 막내 형님께서 소녀에게 진 외상값 먼저 해결하시고 나서 다음 이야기를 나누는 게 좋겠네요. 물론 돈이 없으시지는 않지요?"

웅녀는 다시 한 번 절굿공이를 들었다 놓았다. 그러자 지하 수백 장 아래가 균열되는 듯한 요동이 대번에 무릎을 타고 전달되었다.

쿠웅!

박린은 이 진동이 명백한 위협이면서 사나운 도전이라고 느꼈다. 개소리하지 말고 어서 돈이나 내놓고 꺼지라는, 그렇지 않으면 이 엄청난 절굿공이로 네 머리를 산산이 부숴주겠다는.

'과연 신력을 타고난 여인네로세. 무리도 적잖이 모은 걸 보면 제법 인정도 있는 모양!'

그렇다면 일단 오리발부터 슬쩍 내밀어 시험해 보고 결정을 해도 괜찮다. 사다리도 두들겨 보고 건너가라는 속담도 있지 않은… 가만, 그게 사다리가 아니고 돌다리였나?

"이보시오, 아주머니. 돈은 그 작자, 만령선생인가 뭔가 하는 늙은이에게 받으시구려. 소생 수중에 돈이 몇 푼 있지만, 아시다시피 그 늙은이에게 사기당한 상처가 너무 커 땡전 한 푼도 못 내놓겠소이다. 이게 다 아주머니께서 점소이 교육을 잘못 시킨 결과요."

"오호! 그러서?"

대번에 반말이 나온다. 동시에 땅에 깊이 박혔던 절굿공이가 위로 치솟았다. 웅녀는 절굿공이를 풍차처럼 빙빙 돌리면서 박린에게 걸어 나왔다. 박린은 겁을 먹은 척 몇 걸음을 물러서다가 얼른 풍류무영 제일초 선세결을 펼쳤다. 순간 박린은 잔상을 그 자리에 세워놓고 객잔을 빙 돌아서 지붕에 올라앉고 있었다.

스윽―

"아니, 이놈이!"

절굿공이를 사납게 돌리면서 황소처럼 쇄도한 웅녀가 깜짝 놀란 건 당연했다. 놈이 어깨를 한 번 살짝 흔든 것 같은데 연기처럼 사라져 버렸기 때문이다.

웅녀는 사방을 두리번거리다가 천천히 시선을 고정시켰다.

물론 지붕에 납작 엎드린 채 이쪽을 주시하는 박린을 발견한 건 아니었다.

"쑥색 장포 이 늙은이!"

순간 웅녀와 눈이 마주친 화노가 깜짝 놀라 한 길이나 위로 뛰어올랐다.

"이 모든 원인은 바로 당신이렷다!"

"으?"

사실 화노는 박린만 철석같이 믿고 아무런 방비가 없는 상태였다. 괴성을 지르면서 냅다 쇄도한 웅녀를 맨손으로 맞받아 친다면 정말 큰일이었다. 화노는 일단 실컷 큰소리만 치고 사라져 버린 박린에게 이를 갈았다.

"이 원수! 이 여우 같은 자식!"

화노는 한가하게 욕만 하고 있을 처지가 아니었다.

우습게 생긴 절굿공이가 강력하게 회전하면서 밀려오는 기세가 상상을 초월하고 있었다. 뿌옇게 피어오르는 먼지는 아무것도 아니었다.

횡횡횡―

절굿공이에 휘말린 공기가 거센 회오리로 거듭나 사방 사 장을 그대로 말아 올린다. 만약 그 바람에 딸려 들어간다면 볼장 다 본 상태가 될 게 뻔했다. 피와 살과 뼈가 절굿공이에 자근자근 이겨져서 사방에 뿌려질 게 분명하니까.

"에잇!"

화노는 공력을 모으자마자 냅다 운룡대구식을 펼쳐 빈틈으로 스며들었다. 그런데 그 빈틈이 하필이면 나루 쪽이었다. 그쪽에는 이제 막 배에서 내린 사람들이 잔뜩 자세를 낮춘 채 슬금슬금 객잔을 향해서 올라오고 있는 중.

"이런!"

화노는 기겁해서 당장 몸을 돌리려 했지만, 그럴 수 없었다. 웅녀는 힘만 장사가 아니었다. 돼지처럼 비대한 몸 어디에서 그런 빠르기가 나오는지는 몰라도 뒤를 바짝 따라붙고 있었다. 또 그런 웅녀 뒤엔 무려 일백 명은 족히 되는 웅녀 수하가 기세를 올리면서 마구 달려 내려오고 있었다.

"와아, 쳐부수자!"

박린이 이목을 나루 쪽으로 집중시킨 이유가 있었다. 박린은 지붕을 뚫고 주방으로 떨어져 내렸다.

순간 주방에 숨어 밖을 살피던 만령선생 불뇌가 깜짝 놀라 육도부터 내질렀다.

"죽어랏!"

휘잉—

육도가 그려낸 섬뜩한 궤적을 가볍게 비킨 박린은 방금 육도가 날아간 방향으로 손을 뻗었다. 다음 순간 불뇌에게 되돌아오던 육도와 박린의 손이 교차했다.

써억!

숫돌에 칼이 갈리는 소리. 다음 순간 어둑어둑했던 공간이 하얗게 갈라지면서 은빛 섬광들이 반짝였다.

"춥!"

그 자잘한 섬광들을 다시 한 손으로 휘어잡은 박린은 천천히 손바닥을 폈다. 손금 사이사이 박힌 그것들은 놀랍게도 은이었다.

"은으로 만든 육도라? 꽤 재미있는데?"

박린은 재차 손을 쓰려는 불뇌에게 그대로 한 번 손을 흔들었다. 다시 어둑어둑한 허공을 하얗게 쪼개면서 박린의 손금 사이를 빠져나온 은가루가 현란한 빛을 뿌렸다.

스윽.

점점이 뿌려진 은가루는 어느 순간 한 군데로 뭉쳐졌고, 그게 은뱀처럼 긴 띠를 이루면서 천장을 떠다니다가 바로 낙하했다.

"헉!"

불뇌는 얼른 은 육도를 놓았다.

찬란한 은가루가 자신 목을 중심으로 빙글빙글 돌아가는 기이함에 사로잡힌 것이다. 불뇌는 무릎을 덜덜 떨었다.

그러나 박린은 아니었다. 빙그레 웃으면서 손을 최악 펼쳐 은가루를 회수했다.

"이런 변방에서 만난 것도 인연인데, 겨우 일만 문 때문에 소생이 선생을 핍박하면 도리가 아니지요. 아니 그렇습니까, 만령선생?"

"으… 으"

불뇌는 나무간까지 네 발로 기어서 쫓겨갔다. 강 건너 저쪽 객잔 전체가 객청이었다면 이쪽 객잔은 전체가 나무간이라고 말해도 될 만큼 큰 나무간.

불뇌도 이곳으로 쫓겨오고 싶어서 쫓겨온 게 아니었다.

이것만은 반드시 감추어야 한다는 본능이 그를 그렇게 나무간으로 유도했다. 그러나 박린은 이미 수막을 펼친 상태. 그가 그토록 숨기고자 하는 게 과연 무엇인지를 이미 알고 있었다.

"나무로 잘 덮어놓았지만, 소생 눈에는 다 보이지요."

"뭐, 뭐가 말이냐?"

"금원보(金元寶) 일백스무 개, 은원보(金元寶) 여든다섯 개, 각종 무기와 갑옷들, 안장들, 군기(軍旗)에 염초까지 산더미처럼 쌓여 있소이다. 이게 도대체 뭐요, 만령선생?"

"으… 으."

"그리고 밖에 모인 저 사람들은 다 뭐요? 이거 이런 오해를 해서 안 되겠지만, 선생네는 단순한 건달 패거리가 아니외다. 혹시 반란을 준비하는 무리가 아니오?"

"무, 무엄한 소리! 도대체 네놈이 무엇이기에 그 따위 망발을 일삼느냐! 여, 여긴 아무것도 없다. 네놈은 지금 헛것을 본 게다! 어서 썩 나가거라, 이놈!"

불뇌는 등골을 타고 식은땀이 쫙 흘러내림을 어쩔 수 없었다. 놈이 조목조목 지껄인 물건이 나무 아래 쌓여 있는 게 맞으니까.

놈은 그대로 등을 돌렸다.

"알겠소이다. 선생께서 아니라면 아닌 게지요. 선생네들이 반란을 꾀하든 말든 소생과는 아무 상관이 없지요."

놈이 순순히 물러나자 불뇌는 더욱 불안해졌다. 그래 벌떡 일어나 나직하게 뇌까려 줬다.

"이놈! 관부에 고변할 생각일랑 아예 하지 않는 게 좋다. 저쪽 객잔에서 눈치 챘겠지만, 우리는 관부에도 눈을 가지고 있으니까 말이다. 한마디로 조용히 있으란 말씀! 네놈이 입을 다무는 조건이 일만 문이라면 당장 내가 마련해 주겠다!"

불뇌는 저쪽 객잔 좁쌀이 공포에 못 이겨서 마구 떠벌렸을 거라고 단정했다. 그렇지 않다면 놈이 이렇게 자신들이 준비한 물건들을 안단 말인가.

'일단 마음을 놓게 만든 다음 멸구(滅口)를 해버리면?'

그러나 박린은 불뇌의 마음까지 익히 읽고 있었다.

수막은 외형만을 보여주지만, 그 외형을 세분해 하나씩 확대시키면 생각까지 대충 짐작하게 해준다.

이를테면 끈적끈적한 땀, 떨리는 숨결, 가만히 일어서는 솜털, 커지고 작아지는 눈동자……. 이런 것들을 다 모아 한 발쯤 멀어진 상태에서 뒤적여 보면 상대 생각이 짚어진다.

박린은 돌아선 상태로 불뇌에게 물었다.

"확실하게 말씀해 주셨으면 좋겠소이다, 선생. 소생이 정말 선생네 군자금을 일만 문씩이나 써도 된단 말씀이시오?"

"……!"

"일만 문이면 적지 않은 돈이오. 장정 천 명이 몇 달 동안 생활할 수 있는 돈이지요. 그런 엄청난 돈을 성큼 소생에게 주시겠다?"

"그렇다!"

불뇌는 천천히 나무간에서 걸어나왔다. 박린은 여전히 돌아선 상태로 말을 잇고 있는 중이었다.

"선생, 선생께선 아직도 소생을 모르시는구려. 한번 사기를 쳤으면 됐지, 똑같은 수법에 두 번 당할 위인으로 보이시오?”

“이놈!”

순간 대답하듯 불뇌가 육도를 날렸다.

슝―

이제 막 지펴지기 시작하는 어스름을 쩍쩍 빠개면서 날아간 육도는 끝이 뭉툭했지만, 일반 쇠로 만든 육도가 아니라 아까 박린의 말처럼 은으로 만든 육도, 그것도 스무 근을 통째로 녹여 만든 것으로 엄청난 무게였다.

파라락!

육도는 바람개비처럼 가볍게 회전하면서 박린의 등판에 꽂혔다. 아니, 불뇌는 꽂히리라고 자신했다.

척!

불뇌는 경악했다.

자신이 육도를 내던졌을 때만 해도 분명히 등판을 보이고 서 있던 놈이었다. 그런데 어느 사이 돌아서서 이쪽을 보고 있었기 때문!

그러니까 놈은 육도가 막 자신에게 닿기 바로 직전에 슬쩍 돌아섰고, 그 돌아섬은 빠르기 정도로 이해할 수 있는 수준이 아니었다. 그래서 불뇌는 놈이 장난스럽게 내민 손에 육도가 그대로 빨려 들어가는 걸 똑똑히 볼 수밖에 없었다.

“헉!”

불뇌는 다시 뒤로 나자빠졌다. 불뇌에게 성큼성큼 걸어온 박린은 육도를 한 번 쳐들었다가 그대로 소매 속에 집어넣었다.

“이렇게 험악한 방법으로 노자를 다 보태주시다니, 참 잘 쓰겠소이다. 일만 문은 안 나갈 것 같지만 그럭저럭 돈이 될 게요. 그럼 소생은 이만."

어슬렁어슬렁.

저만치 갔던 박린은 돌아와서 불뇌를 바라보았다.

"선생, 때는 사람을 기다리지 않지만, 사람은 때를 기다려야 한다오. 때와 정확히 맞물리지 못한 거사는 괜한 피를 뿌리는 법이지요. 명분을 갖췄다고 때까지 맞물렸다 생각하셨다면 큰 오산이외다. 석양이 분명하지만, 아직 명조(明朝)의 해는 다하지 않았고 밤 또한 길게 남아 있소이다. 새벽은 그 이후에나 가능하지요."

"……?"

수수께끼 같은 말을 뒤에 남기고 박린은 입구에 지펴진 어둠 속으로 멀어졌다. 불뇌는 박린이 안 보일 때까지 그 자리에 멍하니 앉아 있었다. 밖에서는 커다란 싸움이 벌어진 것 같았다.

함성 소리와 함께 날아온 병장기 부딪치는 소리가 섬광처럼 불뇌의 가슴을 후벼 팠다.

챙챙! 캉캉! 핑! 쾅쾅!

강렬한 소리에 위축된 불뇌는 무릎을 세우고 무릎 사이에 머리를 집어넣었다. 그러자 마음 저 아래를 맴돌던 말이 목구멍을 비집고 올라와서 입술에 매달렸다.

"아직… 명조는 해가 다하지 않았고… 밤 또한 길게 남아 있다고?"

4

왕특의 입장에서 볼 때, 기다렸다는 듯 쏟아져 내려온 이 엄청난 무리는 청천벽력이었다. 아이와 어른, 늙은이와 젊은이, 사내와 여인네들이 뒤섞인 괴이한 무리가 아닌가.

"뭐야, 이거?!"

요양휘라고 까닭을 알 리 없었다. 그렇다고 함부로 육도를 휘두를
만한 상황도 아니었다.

"에잇!"

챙챙!

요양휘는 앞으로 내밀어진 잡다한 무기들을 걷어내면서 왕특에게
소리쳤다.

"물러서!"

"왜?"

"몰라서 물어? 이들은 그냥 백성들일 뿐이야!"

제일 앞장이었던 왕특과 요양휘가 물러서자 우르르, 좌우로 몰려 내
려온 무리는 삽시간에 왕씨 육 형제와 요양휘, 장작빈과 야소, 살수들
과 진청자 일행을 에워싸고 기세를 올렸다.

"와아! 봉파를 처치하자!"

"다 죽여라!"

무리는 함성을 마구 내지르면서도 쉽게 덤벼들지 않았다. 아마 지휘
자를 기다리거나 이쪽에서 항복해 올 때를 기다리는 모양이었다.

"봉파?"

"봉파가 뭐야?"

장작빈과 살수들도 서로를 보면서 물었지만, 의미를 알 리 없었다.
진청자 일행도 의아하기는 마찬가지. 그러나 봉황성에서 이 년 동안이
나 생활한 야소는 봉파가 무엇을 뜻하는지 정확히 알고 있었다. 야소
는 톨레도검을 집어넣고 성큼 무리 앞으로 나섰다.

“이보시오들! 무슨 오해가 있으신가 본데, 우린 주님께 맹세코 봉파가 아니외다!”

“시끄럽다, 이 노랑머리 괴물 놈아!”

대뜸 반응을 보인 사람은 녹이 잔뜩 슨 낫을 쥔 여든 살쯤 되어 보이는 노파였다. 노파는 백태가 낀 눈알을 희번덕대면서 당장이라도 달려들 듯 악을 썼다.

“헛소리 말고 조금만 기다려! 우리 장군님께서 오시면 너희들은 끝장이야!”

“장군? 도대체 그 장군이 누구요?”

야소는 물었다.

심양위를 비롯해 봉황성 인근의 각 성과 목책을 지휘하는 장군들을 알기 때문이었다. 그러나 노파는 엉뚱한 침방울만 튕기고 있었다.

“훙, 멍청한 놈! 천금야저(天金野豬)님도 몰라? 하늘에서 우리 족속에게 내려주신 신장(神將)님이시지! 산 하나 정도는 단 하루 만에 옮겨 버리신다고!”

“천금야저?”

광불이 곽파를 보았고 곽파는 진청자를 보았다.

진청자는 노파의 왼손에 눈을 주고 있었다. 더 정확히 말하면 때와 주름에 절여진 노파의 왼 손등에 문신된 거미를 보고 있었다.

“흠!”

진청자는 저게 과연 무엇이냐는 뜻으로 왕란자두 일행을 바라보았다. 하얗게 질린 낯빛으로 왕란자두가 정체를 말해 줬다.

“벽전(壁錢:납거미)!”

“벽전이라면 인가에 흔한 갈색 거미가 아닌가?”

"예, 그렇지만 여기 요동에서는 죽음이라는 말과 통하지요. 그 거미
는 오십 년 전에 갑자기 사라져 버린 납족(蠟族)을 상징합니다."

"납족?"

"예, 한 백 년 전쯤에 저 위쪽 어디쯤에서 흘러 내려온 족속인데, 목
축을 전혀 하지 않고 사냥만으로 살았다고 합니다. 성정이 잔혹해서
사신들이라 불렀다지요. 저들이 지나간 자리엔 풀 한 포기 남아나지
않았다고 합니다. 그래서 요동의 모든 족속이 치를 떨고 있을 때 또 갑
자기 사라져 버렸다고 했는데?"

왕란자두는 지나가는 듯하게 말했지만, 납족이 저지른 행위를 어렸
을 때 직접 본 적이 있었다.

우기라서 거의 한 달 동안 내렸던 비가 갠 어느 날, 범람하기 직전인
우수리강을 피해서 하류로 이동하는 중간에서였다. 먼저 이동해 버린
일행을 따라잡지 못한 악륜춘족 게르는 지옥이었다. 뜯어 먹다 버린
사람의 팔다리가 여기저기 널려 있었고, 아직 김이 나는 솥에는 아이가
들어 있었다.

사람들은 그걸 납족 소행이라고 단정했다. 납족이 식인을 즐기긴 않
지만, 우기 때처럼 장기간 사냥을 못하고 굶주릴 경우는 타 부족을 습
격해 인육으로 잔치를 벌였기 때문이다.

"원래부터 겁이 없는 데다 사냥술 또한 귀신이 혀를 내두를 정도라
고 들었습니다. 아무튼 이들의 비위를 거스르면 이들을 다 잡아서 죽
이지 않는 한, 길이 매우 고달파질 것입니다."

"으음!"

"은원(恩怨) 역시 분명하다고 들었기 때문이지요."

"결론은?"

진청자가 다시 묻자 왕란자두가 흐리하게 대답했다.

"다음 기회를 보심이 좋을 듯하오."

순간 개구사치의 도끼가 뒤를 향해 날았다. 그 사나운 궤적에 청룡언월도 하나가 걸려들었다.

깡!

청룡언월도가 젖혀지면서 작은 틈이 생겨났고, 그 사이를 가율무지의 소부 다섯 자루가 크게 벌렸다. 납족들이라고 가만히 있지 않았다. 나무 방패를 앞세워 틈을 메우려 들었다. 다음 순간 광불이 날린 탄지신통이 나무 방패를 좌우로 헤졌다.

따다다당!

"망구는 아가씨를 모시고 따라와!"

연속적으로 탄지신통을 날리면서 광불이 앞장섰다.

연연은 자신의 연녹빛 세상 속에 펼쳐진 광경에 경악했다. 이유를 납득하지 못하는 악의와 살의가 납족 전체를 꽁꽁 얽어매고 있었다. 그 시퍼렇게 빛나는 악의와 살의가 면사를 뚫고 얼굴을 따갑게 만들었다.

깡깡! 퍽퍽!

이렇게 앞은 광불이, 뒤는 왕사의 쇠도리깨가, 좌우는 야소와 살수들이 담당해서 겨우겨우 나루목까지 밀려 내려와 배를 탄 일행은 어이없어했다.

"이거야, 원!"

"도대체 어떻게 된 거야?"

나루목에서 기세를 올리는 납족들을 뻔히 보고 있으면서도 누구 하나 일이 이렇게 된 이유를 알지 못했다.

"와아! 봉파를 물에 밀어 넣었다!"

"이제 만령수채에 기별을 띄우면 된다!"

"어서 장군님을 찾아라!"

이때, 납족들이 신장이라고 믿어 의심치 않는 천금야저 웅녀 역시 약간 의아한 생각을 가지고 있었다. 아까 나루목 쪽으로 쫓겨 내려갔던 촌스러운 쑥색 장포가 갑자기 방향을 선회, 다시 객잔 마당으로 내려섰고 이내 강력한 대응을 해왔기 때문이다.

팡팡!

"실력을 숨긴 고수?"

촌스러운 쑥색 장포는 예전의 그 추레하고 비굴해 보였던 늙은이가 아니었다. 쫙 벌린 두 손을 앞으로 밀어낼 때마다 은은한 녹광이 일면서 절굿공이로 일으킨 회오리가 뭉텅뭉텅 잘려 나갔던 것이다. 웅녀는 공세를 접고 늙은이에게 물었다.

"이봐요, 늙은이! 당신 정말 봉파예요?"

그러자 늙은이도 손을 멈추고 엇비슷한 질문을 던졌다.

"봉파라니, 그게 도대체 무슨 개뼈다귀 같은 소리야?"

"시치미를 떼시나요?"

"시치미?"

"삼류 패거리인 봉파에 늙은이 같은 인물이 있다는 소리를 못 들어서 소녀가 물었어요."

"도대체 봉파가 뭐냐고?"

웅녀는 계속해서 되돌아오는 물음을 찬찬히 살펴보고 늙은이가 봉파와는 아무 상관 없음을 알아차렸다. 웅녀는 혼란해졌다.

그렇다면 아까 조선 녀석이 한 말은 뭔가. 인근에 새로운 세력이 생겼단 말인가? 속으로 답을 구해봤지만 그렇다, 라고 단정할 수 없었다.

'흠! 새로운 세력이라면 이렇게 갑자기 나타날 리가 없다. 인근 백리에 깔아놓은 눈과 귀가 얼마인가? 더불어 저 늙은이 같은 고수가 이 문도 없는 이곳을 욕심 부릴 이유도 없지 않은가? 나무간에 감춰둔 군자금을 눈치 채지 않은 이상!'

군자금을 생각하자 오십 년 동안 이어져 내려온 혈한에 웅녀는 가슴이 뛰었다. 얼마나 오랫동안 준비해 온 거사인가.

납족들에게 웅녀는 신장이었다, 아버지의 아버지 때부터 전해 내려온 혈한을 갚으라고 텡그리(천신)께서 내려보내신.

원래 몽고 내만(乃蠻) 일파인 납족은 원의 핍박을 피해 이곳으로 흘러 들어왔다. 목숨이 다하도록 멀고 험한 길. 요동에 도착했을 때, 그들에게 남은 건 넝마처럼 변해 버린 게르와 낡은 활 몇 자루뿐이었다.

납족은 새로 도착한 이 황량한 땅에서 삶의 뿌리를 내리려 노력했다. 그러나 원래 이 땅의 주인이었던 족속들은 새로 나타난 이방인들을 달가워하지 않았다.

엄청난 수적 우위로 말살하려 들었다.

결국 우수리강 끝에까지 내몰렸던 납족은, 무려 오천여 명이 줄어든 상태로 다시 남하를 시작했다.

살기 위해 찾아들었던 요동으로 복수를 위해 다시 돌아왔던 것이다. 그때부터 복수가 시작됐다. 이렇게 잔인한 복수가 시작되자 요동 각 족속들이 또 가만히 있을 리 없었다.

명군(明軍)을 끌어들여 말살하려 들었다.

뒷거래와 이간질에 휘말린 명군은 대뜸 대병 삼만을 풀어 납족을 밀어붙였다. 그게 오십 년 전에 일어난 일이었고, 이에 뿔뿔이 흩어진 납족은 오랜 유랑을 거쳐 이십 년 전에 이 만령하에 둥지를 틀었다. 그리고 오늘날까지 복수를 준비해 온 것이다.

물론 대상은 사방에 있었지만, 특히 성경에 자리잡은 명군, 즉 심양위였다.

어쨌든 웅녀는 지금 앞에 서 있는 쑥색 장포가 자신들의 군자금에 대해 알고 있다고 오해했다. 그렇다면 살려둘 수 없는 일. 아직 날짜는 받아놓지 않았지만, 조만간 거사를 일으킬 참이었다.

웅녀는 절굿공이를 다시 휘돌리기 시작했다.

"붕파든 아니든 상관없다, 늙은이! 일전에 며칠 묵었을 때 무슨 냄새를 맡은 게 틀림이 없으렷다?"

붕붕붕!

엄청난 속도로 회전하는 절굿공이에서 전과 전혀 상이한 기세가 피어났다. 엄청난 압력으로 휘도는 바람과 바람 사이에서 뇌전(雷電)과도 같은 섬광들이 쩡쩡 소리를 내면서 일어섰다.

납족 지도자에게만 전해지는 비전 발왈라행도(跋日羅行刀)상의 한 수법, 파륜섬(波輪閃)이었다. 원래 발왈라행도는 거대한 발왈라(금강저)로 펼치는 신공으로 라마교에서 유래됐는데, 힘과 패기를 바탕으로 한 외문 계열 무공이다. 지금 섬광들은 웅녀가 절굿공이에 박아놓았던 팔뚝만한 발왈라 열 개가 튕겨져 오른 것이었다.

엄청난 속도와 무게를 가진 발왈라들이 회천 축 위로 둥실 떠오른 순간, 웅녀는 절굿공이를 앞으로 뿌리면서 외쳤다.

"탄(呑)!"

화노는 웅녀의 절굿공이에서 괴이한 섬광이 번쩍 일었을 때, 그것이 암기일 것이라 착각했다. 그래서 재빨리 운룡대구식을 펼쳐 공중으로 뛰어올랐다. 땅을 버리고 운신 폭이 자유로운 공중 회피법을 택한 것이다.

그때 웅녀가 다시 외치는 소리가 들렸다.

"취(驟)!"

다음 순간 팔뚝만한 발왈라 열 개가 날아와 사방을 점하고 제각각 커다랗게 원을 그리기 시작했다. 절굿공이도 가만히 있지 않았다. 발왈라들이 완벽한 원을 그려내는 순간, 웅녀의 손을 떠난 절굿공이가 턱을 향해 들이닥치고 있었다.

쑤악!

"이런 젠장!"

화노는 가슴이 철렁했다.

섬광은 암기처럼 날아오기는 했으되, 암기가 아니었다.

회피할 수 있는 틈, 그러니까 삼십육 방위를 다 제압하고 틀어막아 버리는 역할. 정작 날아온 건 암기가 될 수 없으리라 생각했던 절굿공이였다.

"에잇!"

화노는 이 기이한 수법에 절망하지 않을 수 없었다.

만약 곤륜취검을 뽑으려고 손을 뒤로 뺀다면 원을 좁혀온 발왈라에 팔꿈치가 부서질 게 뻔했다. 그렇다고 턱으로 들이닥치는 절굿공이를 맨손으로 쳐낼 수도 없었다.

"좋아!"

물러서지도, 그렇다고 나아가지도 못하는 급박한 상황에 대책이 따로 있을 리 없었다. 화노는 절굿공이를 향해 태허현황장을 쳐내자고 생각했다. 그리되면 손 하나를 그냥 주어버리는 꼴. 착각으로 땅을 떠난 대가치고는 너무 비싼 대가였지만, 어쩔 수 없었다. 화노는 눈을 질 끈 감고 장을 쳐냈다.

쩌릉!

웅녀는 자신이 예상했던 대로 늙은이가 장을 쳐내자 미소를 물었다. 날아들어 가는 속도까지 계산한다면, 절굿공이는 거의 이천 근에 육박하는 무게였다.

그걸 맨손으로 쳐냈을 때 어떤 결과가 나올지는 불을 보듯 뻔했다. 손바닥을 박살낸 절굿공이는 동시에 턱을 깨버릴 것이고, 내친 김에 목뼈까지 분지르면서 뒤로 밀려갈 게 분명했다. 그리되면 절굿공이와 강한 자성(磁性)으로 연결된 발왈라들은 늙은이의 몸을 한 번 더 산산조각 내고 회수될 것이었다.

적어도 이 순간만큼 웅녀는 그렇게 믿었고, 상황 또한 그렇게 되지 않으면 안 되었다. 잠시 후 웅녀의 믿음대로 손과 절굿공이가 부딪는 엄청난 굉음이 천지를 흔들었다.

꽈릉!

굉음과 엄청난 강풍이 일었다. 다음 순간 바닥에 있던 티 검불과 흙덩이, 잔돌들이 강풍을 타고 날아와 투구와 철갑을 후려 때렸다. 웅녀는 자신도 모르게 물러섰다.

그리고 불길한 느낌을 떨쳐 버리려 애를 썼다. 손과 절굿공이가 부딪친 것치고 소리가 너무 굉장했고, 이런 강풍이 생성될 리 없었다. 발왈라들을 매단 절굿공이 역시 회수되지 않았다. 그렇다면 잘못된 게 틀림없었다.

"어?"

웅녀는 입을 떡 벌렸다. 발왈라들을 잔뜩 매단 절굿공이를 엉뚱한

자가 잡고 있었다. 엄청난 먼지와 강풍 속에서 그자가 하얀 이로 빙그
레 웃었다.

"너, 너는?!"

"아주머니."

박린은 절굿공이를 돌리면서 웃음을 지우기 시작했다.

천천히 지워지는 웃음을 따라 강풍과 먼지가 내려앉았다.

"소생의 막내 형님을 핍박하기 전에 스스로를 먼저 돌아보셨으면 하
오이다. 외상값 몇 푼이 생명만큼 중요하오? 과연 그렇다면 말씀을 하
시구려. 소생이 가진 바 재주는 없지만, 아주머니께서 하신 방법 그대
로 한번 핍박을 해보이겠소."

박린은 절굿공이를 회전시키기 시작했다.

붕붕붕!

시커멓게 허공을 물들이며 회전하는 원 안에서 쩡쩡 소리로 발왈라
들이 일어서기 시작했다. 박린은 보란 듯 외쳤다.

"탄(呑)!"

소리와 함께 하나씩 둘씩 회전을 떨어져 나온 발왈라들은 절굿공이
가 일으킨 회전과 정반대로 휘돌면서 하늘로 치솟았다. 그 발왈라들이
정점에 이르렀다 싶은 순간, 박린은 또다시 웅녀가 했던 말을 내뱉었
다.

"취(驟)!"

쑤악!

일직선으로 내리 꽂힌 발왈라들이 웅녀를 중심 삼아 수평 회전을 시
작했다. 박린은 망연하게 서 있는 웅녀에게 정중하게 말했다.

"절굿공이는 안 날리겠소이다, 아주머니."

"······!"

"어서 뜨끈한 밥이나 주시오."

박린은 절굿공이를 땅에 꽂고 화노를 보았다.

"······!"

화노도 웅녀처럼 멍한 상태였다. 자신이 쳐낸 손과 날아드는 절굿공이 사이를 희끗한 무엇인가가 슬쩍 지나간 순간, 모든 위급한 상황이 깨끗하게 삭제되어 버렸다. 정신을 차려보니 박린은 절굿공이와 발왈라 열 개를 한꺼번에 제압해 버린 상태. 눈을 뻔히 뜨고서도 어떤 방법으로 제압했는지를 알 수 없었다.

꿀꺽.

화노는 자신에게 내밀어진 박린의 손을 보았다.

"······!"

절굿공이를 잡아내고 발왈라까지 한꺼번에 제압한 손은 여인네 것처럼 희고 깨끗했다. 그 손을 주욱 따라 올라간 화노의 시선이 박린의 입술에서 멎었다.

희고 깨끗한 웃음이 매달려 있는 입술.

"형님, 무쟈게 애쓰셨소. 그만 밥이나 먹으러 갑시다."

박린은 진정으로 고마워서 한 소리였다. 하지만 화노는 그리 알아듣지 못했다. 싸움은 혼자 다 벌여놓고 늙은 막내 형님이 맞아 죽든 말든 날름 도망쳤다가 이제 나타나서 겨우 하는 말이 밥이나 먹자니.

"이 나쁜 인간!"

대번 태허현황장이 날아갔다.

팡!

순간 화노는 깜짝 놀랐다. 자신의 손과 얽혀 있는 박린의 손이 생각

이상으로 부드러웠고 차가웠다. 밀가루처럼 부드러운 손은 또 얼음장을 쥔 것처럼 뼛골이 시렸다.

박린은 화노가 또 멍하고 있는 사이에 그 기이한 손을 얼른 빼고 객잔으로 걸어갔다.

어슬렁어슬렁.

화노는 박린의 반듯하고 넓은 어깨를 보면서 그가 겪었을 수련을 생각하지 않을 수 없었다.

"얼마나 지옥 같은 수련을 거쳤으면… 쯧쯧!"

5

가파른 비탈 위에 자리잡은 객잔은 물에 떠 있는 사람들에겐 전혀 보이지 않는다. 그래 비탈을 굴러 내려오는 소리로 사정을 대충 짐작하는 수밖에 없었다.

"뭐야, 위에서도 싸움이 벌어진 거야?"

왕특이 묻지 않아도 배에 탄 사람들 모두는 알고 있었다, 아주 큰 싸움이 벌어졌다는 걸. 굉장한 소리가 나면서 나루에 서서 기세를 올리던 납족들은 하나씩 둘씩 비탈을 타고 올라가기 시작했다.

"어이, 집합!"

위에서 달려온 납족 하나가 이십여 명만 나루에 남겨놓고 모두를 데리고 올라갔다. 급한 걸음을 보니 위에서 벌어진 싸움을 거들려고 가는 것 같다. 이런 움직임을 보면서 연연은 내심 박린을 걱정했다.

'어떡해!'

선비라는 작자가 오나가나 싸움만 벌이고 다닌담? 도대체 얼마나 싸

움을 벌이고, 얼마나 잘못을 했기에 이 많은 사람들이 다 자기를 잡으
려고 하느냐 말이지.

'아유, 정말 많기도 하네!'

연연은 자신과 진청자 일행을 제외하고도 무려 이십여 명이 넘는 사
람을 새삼 둘러보지 않을 수 없었다. 배 두 척에 나누어 탄 사람들은
차림이 각각이듯 직업도 각각이었다.

산적 겸 수적이었다는 형제들, 대도독부 관원, 늙은 도둑에 색목인,
혁철씨족, 살수들…….

'왜 이 많은 사람들과 원수를 맺은 거야, 바보처럼!'

옷집에서 한 행동으로 보면 약간 이해가 가지 않는 것도 아니었다.
그렇다고 이렇게까지 심하게 쫓아다닌다는 것도 문제가 없다고 볼 순
없었다. 연연은 악착같은 사람들을 은근히 원망했다. 하지만 연연은
그 악착같음 속에 든 엄청난 속사정을 몰랐다.

"저 개식끼는 오나가나 싸움질이구먼. 객잔과 무슨 원수라도 진 거
야? 어떻게 들르는 객잔마다 싸움질이냔 말이지!"

왕오는 이제 고생이 넌덜머리난다는 듯 고개를 흔들었다.

이해할 수 없는 이유로 놈에게 뻔한 사기를 당하고, 엉뚱한 똥 싸움
을 벌이다가 봉황군에게 잡혀 고생만 실컷 했으니 그럴 만도 했다. 봉
황성 객잔에서의 엉뚱한 싸움은 또 어떤가. 하루에 두 번씩이나 왕복
해야만 했던 길은 또 어땠나.

"두고 봐라, 이놈! 네가 아무리 여우 같아도 본관에게는 어림도 없
다. 반드시 목을 따 대도독부 문루에 높이 달아주겠다!"

요양휘 역시 이를 갈았다.

아무 이유도 없이 마차를 분해해 버리고도 모자라 전통과 전통마저

홀랑 털어간 놈. 그 이후에 벌이진 일은 정말 끔찍했다.

명문집 자제와 백도 제일문파의 기재, 잘 나가던 젊은 관원에게 몰아닥친 불행과 몰락은 상상을 초월하는 것이었다. 그래 피를 보지 않고는 해결이 불가능했다. 요양휘는 더욱 세게 이를 갈아붙이는 척하면서 은근슬쩍 연연을 훔쳐보았다.

'으음! 정말 조비연(趙飛燕)처럼 작고 가냘픈 아름다움이 아닌가? 마치 선녀 같구나! 은은한 이 향기는… 어?'

요양휘는 자기처럼 연연을 훔쳐보는 사람과 눈이 마주치자 깜짝 놀랐다. 그는 바로 장작빈이었다. 장작빈은 요양휘와 눈이 마주치자 얼른 헛기침부터 했다.

"에헴!"

그리고 누구처럼 이를 갈기 시작했다.

"빠득! 선량한 노부의 말똥과 집, 의복과 식량을 몽땅 털어 가버려… 결국 노부를 빈털터리로 만들고, 갖은 수모를 준 치사한 놈! 반드시 그 뻔뻔한 얼굴 가죽을 벗겨 버리고야… 음?"

연연을 훔쳐보던 야소도 얼른 얼굴을 돌렸다. 그러나 누구처럼 이를 갈지 않고 신부답게 기도를 올릴 뿐이었다.

"할렐루야, 심성이 곱고 어진 여인네는 지아비에게 면류관과 같으나 욕을 끼치는 여인네는 지아비의 뼈를 썩게 만드는 것이니, 신부는 여인네에게 낭만을 아니 구하고 오직 성령으로 거듭나기를 힘 쓸 것이옵니다, 아멘!"

이쪽 배에서 이런 일이 벌어지고 있을 때, 저쪽 배에서는 살수패들과 왕란자두 패들 간의 설전이 한창이었다.

그들도 연연을 보면서 이런 저런 말을 나누다가 패가 갈렸다.

처음 말을 꺼낸 사람은 왕란자두였다. 그는 연연의 체구를 생각지도 않고 발이 작은 것만 온 신경을 쓰다가 마침내 이런 소리를 뱉어냈던 것이다.

"말로는 대국입네 어쩌네 하면서 전족(纏足)을 강요하다니……. 뿐만 아니라 정기적으로 사람 고기도 처먹는다고. 저희들은 그러면서 우리보고는 야만족이래요? 이 무슨 염병할 경우냔 말이지. 문화만 앞서 있으면 뭐 해, 인간이 돼야지. 흐퀘퀘!"

이 말에 개구사치가 가만있을 리 없었다.

"맞습니다요, 군사!"

맞장구 먼저 처놓고 살수들을 한 번 훑어본 개구사치가 마구 침방울을 튕겨 올리기 시작했다.

"아이들을 육간에 내다 판다지요? 그 돈으로 뭐 하나 몰라? 좋은 걸 사 처먹고 또 아일 만드나? 지금도 어느 지방에선 없어 못 먹는답니다. 사람을 잡아 뼈로는 탕을 끓이고, 고기로는 만두 속을 만들어 먹는 곳이 바로 대국이지요!"

가율무지라고 안 끼어들 수 없었다.

"형님, 참 간만에 옳은 말씀을 하셨소! 사실 말이야 바른말이지, 우리 부족은 없이 살아도 저들처럼 잔인하지 않소이다. 죄인들의 예를 들어봅시다. 우리는 단칼에 목을 잘라 매장을 하거나 무혈형(無血刑)으로 처형을 하지요. 다시 말씀을 드리면 죄인들을 죽여서 생간을 내 먹는다던가, 젖을 담근다던가, 장조림 따위를 해 먹는 경우가 없어요. 어떤 놈은 사슴 고기와 섞어서 볶아 먹기도 한답니다. 이런 야만적인 개자식들이 세상에 어디 있소?"

전족에서 시작된 이야기가 엉뚱하게 여기까지 흐르자 살수들 사이에서도 이상한 기류가 흘렀다. 그도 그럴 것이 살수들은 모두 한족(漢族)이었다.

"험!"

살수들 중 제일 먼저 나선 사람은 십호였다. 십호는 연경 남서쪽 정안(延安) 출신으로 한때 글깨나 읽었던 서생. 역모 사건에 연루되어 집안이 멸문당하지만 않았어도 살수가 되지 않았을 사연을 지니고 있었다.

십호는 노파의 차림새로 연지 바른 입을 씰룩거렸다.

"흠! 듣고 보니까 말씀들이 참 과하시오!"

십호는 왕란자두 패거리를 아주 경멸하는 표정을 지어 보이면서 말을 이었다.

"저 소저가 전족을 해서 발이 작다고 생각하셨다면 큰 오해요. 원래 덩치가 작고 가냘프외다. 키가 오 척(150㎝)밖에 안 되잖소? 전족은 고래로부터 전해 내려오는 풍습일 뿐이오. 그래 좋든 싫든 따라야 하외다. 사내들 입장으로선 반드시 나쁘다고 할 수만은 없지요."

"맞소이다!"

구호 역시 군역을 피해 도망친 한족이다.

"전족을 한 여인네들은 비정상적으로 골반이 발달되지요. 그래서 방사를 할 때… 험. 또한 자궁이 매우 발달되므로 튼튼한 아이를 많이 낳을 수 있소이다. 그래서 전족은 아주 문화가 발달한 나라가 아니고서는 감히 꿈도 꾸지 못하는 풍습이지요. 어떻게 동쪽의 야만인들과 감히 비교를 할 수 있겠소?"

"야만인?"

얼른 도끼 먼저 꺼내 든 개구사치가 구호를 노려보았다.

"그렇다, 왜!"

구호도 장검을 내려 잡고 뽑기 일보 직전. 어느새 가율무지는 소부 다섯 자루를 빼서 머리 위로 돌리고 있었다.

붕붕붕!

갑자기 살벌한 기운이 배를 휩쓸자 왕란자두가 얼른 화제를 돌렸다. 싸움을 하는 거야 좋지만, 여기는 강물 위가 아닌가. 싸우기도 전에 배가 뒤집힐 게 분명했다.

"자, 자, 오늘은 여기서 그만 합시다!"

말리면서 보니까 저쪽에서 작고 하얀 짐승이 네 발을 부지런히 놀리면서 이쪽으로 떠내려오고 있다.

"음?"

왕란자두는 그 짐승이 입에 문 걸 보았다.

"잉어 아닌가?"

그 짐승은 팔뚝만한 잉어를 물고 부지런히 배를 스쳐 저쪽 배로 다가갔다. 왕란자두는 그것의 정체가 몹시 궁금했다. 어떻게 보면 토끼 같았다. 하지만 토끼가 잉어를 사냥할 리는 만무.

그것의 정체는 금방 드러났다.

저쪽 배 위로 잉어를 먼저 집어 던지고 뒤이어 폴짝 튀어 오른 그 짐승을 발이 작은 소저가 꾸짖었다.

"설서방! 내가 너보고 잉어를 잡아 오랬어?"

까오?

뱃전에 올라앉아 부르르— 물을 한 번 털어낸 설사자는 이내 바닥으로 내려와 잉어를 물고 저쪽 구석으로 사라졌다.

연연은 설사자에게 달려갔다.

출렁. 출렁출렁.

설사자는 펄떡거리는 잉어를 두 발로 꼭 끌어안고 아주 흡족한 눈으로 살펴보고 있다.

연연은 기가 막혀서 묻지 않을 수 없었다.

"심부름은 했어?"

설레설레.

설사자가 고개를 흔들었다.

"뭐? 그럼 이때까지 놀다가 온 거야?"

끄덕끄덕.

"야, 설서방!"

6

잿빛 뱀처럼 깔린 박모 위로 달이 뜨자 천지가 보랏빛으로 물들었다. 잎이 다 져버린 버드나무 덤불 어디쯤에서 밤새가 울기 시작했다. 그 조심스러운 울음소리를 따라 강물 소리가 깊어졌다. 이렇게 축축한 강가, 밤새 울음소리와 강물 스적이는 소리를 의지하고 넘기는 한잔 술이 향기롭지 않을 리 없었다.

그러나 웅녀와 만령선생 불뇌는 향기를 느낄 수 없었다.

"그러니까 아직 우리에겐 때가 이르지 못했다, 이 말씀이세요? 무슨 근거로 그리 자신하시나요?"

박린은 되물었다.

"현재 아주머니께서 거느리신 납족이 몇이오?"

대답은 불뇌가 했다.

“삼천오백은 족히 넘소이다!”

“물론 어린아이와 노인들, 여인네들을 합한 숫자시겠지요?”

“……!”

“그중에서 날래고 강한 장정들은 몇이오?”

“이천쯤 되오이다!”

불뇌는 자신 앞에 있는 기이한 작자를 믿을 수 없었다. 그래 숫자를 부풀려 말했지만, 금방 탄로났다.

“삼천오백에 장정이 이천이면 아귀가 안 맞소이다. 그렇다면 당연히 그만한 나이를 지닌 처자들이 있을 테고, 노인들과 아이들을 합산하면 언뜻 따져도 오천은 훨씬 넘어야 하오.”

“끄음!”

“그럼 한 일천 정도라고 생각합시다. 보통 전쟁에서 말은 한 사람당 세 필 정도가 적당하오. 말은 몇 필이나 있소? 삼천 필이 넘소?”

“끄음.”

“활은 직궁이오, 아니면 만궁이오? 화살은 얼마나 비축해 놓으셨소? 성 깨부술 화포가 몇 문이고, 목책 부술 쇠뇌가 몇 문이오? 화살과 식량 운반용 마차는 몇 대나 준비하셨소?”

“으음.”

“여기서 가장 가깝다는 원보(沅堡)나 하성(河城)을 도모하려고 해도 화살이 오만 발은 필요할 게요. 더불어 화포가 열두 문, 포환이 삼백 발 정도 필요하오. 쇠뇌는 스물다섯 문, 살은 칠백 발 정도. 더불어 닷새 치 식량을 실은 마차가 필요하오. 이쪽에서 수적 우위로 밀고 들어간다 해도 닷새 안에 저 보와 성은 함락되지 않소.”

“……!”

　"혹시 기습으로 성과 보를 빼앗고 나머지 필요한 물목들을 충당하실 생각이 아니셨소? 그럴 생각이셨다면 지금 포기하는 게 좋소. 작금은 말과 화살을 이용한 전쟁이 아니라 화포와 쇠뇌를 이용한 전쟁이오. 장기간에 걸친 숙달이 필요하단 말씀이외다. 만약 이런 준비 없이 쉽게 거사를 계획한 거라면 그만두시는 게 좋소. 전쟁은 사람이 치르는 게 아니오. 좋은 지략과 전술, 압도적인 물목과 인력으로 수행하는 거요. 초원에서 이리를 때려잡는 일이 아니란 말씀이지요."

　"끄음."

　"카함!"

　웅녀와 불뇌는 멍해졌다. 박린의 단정은 대충 둘러대는 게 아니었다. 사방에 부려놓은 더듬이들을 통해 자신들이 알아본 바와 정확히 일치했다. 기습할 생각 역시 일치했다.

　꿀꺽.

　박린은 술 들이킨 입을 닦으면서 웅녀를 보았다.

　"아주머니께서 거느리고 계신 납족의 사정은 그렇다 치고, 왜 때가 안 됐느냐는 걸 말씀드리지요."

　박린은 천문을 보듯 하늘을 보았다.

　"……!"

　"으음."

　웅녀와 불뇌도 하늘을 봤지만, 워낙 달이 밝아서 별은 몇 개 보이지 않았다. 박린은 별이 아니라 달을 보고 있었다. 순간 그의 그림같이 선한 눈매가 문득 쓸쓸해졌다.

　"명국은 아직 수명이 다 하지 않았소. 태조께서 지은 죄가 워낙 크기 때문이오. 그래 조선을 한 번 크게 도와준 후 마침내 국고가 텅텅

비고, 황제 곁에 단 한 사람도 남아 있지 않을 때가 올 것이외다. 이때
가 이르기 전에는 망하지 않소."

"어, 어떻게?"

박린은 말을 계속이었다.

"때가 되면 요동의 한 부족이 크게 일어나게 될 게요. 지금은 잠자
는 호랑이처럼 웅크려 있소. 아니, 그저 먹고살기에만 급급해서 정신
이 없소. 하지만 그 부족들 중 어느 한 사람이 황제가 될 거요. 그 이전
에 서쪽에서 올라온 뿔 달린 자가 잠깐 황위를 차지하지만 소용없는
일이오."

"케헴!"

화노도 무게를 잔뜩 잡은 박린을 올려다보았다.

다른 때 같으면 당장 핀잔을 날렸을 테지만, 워낙 박린의 기세가 삼
엄해서 속으로 구시렁거릴 수밖에 없었다.

'도대체 저 인간이 또 무슨 사기를 치는 게야?'

"어험!"

박린은 술잔을 웅녀에게 건넸다.

쪼로록.

"아주머니."

"…예."

"지금 이 자리에서 백 년 후를 논하기는 쉽지 않소. 하지만 지금부
터 준비하지 않으면 백 년 후가 아니라 당장 내일도 없다오. 그러니까
부디 자중하시오."

꿀꺽꿀꺽!

웅녀가 도로 건넨 잔은 바로 불뇌에게 전해졌다.

쪼로록.

"선생."

"아, 예!"

"소생이 부탁 한 가지 해도 되겠소?"

"……."

불뇌는 잠깐 웅녀를 바라보았다가 이내 대답했다.

"예, 선비님이시라면 얼마든지."

박린은 빙그레 웃고 나서도 뜸을 한참 들인 다음 말을 꺼냈다.

"소생이 여기서 만날 분들이 있소. 그러니 아주 커다란 방을 하나 마련해 주고 상을 봐주시오."

"예? 아, 예. 몇 분이나?"

"소생과 우리 막내 형님까지 포함하면 스물여덟 분이오. 그리고 뒤에 두 분이 더 오실 테니까… 꼭 서른 분이구려. 물론 돈 걱정은 하지 마시오. 이 정도면 되지 않겠소?"

은 육도가 불뇌에게 건너갔다. 육도를 잡은 불뇌는 얼떨떨한 표정이었고, 웅녀는 묘한 눈으로 불뇌를 훑어 올렸다.

"하하! 오해하지 마시구려, 아주머니. 아주머니께서 소생의 형님을 핍박하실 때 선생과 소생도 한바탕 했지요. 그때 소생에게 빼앗기셨던 거라오."

"그, 그랬나요?"

"당연히 저 육도는 소생 게 됐지요. 아무튼 소생은 공짜를 죽기보다 더 싫어하오. 그래서 삼십 인분의 음식값과 방 값을 저걸로 대신한 거외다. 아울러 소생의 형님께서 칠칠맞지 못하게 걸어놓으신 외상값까지를 몽땅 갚은 것이외다!"

"끄음!"

"아, 물론 거스름돈은 기분상 받지 않겠소. 하지만 소생이 내기로 딴 일만 문은 꼭 주셔야 하외다. 만약 외상할 요량이시면 지금 말씀하시구려. 장부에 적어놓겠소이다. 하루에 일 문씩, 이자를 붙여서 말이오. 일만 문에 대한 이자가 하루에 겨우 일 문씩이라… 무쟈게 인간적인 이자가 아니오?"

"……."

"이자를 더 붙일 수도 있지만, 선비는 본래 재화와는 무쟈게 안 친한지라, 소생 또한 돈을 무쟈게 싫어하는 체질이어서……. 어험!"

"……."

웅녀는 어이없었지만, 참았다. 일만 문은 문제가 아니었다.

이런 저런 상황을 무시하고 덜컥 거사라도 일으켰으면 어떻게 할 뻔했나. 삼천오백에 달하는 동족들을 죽음으로 내몰 뻔하지 않았나.

"좋아요, 선비님."

"어험."

"소녀가 일만 문을 쏘지요! 대신 부탁이 있어요."

"부, 부… 탁이오?"

푸스스―

웅녀가 웃었다. 박린은 매우 불안해졌다.

"선비는 외간 여인네의 부탁을 일체 들어주지 않음을 신조로 알고 이때까지 살아왔소만? 성현께서도 특별히 말씀하셨소이다. 성사(成事) 불설(不說)하며 수사(遂事) 불간(不諫)이라. 이미 이루어진 일은 두 번 다시 입에 올리지 않으며, 이미 끝난 일 역시 두 번 다시 간청하지 않는다는 말씀! 소생이 어떻게 성현님의 말씀을 어길 수 있단 말씀이오?"

푸스스—

웅녀는 다시 수상한 웃음을 한입 배어 물고 일어났다. 조용히 일어
났다고 하지만, 워낙 엄청난 덩치여서 평상이 흔들리고 상이 다 덜컹거
린다.

'으음!'

박린은 더욱 불안한 표정으로 웅녀를 보았다.

눈이 마주치자 웅녀는 웃음을 싸악, 지우고 몸을 배배 꼬면서 박린
을 더 더욱 불안하게 만들었다.

"아이, 돈 드는 일이 아니옵니다. 이따 밤에 부탁을 드리지요."

"……?"

7

"어이, 다 끝났어!"

비탈 위에 나타난 자가 고함을 지르자 나루가 소란해졌다.

"이봐? 뭐가 끝났다는 게야?"

"아직 봉파 놈들이 물에 있다고!"

"만령수채에 기별은 했어?"

비탈 위에 나타난 자는 손을 입에 모으고 허연 김을 뿜어냈다.

"장군님께서 그만 해산하라고 명하셨네. 일이 아주 잘 풀렸다고 하
셨어. 그러니 어서 집으로 돌아가 저녁이나 먹으라고!"

"만령수채는?"

"그쪽에도 오지 말라는 기별이 갔네!"

우르르—

납족들이 올라간 뒤, 텅 비어버린 나루에 달빛이 엎질러졌다.

연연은 설사자를 꼭 끌어안고 달빛에 설레는 만령하를 바라보았다. 보랏빛 파랑을 일으키면서 몰려갔다가 몰려오는 강물, 진흙이 허물어지는 소리, 튕겨 올라왔다가 떨어지는 잉어들, 커다란 날개를 강물에 띄운 밤새가 하류 쪽으로 떠내려간다. 사람들은 강에서 들리는 여러 가지 풍경에 귀를 묻고 아무 소리 하지 않았다.

"가자고."

한 시진 정도 나루를 지켜본 왕특이 침묵을 깨뜨렸다. 노가 물결 사이를 파고들면서 관절을 앓았다.

삐이걱!

소리에 달빛을 흠뻑 머금은 채 졸던 만령하가 깨어났다. 배가 나아가는 반대쪽에서 간간이 바람이 불어왔다. 바람은 차가운 서리를 품고 있었다. 연연은 조용히 설사자를 쓸어 내렸다.

자기가 잡은 잉어를 신기하게 바라보며 장난치던 설사자는 깊은 잠에 빠져 있었다. 설사자의 몸이 참 따뜻했다.

"끌끌… 산에서만 살았던 녀석이라 고기들이 무척 신기해 보였을 겝니다. 강이 온통 제 세상처럼 느껴졌겠지요."

곽파가 다가와 초피로 만든 피풍 한 겹을 더 둘러주었다.

"입술이 파래지셨사옵니다, 아가씨. 추위를 막는 덴 요동 옷만한 게 없사옵니다. 지금 입고 계신 옷은 모양만 그럴싸하지 실용적이지 않사옵니다."

곽파는 옷을 마음에 안 들어하는 눈치였다. 옷이 마음에 안 든다면, 그 옷을 사준 사람도 마음에 안 든다는 이야기다. 아니, 사람이 마음에 안 드니까… 그 사람이 사준 옷까지 마음에 안 드는 것이다. 이유는 잘 모르겠지만, 곽파는 박린을 싫어하기로 작심한 것 같았다.

"파파."

"예."

"우린 지금 선비님을 해치러 가는 거지요?"

"……."

곽파는 강물처럼 깊어진 눈망울로 연연을 보았다. 연연의 입술은 추위 때문에 새파래진 게 아니었다.

"말로 좋게 하시면 안 돼요? 나쁜 분 같지 않아 보였어요."

"아가씨."

"파파께서 그분을 안 좋게 생각하신다는 건 저도 알아요. 하지만 전 그분과 파파께서 싸우는 게 싫어요."

"안 좋게 생각해서 싸우려는 게 아니옵니다. 나쁜 녀석이라서 싸우려는 것도 아니옵니다. 우린 그 녀석에게 받을 게 있고, 녀석은 그걸 내주지 않고 있사옵니다."

"용환이라면 제가 이야기해 봤어요."

"뭐라던가요?"

연연은 점방에서 박린과 나눈 이야기를 소상히 털어놓았다.

"어떻게든 노력해 보겠다고 그랬어요. 그럼 안 주겠단 이야기가 아니잖아요?"

"주겠다는 이야기도 아니옵니다."

"안 가졌는지도 모르잖아요?"

"모른다는 이야기도 아니질 않사옵니까?"

"…그건 그래요."

"그렇다면 가지고 있단 이야기이옵니다. 안 돌려주겠다는 이야기이

옵니다. 돌려주더라도 곱게 못 돌려주겠다는 뜻이지요. 이해하시겠사
옵니까?"

"……."

곽파는 연연이 고개를 떨구는 이유를 알고 있었다. 아가씨께선 은애
를 시작하셨구나. 건널 수 없는 강 저편에 사람을 세워놓은 은애가 시
작되었구나.

"아가씨."

"…예."

"순간의 감정은 좋은 결과를 맺지 못하옵니다. 아직 세상을 겪어보
지 않으셨기에, 비슷한 나이를 지닌 사내라고는 오직 그 녀석밖에 모르
시기에 지금 마음이 안 좋으신 겝니다."

"파파, 전……."

"조용히 하시고 더 들으세요!"

"…예."

"아가씨께선 옥린이시옵니다. 반면 녀석은 단순한 칼잡이일 뿐이옵
니다. 아가씨께서 가시는 길엔 열 걸음마다 향기로운 꽃이 뿌려질 것
이옵니다. 녀석이 가는 길엔 열 걸음마다 섬뜩한 피가 뿌려질 것이옵
니다. 아시겠사옵니까? 녀석은 아가씨와 전혀 다른 환경에서 성장했
고, 전혀 다른 생각을 가지고 있사옵니다."

"……."

"처지가 그렇사옵니다. 지금은 이렇게 수평으로 길을 걷지만, 연경
에만 도착하면 하늘과 땅만큼이나 차이가 납니다. 그러니 일찌감치 마
음을 정리하도록 하세요. 더 이상 마음에 담아두시면 안 됩니다!"

"……."

연연은 가만히 고개를 들어 곽파를 보았다.

분명하게 말은 안 했어도 곽파는 연연, 자신을 위해 박린을 죽이기로 작정한 것 같았다. 박린이 없어져야지만 연연 자신이 잘될 거라고 생각한 것 같았다. 연연은 곽파가 오늘처럼 무서워 보인 적이 없었다.

"아가씨."

"…예."

"녀석은 우리 늙은 것들에게 맡겨주시고 상관하지 마세요. 상관하실 일도 아니지만, 상관하셔서도 안 되는 일이옵니다. 각자 옳다고 믿는 바를 위해 싸우는 거니까요. 이 늙은 게 옳다고 믿는 건 오직 아가씨께서 잘되는 일이옵니다."

"파파……."

배가 나루에 닿았다.

쿵!

먼저 왕씨 형제들과 요양휘, 장작빈과 야소가 내렸다. 연연도 내키지 않는 걸음으로 나루를 밟았다. 서리 밟히는 소리가 들려왔다.

'이제 어떡해!'

연연은 막막해지는 심정을 어쩌지 못했다.

곧 이어 도착한 뒷배에서도 왕란자두 일행과 살수들이 내렸다. 사람들의 눈빛이 흉흉해졌다. 사람들은 각자 무기를 꺼내 든 다음 몸을 낮추고 비탈을 올라갔다.

"흠."

왕란자두는 갑자기 철수해 버린 납족들을 의심하지 않을 수 없었다. 왕란자두는 선두에게 말을 전달했다.

"야, 함정이 있을지도 모르니까 조심해!"

순간 선두에서 구시렁거림이 굴러 내려왔다.

"저 개식끼, 언제 봤다고 야자야!"

"뭐? 개식끼?"

왕란자두는 흥분했지만, 별수없었다. 지금은 아주 중요한 순간, 흥분보다는 침묵이 더 중요했다. 왕란자두는 바로 선두에게 전달했다.

"야, 조용히 해, 새꺄!"

"아, 그 개식끼, 맨 뒤에서 정말 더럽게 떠드네."

왕특도 짜증이 났지만 겨우 참았다. 그러나 뒤이어 들려온 소리는 정말 분노를 끓게 만드는 소리였다.

"야, 앞에서 떠드는 돌대가리! 넌 아비도 없냐?"

"뭐?"

왕특은 돌아섰다. 당장 저 맨 뒤에서 떠드는 이상한 자식을 해결하고 다시 올라갈 참이었다. 하지만 다시 돌아서야 했다. 요양휘가 한마디 했기 때문이다.

"그냥 가, 자식아!"

"아쭈? 이젠 너까지 엉기냐?"

"하! 이 자식 좀 봐? 뒤에서 틀린 말이라도 했냐?"

"끄음! 트, 틀린 말은 아니지만, 허락도 없이 야자잖아?"

"야?"

뒤에서 이상한 자식이 또 말을 휙, 던진다.

"야, 돌대가리! 니 아비는 너한테 허락 맡고 야자를 텄냐?"

"으… 으."

"귀신 씻나락 까먹는 개소리 하지 말고 함정이 있나 잘 살펴, 새꺄! 난 니 아비뻘이다. 원, 새파란 애새끼가 주둥이만 까져 가지고!"

"좋아, 내가 지금은 참지, 왕란 늙은이!"

"안 참으면 어떡할 건데? 잘하면 니 아비도 치겠다?"

"으… 으."

이 작은 설전을 끝으로 아무도 입을 열지 않았다.

연연은 이런 침묵이 뭘 의미하는지 알고 있었다. 그건 억눌린 증오와 분노로 뒤범벅된 살의였고, 그런 감정들은 결국 박린 한 사람에게 쏟아질 것이다.

'어쩌다 이렇게 됐담?'

연연은 숨이 막혀왔다.

비탈을 올라서자 마침내 저 앞에 웅크려 앉은 객잔이 보였다. 객잔은 불이 환했다. 벽을 빙 돌아가며 관솔불을 꽂고 마당에 큰 모닥불까지 피워놓은 모양을 봐서는 예정된 손님을 기다리는 것 같았다. 불빛이 못 미치는 그늘에 도착한 사람들은 안을 주시했다.

"음?"

안은 조용했다.

한참을 기다려도 아무런 기척이 없자 사람들은 서로를 보았다. 얍삽한 왕오가 제일 먼저 침묵을 깨뜨렸다.

"놈이 과연 묵었을까?"

"킁킁킁! 글쎄?"

코를 몇 번 내둘렀던 왕이가 고개를 기울였다. 맨 뒤에 있던 개구사치가 네 발로 기어와서 왕이를 보았다.

"으?"

왕이는 자신을 빤히 쳐다보는 개구사치의 눈빛이 매우 기분 나빴지만, 참으려 노력했다. 그러나 계속 쳐다보는 데야 장사가 없었다.

"뭘 봐?"

"음?"

아무 소리 안 하고 개구사치는 맨 뒤로 기어갔다.

허부적허부적.

왕이는 귀를 기울였다. 예상대로 개구사치는 자기 일행에게 왕이, 자신의 험담을 잔뜩 늘어놓고 있다.

"저 자식도 놈이 여기 묵었는지를 잘 모르는 모양이야. 자식이 코만 크지 실력은 아주 형편없나 봐. 저런 코 뭐 하러 달고 다니나? 당장 까버리고 시원하게 살지. 저거 순 떠버리 아니야?"

"형님 말이 옳소. 생긴 것도 꼭 떠버리처럼 생겼구면. 난 저 새끼가 아까 객잔에서 '취소사' 어쩌고 할 때 알아봤다니까."

"으… 으."

왕이는 어지간하면 참으려고 노력했다. 야만인들이 무엇을 알겠는가. 하지만 노랑머리까지 거들고 나서는 데야 도리가 없었다.

"사실 저 종자는 떠버리가 아니라 마귀요. 한마디로 인간이 아니라는 말이지요. 저거 웃기게 생겼다고 방심했다간 아주 큰 불행이 벌어져요. 그러니까 당신들도 예수 믿고 구원을 받으시오."

"에이, 쌍!"

왕이는 벌떡 일어나 막 놈들에게 뛰어가려 했다. 그때 수염이 삐딱한 중늙은이 장작빈이 슬쩍 옆으로 빠져나와 대뜸 발초곤을 날렸다.

척!

목을 감은 발초곤을 어쩌지 못하고 왕이가 주저앉았다. 천천히 다가온 장작빈은 잡아먹을 듯 왕이를 노려보았다.

"너, 책임져라!"

“예? 뭘…….”

“너, 아까 객잔에서 뭐라고 떠들었어? ‘취소사’ 를 믿으라며? 배에서
는 또 뭐라고 그랬어? 오십 리 밖에 있는 냄새도 귀신처럼 잡아낸다며?
그런데 이게 뭐야? 객잔이 바로 코앞인데, 몰라?”

“끄음.”

“너, 늙은이 죽일 일 있니? 너, 나한테 감정있냐?”

장작빈이 물러가자 이번엔 살수들 차례였다. 살수들을 대표해 저쪽
에서 기어온 노파 십호는 왕오를 위협했다.

“이보우, 왕오선생!”

“…예.”

“당신이 당신 호박을 한번 믿어보라고 할 때 난 믿었수. 그러니 어
서 객잔으로 기어가 놈이 있나 확인 좀 해보시우. 만일 놈이 없으면 당
신 알아서 하시우!”

허부적허부적.

십호가 기어가자 왕이와 왕오는 눈살을 찌푸렸다. 놈을 찾기도 전에
엄청난 원망부터 받은 것이다. 자연히 기가 빠져나가면서 성질이 안
날 수 없었다. 일이 다 이렇게 된 건 누구 책임일까.

“……!”

“야, 왜 날 봐?”

왕특이 으르렁거렸다.

진청자 일행은 이런 한심한 광경을 보고 있었다. 워낙 사나운 납족
들을 겪은 뒤라서 객잔으로 들어갈 마음이 나지 않는다.

“무림인들이라면 일당천이라도 상관없는데, 이건 평범해도 너무 평
범한 사람들이 아닌가?”

진청자는 막막해졌다.

만약 그들이 객잔에 매복해 있는 걸 모르고 밀고 들어간다면 엄청난 피를 뿌려야 하는 상황이었다. 칠성둔형을 펼쳐 염탐해 볼 수도 있지만, 곤륜색마 화노가 있는 이상 그것도 만만치 않았다. 화노의 장기인 혼멸진이라도 펼쳐져 있으면 칠성둔형은 무용지물이었다.

"땡초."

"음?"

"이거 우리 꼴이 아주 우습게 됐구먼."

"누가 아니래나."

고민을 거듭해도 마땅한 답이 떠오르지 않았다.

그런데 곽파는 답을 지니고 있는 모양이었다. 연연에게 다가간 곽파는 손부터 내밀었다.

"설사자를 주시옵소서."

"예?"

"주인에게 돌려주어야 하옵니다."

"아, 예."

곽파는 설사자를 땅에 내려놓았다.

"설서방."

까오?

"이제 네 작은주인을 찾아가야지."

순간 설사자가 연연을 쳐다보았다. 연연은 아무 소리 하지 못했다. 설사자를 따라 이 많은 사람들이 박린에게로 밀고 들어갈 것이 분명하기에. 연연은 입술을 자근자근 깨물었다.

끼잉.

연연에게서 아무 소리도 듣지 못한 설사자가 돌아섰다. 순간 연연은 사방에서 날개 돋친 듯 일어나는 살기를 느낄 수 있었다.

"저런 방법이 있었구먼."

"준비, 한꺼번에 밀고 들어간다!"

그때였다. 밖에서 주시하던 사람들이 막 설사자를 따라 안으로 진입을 시도하려는 순간,

삐이걱!

객청 문 열리는 소리가 난 것은.

안에서 나온 사람은 웬 늙은이였는데, 손에 웬 깃발을 들었다. 늙은이는 깃발을 마당 한가운데 푹 꽂았다.

펄럭펄럭!

바람이 지나가면서 몇 번이나 그 깃발을 흔든다.

사람들은 그 깃발에 쓰여 있는 글자들을 분명히 보았다. 그렇지만 그 글자들이 무엇을 의미하는지는 알지 못했다. 글자 수가 많거나 글자의 의미가 복잡해서 그런 게 아니었다.

글자는 단 세 글자[三字], 의미 역시 복잡하지 않았다.

—**연경행**(燕京行)!

〈제3권 끝〉

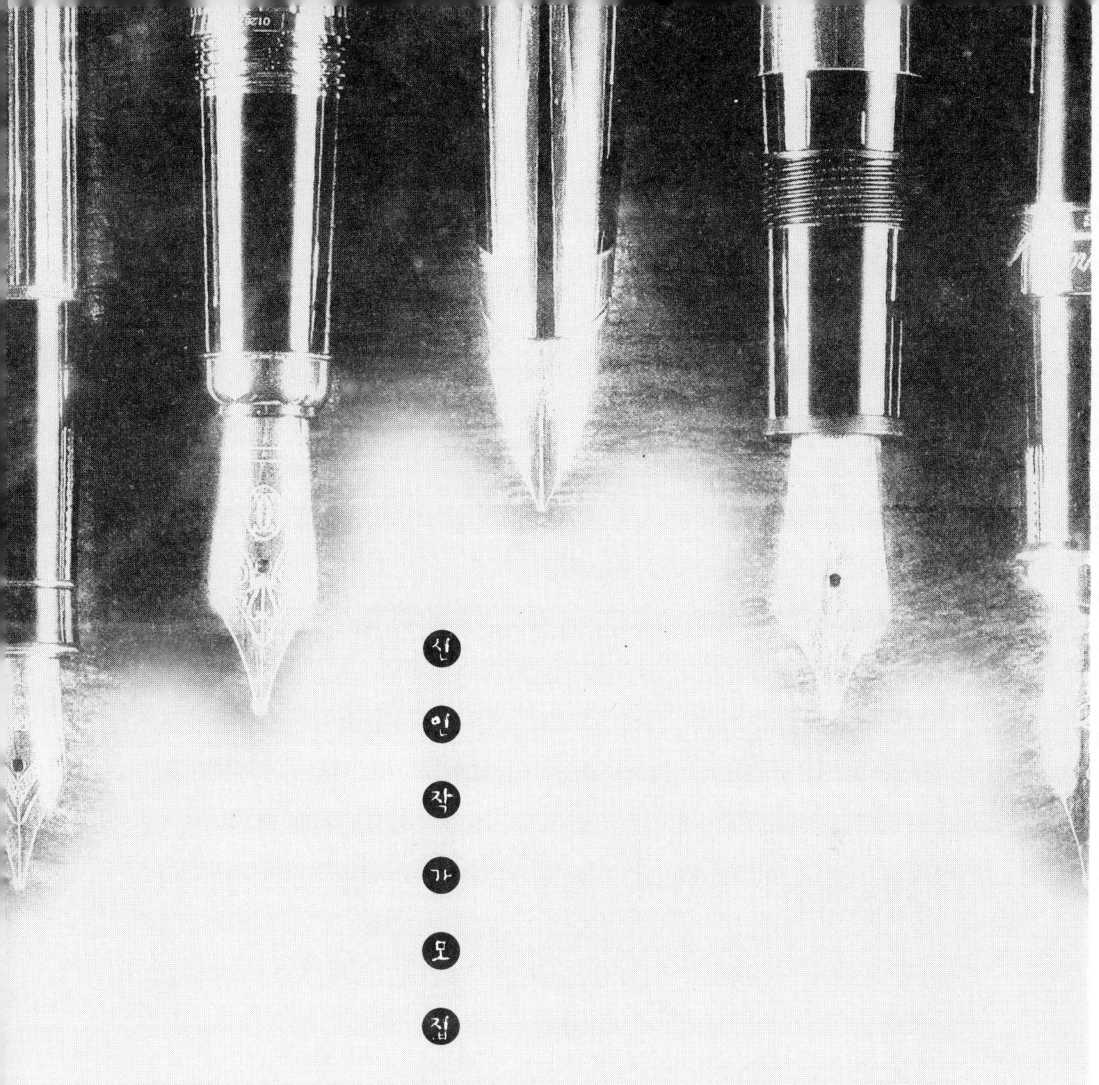